Ava Reed
Wenn ich die Augen schließe

Bisher von Ava Reed im Loewe Verlag erschienen:

Ashes and Souls – Schwingen aus Rauch und Gold
Ashes and Souls – Flügel aus Feuer und Finsternis

Wenn ich die Augen schließe

AVA REED

WENN ICH DIE AUGEN SCHLIEßE

ISBN 978-3-7432-0253-5
1. Auflage 2020
© 2020 Loewe Verlag GmbH, Bindlach
Dieses Buch wurde vermittelt von der Literaturagentur
erzähl:perspektive, München (www.erzaehlperspektive.de)
Umschlagfotos: © Bokeh Blur Background/Shutterstock.com,
© SWEviL/Shutterstock.com, © Lukasz Szwaj/Shutterstock.com,
© Aleshyn_Andrei, © Aleshyn_Andrei, © krisArt/Shutterstock.com,
© suns07butterfly/ Shutterstock.com, © shtiel/Shutterstock.com,
© Anastasiya Bleskina/Shutterstock.com, © lisima/Shutterstock.com,
© Amovitania/Shutterstock.com
Umschlaggestaltung: Alexander Kopainski
Redaktion: Sarah Braun
Printed in Germany

www.loewe-verlag.de

Für euch,
Laura, Bianca, Marie, Nicole, Anabelle, Tami,
Nina, Alex, Klaudia und Laura G.
Weil ihr ihr mir jeden Tag aufs Neue zeigt, dass keine Norm passender und erstrebenswerter ist als die eigene. Weil ihr an mich glaubt, wenn ich es nicht kann. Ihr seid meine Vorbilder, meine Motivationshelden, meine Zen-Meister. Ihr seid diejenigen, die mir den Rücken freihalten – nicht nur bei PUBG oder DbD, sondern auch im wahren Leben.
Ich liebe euch.

Triggerwarnung

In diesem Buch werden Themen wie Mobbing, Selbstverletzung und Suizidgedanken angesprochen oder aufgegriffen. Hört auf euer Gefühl, ob ihr damit umgehen könnt und möchtet oder nicht.

Natürlich wünsche ich mir nichts mehr, als dass ihr Norah und Sam auf ihrem Weg begleitet – wer eine oder mehrere meiner Geschichten bereits kennt, dem ist klar, dass ich darin großen Wert auf Hoffnung und Mut lege –, aber vor allem möchte ich, dass ihr wisst, was euch erwartet. Passt auf euch auf, achtet auf euch.

Und wenn ihr euch nicht gut fühlt, wenn ihr selbst unter Mobbing und/oder Suizidgedanken leidet, holt euch Hilfe von Freunden, der Familie oder bei Menschen eurer Wahl (z. B. bei der TelefonSeelsorge: 0800/111 0 111 oder 0800/111 0 222, der Anruf ist kostenfrei).

Hilfe zu suchen ist mutig und keine Schwäche.

Mein Name ist Norah.

Von allen Dingen meines Lebens ist dies das Einzige, dessen ich mir wirklich sicher sein kann. Denn ich habe einen Teil von mir vergessen – und mit ihm so viel mehr.

Was passiert, wenn ich mich verloren habe und nie wiederfinden werde? So wie meine Sonnenbrille letztes Jahr oder immer wieder aufs Neue meine Haarklammern.

Was ist, wenn ich nicht mehr dieselbe sein kann? Oder schlimmer – was, wenn ich sie nie mehr sein möchte?

Wenn ich nie wieder *ich* sein kann ... was bleibt dann?

1

Norah

Bishop Briggs – Dark Side

»Lass mich los, Lu. Sofort!«

Wann wird Luisa begreifen, dass ich es nicht ausstehen kann, von ihr umarmt zu werden? Dass ich es kein bisschen leiden kann, wenn sie ihren knochigen Körper fest an mich drückt, dabei meine Arme zerquetscht und ihren Kopf mit den zerzausten hellblonden Haaren an meine Brust lehnt? In den allermeisten Fällen ruiniert sie damit zu allem Überfluss auch noch mein Outfit – was dieses ganze Umarmungszeug weitaus schlimmer macht, als es ohnehin ist.

Der Duft ihres Vanille-und-Aprikose-Shampoos dringt in meine Nase.

Mit einem genervten Stöhnen versuche ich angestrengt, meine acht Jahre alte Schwester wegzuschieben, doch sie lässt nur widerwillig und viel zu langsam von mir ab. Sie ist nicht nur hartnäckig, sondern obendrein kräftiger, als sie auf den ersten Blick wirkt. Ich drücke stärker, bis sie schließlich nachgibt.

Nachdem sie mich gezwungenermaßen losgelassen hat, steht sie nun mit hängenden Schultern vor mir und ihr Blick aus grünen Augen, die meinen so ähneln, trifft mich. Lu sieht genauso unzufrieden aus, wie ich mich gerade fühle. Gut, dann sind wir wenigstens zu zweit. Unnachgiebig halte ich ihrem Starren stand und bemerke, dass der Schmollmund meiner Schwester von der Nussschokolade umrandet ist, die sie so gerne mag und sich nun auffällig von ihrer hellen Haut und der Farbe ihres Haares abhebt.

Für einen Augenblick tut es mir leid, dass ich so schroff zu ihr sein muss – und zwar jedes Mal. Weil sie sonst nicht versteht oder verstehen will, dass ich diese Nähe nicht möchte. Weil Lu ohne klare Worte einfach nicht auf mich hört.

Doch ich bedaure mein Verhalten meist nicht länger als bis zu dem Moment, in dem ich an mir heruntersehe und mein Top entweder zerknittert oder mit Essen beschmiert vorfinde, so wie jetzt. Mein Mitleid ist verflogen.

»Schau mich nicht so an. Wenn jemand so ein Gesicht ziehen sollte, dann ich, weil ich wegen dir immer Flecken auf meinem Oberteil habe.«

Mit jedem ausgesprochenen Wort steigt die Lautstärke meiner Stimme an. Ohne dass ich es beabsichtigt habe. Und während Lu weiter von mir zurückweicht, ihr Gesichtsausdruck sich von traurig in wütend, beinahe trotzig, verwandelt, ruft meine Mutter aus der Küche nach oben, was schon wieder bei uns los sei. Was los ist? Das, was andauernd los ist. Ich werde in den Wahnsinn getrieben und habe keine Sekunde lang meine Ruhe. Weder wenn ich sie dringend brauche noch wenn ich sie will.

Statt zu antworten, strafe ich meine kleine Schwester mit einem letzten bösen Blick und stapfe zurück in mein Zimmer, um den Schlamassel genauer zu betrachten. Wir werden zu spät zur Party kommen, weil ich mich mit Sicherheit umziehen muss. Ella wird mich umbringen.

»Ich hasse dich!«, schreit Lu mir wutentbrannt hinterher.

»Ich hasse dich auch«, entgegne ich laut und knalle die Tür hinter mir zu.

Dieses Haus ist eine Irrenanstalt. Diese ganze Familie ist vollkommen verrückt. Eins ist klar: Sobald ich mein Abitur in der Tasche habe, lasse ich diese vier Wände, dieses verdammte Kaff, in dem es mehr Kühe, Wiesen und Gülle gibt als Menschen, und dieses langweilige Leben hinter mir. Vielleicht ziehe ich in eine Großstadt und studiere dort oder ich gehe ins Ausland, mache Work and Travel. Egal was oder wohin, Hauptsache fort von hier.

In ungefähr drei Monaten sind Sommerferien, danach startet für mich das letzte Schuljahr, samt Abschlussprüfungen und Bewerbungen schreiben für die Universitäten – oder was auch immer ich danach tun will. Damit ich das schaffe, muss ich meine Noten halten. Sie sind in Ordnung, pendeln sich im Mittelfeld ein, in Deutsch und Geschichte sind sie sogar sehr gut. Nur in Biologie hinke ich richtig hinterher. Ich werde das schon irgendwie schaffen.

Mein Ziel rückt näher und ich kann es kaum erwarten.

Aber jetzt muss ich meine Gedanken wieder auf die Gegenwart richten und das Problem, das ich vermutlich dank meiner Schwester habe.

Schauen wir mal, was Lu angerichtet hat ...

Obwohl ich es bereits geahnt habe, wird mir das Schokoladen-Massaker vor dem großen weißen Spiegel, der in einer Ecke meines Zimmers steht, erst richtig bewusst. Das Outfit ist absolut hinfällig. Fluchend ziehe ich das ruinierte beigefarbene Top samt Pailletten über meinen Kopf und mustere mich danach erneut prüfend im Spiegel. Mit dem Zeigefinger am Kinn und leicht schräg gelegtem Kopf überlege ich fieberhaft, was ich sonst zu dem schwarzen engen Minirock, den Stiefeletten und meinem offenen Haar, das heute besonders schön in langen goldblonden Wellen über meine Schultern fällt, tragen kann.

Ich seufze und lasse die Hand sinken. Nichts. Das ist die traurige Wahrheit. Also öffne ich den Knopf und schiebe den Rock hastig bis zu den Knien nach unten. Ab da gleitet er von selbst herunter zu Boden. Ein Schuh fliegt in hohem Bogen in die Ecke, während ich auf einem Bein humpelnd versuche, den zweiten wegzuschleudern und gleichzeitig den Kleiderschrank zu erreichen. Jetzt bleibt keine Zeit mehr für gewagte Kreationen oder irgendwelche Anproben, ich muss mich beeilen. Deshalb ziehe ich mir schlichte enge Jeans und ein schwarzes Bandeau-Top an, dazu passende Ballerinas, auch wenn ich darin garantiert kalte Füße bekommen werde. Nicht dass ich besonders große Auswahl hätte.

Die unauffällige Clutch ist weiterhin perfekt zu dem Outfit, ich muss zum Glück keine neue Tasche rauskramen und den Inhalt nicht umräumen. Wenigstens etwas.

Ein Blick auf die Uhr hätte mir bestimmt verraten, dass ich längst zu spät dran bin, aber das Hupen des Wagens vor der Tür ist schneller. Mist.

Ich schlüpfe in den zweiten Schuh, schnappe mir mein Zeug und hechte die Treppe hinunter, die unter jedem meiner Schritte protestierend knackt und knarzt. Unten angekommen, greife ich mir meinen Wintermantel und werfe ihn schnell über, danach reiße ich die Haustür auf, während ich meinen Eltern ein »Bin jetzt weg!« zurufe. Ohne auf eine Antwort zu warten, lasse ich die Tür hinter mir ins Schloss fallen und rase auf den dunklen Wagen zu, in dem Tim bereits wieder angefangen hat, penetrant zu hupen.

Himmel, ist das kalt.

»Ich bin ja da!«

Brr. Es schüttelt mich kurz, weil die kühle Luft unter meine Jacke gezogen ist. Schwer atmend lasse ich mich neben Ella auf den weichen Rücksitz fallen und schließe die Autotür zügig wieder.

Hier drinnen riecht es nach Tims schwerem Aftershave, wovon er immer zu viel benutzt, dem süßlichen Parfum von Ella und dem älteren Leder der Bezüge.

Auf dem Beifahrersitz hat Jonas Platz genommen und dreht sich nun breit grinsend zu mir herum. Im Gegensatz zu Tims Frisur sitzt seine tadellos, wobei eine helle Locke ihm gewollt in die Stirn fällt. Tims rotbraunes Haar hingegen liegt kreuz und quer. Wenn man nicht wüsste, dass es ihm vollkommen egal ist, könnte man denken, er hätte Stunden damit verbracht, es extra so aussehen zu lassen.

Mit seinen braunen Augen schaut Jonas mich an und grinst schief.

»Na, Baby, hast du mich vermisst?«

Als ob er das nicht wüsste. Bevor ich mich anschnalle, beuge ich mich nach vorne und hauche Jonas einen Kuss auf die Lippen.

»Natürlich. Das tue ich immer«, erwidere ich bereits viel besser gelaunt.

»Wirst du jemals pünktlich sein?«, fragt mich derweil meine beste Freundin Isabella amüsiert, während sie mir vergnügt gegen die Schulter boxt und einen letzten Blick in ihren Taschenspiegel wirft.

»Vielleicht im nächsten Leben.«

Ich lehne mich zurück, wir fangen laut an zu lachen und ich bin so froh, diesen Freitagabend nicht zu Hause rumsitzen zu müssen. Mit meiner Familie. Die machen wahrscheinlich gerade einen langweiligen Filmabend mit irgendeiner Naturdokumentation, die Lu noch nicht inhaliert hat, oder einem animierten Kinderfilm. Aber nur, falls gerade kein guter Krimi läuft, der hat freitags stets Vorrang.

»Dann kann es ja losgehen!«, ruft Tim und drückt aufs Gas, während Jonas jubelt und grölt.

Der Motor jault auf, die Musik dröhnt, der Bass geht mir durch Mark und Bein und die Härchen auf meinen Armen stellen sich auf und geben der Gänsehaut nach. Ich kann nicht anders: Ich schreie mit Ella los, stimme bei dem Gesang der Jungs mit ein und lache immer lauter, während das Adrenalin durch meinen Körper fließt und die Vorfreude auf die Party mich mitreißt. Hier fühle ich mich gut. Hier werde ich verstanden.

Zu unser aller Glück hat Tim seine Führerscheinprüfung letzten Monat beim zweiten Mal bestanden und bereits an Heiligabend ein Auto erhalten. Vor dem Bestehen. Es ist wohl eine Mischung aus

Weihnachts- und vorzeitigem Abi-Geschenk. Seine Eltern waren nicht nur sehr zuversichtlich, dass er kein zweites Mal durch den Praxisteil fällt, sondern sind es ebenso, dass er die Prüfungen kommendes Jahr schaffen wird. Auch wenn seine Noten bisher nicht die besten sind. Tim lebt frei nach dem Motto: Ein gutes Pferd springt nur so hoch, wie es muss – keinen Millimeter höher. Zwar hat er die Hürde ein paarmal mitgerissen, aber schließlich hat er noch ein wenig Zeit, das Ganze in den Griff zu bekommen.

Der gebrauchte BMW, in dem wir sitzen, ist für uns ein Geschenk des Himmels. Er bedeutet Freiheit, wenn man an einem Ort wohnt, in dem nur alle sechzig Minuten ein Bus fährt, und das auch nur bis zehn und längst nicht überallhin. Hier auf diesem Fleckchen Erde gibt es weder U-Bahn noch Tram und die Fahrer der Busse kennen dich mit Namen und wissen, wo du lebst. Meine Freunde wohnen wenigstens in einer Kleinstadt mit einem Bahnhof, an dem sogar eine Regionalbahn hält. Sie hat es demnach nicht ganz so schlimm getroffen wie mich, da sich ihr morgendlicher Schulweg für sie mit Sicherheit nicht anfühlt wie Frodos Reise nach Mordor.

Doch daran möchte ich heute nicht denken. Ich möchte Spaß haben und den Moment genießen.

Ein Lächeln stiehlt sich auf mein Gesicht. Ja, das wird ganz bestimmt ein großartiger Abend.

Die »Party des Jahres«, wie Ella sie nennt. Dabei ist es nur eine von vielen. Trotzdem haben wir sie in den letzten drei Jahren nicht ein einziges Mal verpasst. Ricky hat in der zehnten Klasse, nach einem heftigen Streit mit seinen Eltern, begonnen, eine gigantische Party auf die Beine zu stellen, um sie zu ärgern, während die über das Wochenende ihres Hochzeitstages im Urlaub waren und sich amüsierten. Das Datum fällt glücklicherweise mehr oder weniger auf den Beginn des zweiten Schulhalbjahres, den wir damit Mitte Februar feiern. Das Ganze hat er bis zu seinem Abitur durchgezogen, inklusive des Jahres, in dem er wiederholen musste. Seinen Abschluss hat er letzten Sommer mit mehr Glück als Verstand gemacht, aber er veranstaltet die Feier trotzdem weiterhin. Und solange das so ist, sind wir dabei. Oder solange wir eben hier sind …

Die Autofahrt durch die Nacht, in der in Dunkelheit gehüllte Felder und Bäume an uns vorbeiziehen und feiner Nebel über die Straße wabert, dauert ungefähr dreißig Minuten. Jetzt zieht die Stadt mit ihren Häusern und den hellen Lichtern an uns vorbei, mehr und mehr Scheinwerfer entgegenkommender Autos treffen uns, doch all das lassen wir hinter uns, bis wieder nichts als Finsternis vor uns liegt und wir zu der kleinen, bunt beleuchteten Landhausvilla gelangen, deren Einfahrt wir in dieser Sekunde hochfahren. Mit quietschenden Reifen hält Tim an der Seite, stellt den Motor ab und jetzt dringt die Musik der Party bis zu uns. Hier, so nah am Waldrand, stört das niemanden. Weder das flackernde, blinkende Licht noch die Musik, die jeden Mauerstein des Hauses zum Beben bringt, oder die vielen Jugendlichen, die sich vermutlich gerade lachend, tanzend, schreiend und mit einem Drink in der Hand hinter der großen weißen Tür vergnügen. Draußen vor dem Eingang stehen auch ein paar von ihnen herum, und während sie sich unterhalten, bildet ihr Atem durchscheinende Wölkchen in der eisigen Spätwinterluft.

Sosehr sie sich zu amüsieren scheinen, werde ich es ihnen nicht nachtun, sondern direkt reingehen, weil ich eine absolute Frostbeule bin und mir allein vom Zuschauen kalt wird. Trotzdem entscheide ich mich dazu, die Jacke im Auto zu lassen, genau wie meine Freunde, damit ich sie nachher nicht vergesse oder sie verloren geht.

Gut gelaunt steigen wir aus und sofort fährt der Wind über die nackte Haut an meinen Armen und lässt mich zittern. Tim und Ella stürmen bereits los, um am Eingang ein paar Freunde zu begrüßen, und wir folgen ihnen zügig.

Jonas hält meine Hand in seiner. Sie ist schön warm.

Mit jedem Schritt wird die Musik lauter und der Bass heftiger, doch das ist nichts im Vergleich zu dem Moment, als Ella die Tür öffnet und uns heiße, fast stickige Luft entgegenschlägt. Wir treten ein und ich sehe, wie man meinen Freunden bereits die ersten Drinks in die Hand drückt. Ellas Hüften bewegen sich wie von selbst im Takt des Liedes, sie geht mit ihren hohen Stiefeln gekonnt über die dunklen Bodenfliesen des Flurs, wobei ihr kinnlanges lila gefärbtes Haar um ihr schmales Gesicht schwingt. Die Menge verschluckt sie schon halb, als sie sich noch einmal umdreht, uns zu sich winkt und brüllt: »Nun kommt schon! Lassen wir es krachen!«

Voller Freude reckt Ella einen Arm in die Höhe und nimmt einen Schluck ihres Getränks, bevor sie mit Tim komplett außer Sicht ist. Das Letzte, was ich sehe, ist seine Hand auf ihrem Hintern und unsere Freunde Kai und Fiona, die sich durch die Menge zwängen und zu den beiden stoßen.

Die Atmosphäre ist aufgeladen und bereits der Gesang auf dem

Weg hierher hat mich beflügelt. Jetzt nimmt das Gefühl zu, wandelt sich in einen Rausch. Besonders als wir aus dem Flur ins Wohnzimmer treten, Jonas mich an der Hüfte zu sich zieht, umdreht und mir einen langen Kuss gibt, bei dem sich meine Lider automatisch senken. Sein Körper, seine Lippen, der Beat, das Lachen im Hintergrund, diese Nacht – all das fließt durch meine Adern.

»Wir sind mal wieder besonders interessant«, flüstert Jonas mir zu. Seine Hand fährt durch mein Haar und dreht eine Locke auf, um sie direkt wieder fallen zu lassen.

Ich nehme die Blicke der Leute genauso wahr wie er. Überall. Manchmal erwische ich sie und sie schauen schnell weg, manchmal starren sie ganz offen. Das Gefühl, bewundert zu werden, ist unbeschreiblich. Vielleicht hassen mich manche, weil sie nicht das haben, was ich habe: Jonas. Den beliebtesten und heißesten Jungen an unserer Schule. Der Sportler, der Herzensbrecher, der Lehrerliebling. Das macht es nur umso reizvoller. Und wenn ich ehrlich bin, sollen sie denken, was sie wollen. Sollen sie ruhig neidisch sein.

Das Lächeln um meinen Mund wird breiter, ich öffne die Augen und sehe in seine. Jonas' lockiges Haar liegt wieder kreuz und quer, verleiht ihm den gewissen Charme. Seine Arme umschließen mich, ich spüre seine Wärme.

»Lass sie ruhig gucken«, entgegne ich lächelnd und zwinkere ihm kokett zu, während ich ihn hinter mir herziehe, weiter ins Haus hinein. Ich möchte mich ein bisschen umschauen, bevor ich ein paar Freunde begrüße, etwas Small Talk halte und mir einen Drink nach dem anderen gönne.

Das ganze Haus ist eine einzige Tanzfläche. Überall stehen Becher, Gläser und Bierflaschen herum. Es ist brechend voll.

Eng umschlungen tanze ich mit Jonas inmitten all der fremden und bekannten Gesichter. Wir drehen uns, bewegen uns zusammen, und während ich meine Hüften kreisen lasse, haucht er Küsse auf meinen Nacken und meine Schulter.

»Du bist so sexy, Norah«, säuselt er in mein Ohr. Seine Hände liegen auf mir und es fühlt sich gut an.

Bis eben.

Keine Ahnung, woher dieser seltsame Druck auf einmal kommt oder dieses beklemmende Gefühl auf meinem Brustkorb, als mein Freund seine Hände langsam unter mein Top schiebt. Vielleicht weil ich weiß, was er möchte. Vielleicht weil ich denke, dass er das erwartet. Das tut er doch, oder nicht? Das letzte Mal, dass wir miteinander geschlafen haben, war vor einem Monat – und es war auch das erste Mal. Nicht nur mit ihm, sondern für mich. Wir sind in ein paar Tagen fünf Monate zusammen und mir ist klar, dass es irgendwann wieder passieren wird.

Aber …

Ich drehe mich zu ihm, lege meine Hände auf seine breiten Schultern und stelle mich auf die Zehenspitzen, um ihn auf die Lippen zu küssen. Ich lächle. Es kostet mich mehr Kraft, als es sollte. Was ist nur los mit mir? Ich habe einen wundervollen Freund, den ich sehr mag. Was ist das Problem? Was ist das in mir, das mich zurückhält und hemmt? Wieso kann ich es nicht ignorieren?

»Jonas«, flüstere ich an seinen Lippen, und als ich sein leises Seufzen höre, sein Atem mein Gesicht trifft und er seine Finger unter meinem Oberteil hervorzieht, weiß ich, dass er ahnt, was jetzt kommt. Das, was seit Wochen meinen Mund verlässt: *Ich brauche Zeit. Nur ein wenig. Versprochen. Im Moment ist es schwierig, besonders daheim und …*

Ausreden. Ich bin mir sicher, er denkt, es sind nichts weiter als Ausreden, trotzdem spricht er es nicht aus. Und das rechne ich ihm hoch an.

Zumindest bisher.

»Scheiße«, flucht er leise. Sein Blick ist verschleiert, seine Wangen sind leicht gerötet. »Wie lange willst du mich noch am ausgestreckten Arm verhungern lassen?«

»Das tue ich nicht.«

Oder?

Wir hören auf zu tanzen wie zwei Marionetten, deren Schnüre zertrennt wurden und die nicht mehr wissen, wie man sich bewegt. Die Stimmung kippt. Und wir stehen nur da, inmitten der feiernden Meute, und starren uns an. Schon komisch, dass es nur eine Sekunde dauern kann, um etwas zu verändern. Dass eine Sekunde dein Gegenüber zu jemand anderem werden lassen kann.

»Natürlich tust du das. Du machst mich heiß und lässt mich anschließend fallen. Ich will mit dir schlafen, Nor.«

Eine leise Stimme in mir fragt: Und was ist mit mir? Wieso ist es okay, dass du das willst, aber nicht, dass ich es nicht will? Nicht jetzt. Nicht im Moment.

Doch sie wird übertönt und erstickt von Schuldgefühlen, von

meinem schlechten Gewissen und den Fragen, die seine Reaktion aufwirft. Danach, ob ich eine schlechte Freundin und egoistisch bin, ob ich seine Wünsche ignoriere und ob etwas mit mir nicht okay ist, weil mein Verlangen danach nicht so groß ist wie das seine. Weil es wehgetan hat und ich mich noch nicht bereit fühle für eine Wiederholung.

»Es tut mir leid«, bringe ich hervor und das tut es. Das tut es wirklich. Nur macht das anscheinend keinen Unterschied. Jonas schiebt mich schnaubend von sich, schüttelt den Kopf und geht. *Er benötigt einen Moment für sich*, sagt er.

Schwer schluckend und irgendwie neben mir stehend, verlasse ich den Raum in eine andere Richtung.

Die Blicke der anderen liegen weiterhin auf mir. Mir, dem Mädchen, das vorher niemand richtig kannte, das eine stinknormale peinliche Familie hat, nichts besonders gut kann und sich – laut Schulflurgetratsche – irgendwann zu Beginn der Mittelstufe seinen Weg in die beliebteste Clique der Schule erschlichen hat. Mir, der Freundin von Jonas Went, der eigentlich keine Beziehungen führt. Dem Jungen, der später wahrscheinlich eine Wahnsinnskarriere als Fußballprofi oder Leichtathlet hinlegen wird und dessen Eltern nicht, wie die ein paar anderer aus unserem Jahrgang, auf einem Bauernhof arbeiten, aber locker einen kaufen könnten. Dem Jungen, der nur schnipsen müsste, damit die Mädels seufzend in seine Arme springen.

Ich schnappe mir eine Bierflasche, trinke einen großen Schluck und ignoriere sowohl den bitteren Geschmack als auch die erdrückenden Blicke der Jungs, deren Weg ich kreuze.

Beliebt, nicht unsichtbar. Das ist gut. Das ist genau das, was ich sein will.

Mit gerecktem Kinn gehe ich weiter, einen Flur hinunter, quetsche mich an mehr und mehr feiernden und knutschenden Leibern vorbei in eine ruhigere Ecke. Auf einem Fenstersims sitzend, denke ich nach, atme einen Moment durch, bevor ich den nächsten Schluck aus der Flasche nehme. Und mir irgendwann überlege, dass ich es einfach tun sollte. Zu Jonas gehen, mich entschuldigen und ihm sagen, dass ich mich umentschieden habe. Wir sind schließlich zusammen.

Es wäre okay.

Kein großes Ding.

Das ist den Streit nicht wert.

Oder …?

Stunden später bin ich mit Jonas auf dem Weg zu Tim und Ella. Die beiden stehen bereits wild knutschend am Auto. Mir ist übel, seit ich an der frischen Luft bin, und ich klammere mich an meinen Freund, damit ich nicht umfalle. Ich habe ihn eine Stunde nach unserer Auseinandersetzung gefunden und wollte mit ihm reden, doch er hat abgeblockt. Er meinte, das sollten wir in Ruhe machen, nicht so und erst recht nicht auf einer Party, aber er war mir nicht böse und wir haben uns wieder vertragen. Das hat mich mehr erleichtert, als ich geahnt hätte.

Danach haben wir alle zusammen ausgelassen gefeiert und den Abend genossen. Wir haben getanzt, gesungen, geküsst, gelacht. Wir haben unsere Sorgen über Bord geworfen.

Es war schön. Es war berauschend.

Der Alkohol rast durch meine Adern, mein Geist ist wie benebelt.

»Ich komme mit zu dir«, nuschle ich und höre Jonas lachen.

»Du musst nach Hause, Nor.«

»Nein, Blödsinn. Wir sollten uns versöhnen.« Die Wörter hören sich komisch an und meine Zunge ist irgendwie schwer. Fast taub.

»Das haben wir doch schon.«

Ich will ihn boxen, verfehle ihn jedoch. »Du Blödmann. Du weißt, was ich meine.«

»Sosehr mir der Gedanke gefällt, glaube ich nicht, dass wir das tun sollten. Nicht, solange du Probleme hast, dich auf den Beinen zu halten.«

Ich will protestieren. Allein schon aus Prinzip. Aber Jonas öffnet die Autotür, hilft mir beim Einsteigen und küsst mich. »Wir holen das nach.«

Alle steigen ein und machen es sich gemütlich. Doch ich stelle fest, dass es vor meinem Sichtfeld flimmert und ich für einen Moment einfach nur die Augen schließen und atmen muss. Und mich darauf konzentrieren, dass mir nicht noch übler wird.

Der Motor startet, ich spüre, wie sich der Wagen bewegt, und lausche den anderen, wie sie sich unterhalten, bis die Musik ertönt.

Mein Trommelfell droht zu bersten, so laut scheppert ein Lied nach dem anderen durchs Auto. Dumpf höre ich, dass Ella etwas erzählen will, wie sie versucht, die Musik, Jonas' Grölen und Tims Lachen zu übertönen.

Die Übelkeit beginnt sich etwas zu legen und ich lehne mich leicht vor, um Ellas Worte über der Musik verstehen zu können. Zum Glück ist da gerade kein Gurt, der mich einengt und mir die Luft abschnürt.

Meine beste Freundin strahlt mich an und drückt mir ihren Becher in die Hand. Keine Ahnung, was drin ist.

Ich hebe ihn, proste ihr zu, Alkohol fließt über meine Hose und ich lache lauter, weil es mir in diesem Moment so furchtbar egal ist. Mein Top ist durchgeschwitzt, meine Haare kleben an meinem Nacken und mein Herz rast.

Wir sind bis zum Schluss auf der Party geblieben, und obwohl es früher Morgen ist, vermutlich gegen fünf Uhr, ist es noch dunkler als gestern Abend, als wir losgefahren sind.

Bald bricht der Tag an, in ein paar Stunden geht die Sonne auf und Montag werden alle über uns reden. Über Ella, die einen flotten Tanz auf dem Tisch hingelegt hat, über Tim, der immer noch ihr Freund ist und sie wie ein Held auffing, nachdem sie ins Schwanken geriet, und über mich, weil der heißeste Typ der Schule seine Finger nicht von mir lassen und seine Blicke nicht von mir abwenden konnte.

Ich drehe mich zu Ella um, rutsche etwas nach vorne im Sitz und verliere fast das Gleichgewicht. Kichernd sitzen wir da und ich will alles, nur nicht wieder nach Hause. Zu meiner kleinen, nervigen Schwester, meinen alles besser wissenden Eltern und in mein stinknormales Leben.

»Scheiße!«, schreit und flucht Tim auf einmal, aber es kommt nur verzögert in meinem Kopf an.

Plötzlich geht ein heftiger Stoß durch das Auto, ich höre es quietschen und knacken, der Becher fliegt aus meiner Hand und mein Kopf ruckt nach vorne.

Es ist, als würde die Zeit langsamer laufen, nur einen Augenblick lang.

Ruck.

Ein zweiter Schlag erschüttert das Auto und jeden darin. Er ist härter, heftiger, schneller. Lauter. Er ist realer.

Mein Magen dreht sich, ich kann mich nicht auf der Rückbank festhalten, werde gegen den Beifahrersitz gedrückt und jage an ihm vorbei. Meine Schulter schmerzt und meine Welt beginnt zu verschwimmen, wird zu einem undurchsichtigen Nebel.

Meine Augen schließen sich wie von selbst, meine Hände suchen fieberhaft nach etwas, das keine Luft ist. Einem Halt, etwas zum Greifen. So lange, bis ich komplett die Orientierung verliere.

Zu viel vermischt sich, wird zu einer chaotischen Masse – Geräusche, Gerüche, Gefühle und Gedanken.

Schreie, Splitter, Dunkelheit, Lichtfetzen, Musik, die nicht enden will.

Schmerz.

Ein Aufprall.

Alles wird schwarz.

2

Norah

Sasha Sloan – Dancing With Your Ghost

Es ist bitterkalt. Und es ist dunkel… so unsagbar dunkel.

Mitten in einem unbekannten Raum blicke ich mich um und versuche verzweifelt zu entkommen. Schreiend klopfe ich gegen die glanzlosen Fliesen, die sich eine nach der anderen in ihrem Schwarz aneinanderreihen und zu einem Meer werden. Weinend flehe ich das Nichts an, mir zu helfen, und höre dabei nur immer wieder mein eigenes Echo, das mich verhöhnt. Ich sacke auf den Boden in einem weißen Nachthemd, das ich nicht kenne. Es ist nicht das meine. Das Weiß strahlt, kein Fleck ist darauf zu erkennen und es wirkt wie ein Licht, wie eine Flamme in dieser Dunkelheit.

Wie eine Kerze in der Nacht.

Ich ziehe meine Beine an, bette meinen Kopf darauf. Meine nackten Füße sind eisig. Ich klammere mich an dem Nachthemd fest, denn es ist mein einziger Halt.

Und während ich nach einer Idee oder Möglichkeit suche, der klirrenden Kälte und diesem Ort entfliehen oder ihn wenigstens vergessen zu können, bilden sich in der Leere meines Kopfes plötzlich Bilder. Ich kann jemanden reden hören. Meine Lider werden schwer, mit geschlossenen Augen werden die Gedanken klarer, die Stimme lauter.

Unter mir spüre ich Sand, ein großes Handtuch liegt neben mir und leuchtet in der Sonne in bunten Farben. Die Kälte ist verschwunden, hat einer sengenden, fast schwülen Hitze Platz gemacht. Es ist hell. Ich bin nicht länger allein. Vor mir sitzt ein schmächtiger Junge mit hellbraunem Haar und graublauen Augen. Neben ihm lehnt eine schöne Gitarre.

Er ist vielleicht neun oder zehn Jahre alt und blickt mich trotzig an. Aus meinem Mund erklingen Worte, sie sind laut und klar, bestimmt und dennoch kindlich.

»Du musst es mir versprechen. Und du darfst nicht lügen, Sam.« Während ich den Sand durch meine Finger rieseln lasse, verschränkt er die Hände vor der Brust und verzieht das Gesicht.

»Du wirst nur traurig sein, wenn es anders kommen sollte. Ich will nicht, dass du traurig bist.«

»Du glaubst also nicht daran?«, frage ich schockiert.

»Ich weiß es nicht«, gibt er zerknirscht zu. »Ich will nicht, dass du weinst. Ich will, dass du glücklich bist.«

Ich antworte etwas, aber kann mich selbst nicht mehr hören, weil eine Melodie erklingt und sich über alle anderen Geräusche erhebt – wie ein Gott.

Ruckartig schlage ich die Augen auf. Die Bilder verblassen, trotzdem kann ich die Melodie weiterhin wahrnehmen. Sie wärmt mich von innen. Sie ist ein Teil von mir, auf irgendeine Art und Weise. Da ist et-

was, das ich nicht greifen kann, etwas, an das ich mich nicht erinnere, aber von dem ich spüren kann, dass es da ist.

Zu gern hätte ich meine Antwort gehört, zu gern hätte ich mich in dem Gespräch mit dem Jungen verloren und weiter den Sand zwischen meinen Zehen gespürt, die Sonne auf meinem Gesicht. Zu gern wüsste ich, welche Melodie das war. Doch das Bild verblasst weiter und mit ihm die Musik. Ich selbst tue das.

Zurück bleiben nur Kälte und Dunkelheit.
Zurück bleibt ein Teil von mir.

Krampfhaft versuche ich, nur einen einzigen sinnvollen Gedanken zu fassen, nur wirbeln sie dafür zu aufgebracht umher. Es ist, als liefen sie davon. Weg von mir.

Dieser Moment fühlt sich an, als wäre er der erste von allen. Ein Anfang.

Zu deutlich nehme ich meinen Körper wahr, meine Atmung, das gleichmäßige und angestrengte Klopfen meines Herzens. Dann überrollen mich die Schmerzen wie eine gigantische Welle, die über mir bricht und mich begräbt. Mein Körper verkrampft sich und ich rieche das Desinfektionsmittel nun mehr als deutlich. Es setzt sich in meiner Nase fest, die wie mein Hals zu brennen beginnt. Mein Oberkörper schmerzt am meisten, meine Brust droht bei jedem Atemzug zu bersten und ein Stechen zieht von meiner linken Hand den Arm hinauf. Am schlimmsten sind die Kopfschmerzen, die mich beinahe zum Schreien bringen und mir das Gefühl geben, ihnen kaum standhalten zu können.

Mühsam hebe ich meine bleiernen Lider. Sie sind verklebt und meine Augen geschwollen. Alles ist anders, fühlt sich verzerrt an, fremd und schwer. Genau wie mein Kopf, den ich nur wenige Zentimeter heben kann und in dem es nicht aufhört zu hämmern.

Eine Ewigkeit scheint zu vergehen, bis ich die Bilder, die ich sehe, mit den Dingen, die ich sonst noch wahrnehme, zu einer Geschichte formen kann. Zu einer Erzählung, die einen Sinn ergibt.

Weiße Wände, weiße Vorhänge, ein hohes Bett, ein karger Raum. Kombiniert mit dem Piepen, mit dem Geruch, der in der Luft hängt, und den Schläuchen in meinem Arm dämmert es mir, dass hier etwas ganz und gar nicht stimmt.

Ein Krankenhaus.

Langsam und stöhnend stütze ich mich mit zusammengebissenen Zähnen auf den Ellenbogen ab. Drei Anläufe braucht es, bevor meine Arme nicht mehr wegknicken und ich mich etwas aufsetzen kann. Hinter meiner Stirn pocht es unablässig, sodass mir Tränen in die Augen schießen.

Der Kopf meiner Mutter ruht auf ihren Armen am Rand meines Bettes auf der rechten Seite. Ihre Haare haben sich aus dem Zopf befreit und über ihre Hände und die Decke ausgebreitet. Sie sehen zugleich strohig und fettig aus, sind chaotisch, voller Knoten. Ihr Körper hebt und senkt sich gleichmäßig, sie schläft. Dass mein linkes Bein beinahe taub ist, verdanke ich Lu, die sich am Fußende des Bettes zu einer Kugel zusammengerollt hat. Meine Schwester liegt halb auf meinem Bein, in den Armen ihr Lieblingskuscheltier. Sie schnarcht leise und ich erkenne Puddingreste an ihrem Mund. Ich weiß nicht, warum, aber ich muss lächeln. Dabei reißen meine Lippen, halten dem Druck nicht stand und ich zucke zusammen.

Eine Träne rinnt aus meinem Auge und ich schlucke schwer, was nicht so einfach ist. Mein Mund fühlt sich ganz trocken und pappig an. Ich greife zitternd nach dem Becher mit Wasser neben mir, nehme ein, zwei Züge, doch mir wird schlecht, deshalb stelle ich ihn sofort wieder zur Seite.

Und auf einmal ist sie da – die Erinnerung. Nein, sie alle. Es ist, als würde vor meinem inneren Auge eine Diashow ablaufen. Nur fühlen sich die Bilder und Erinnerungen nicht an wie sonst, sondern beinahe fremd. Ich sehe meine Mutter lachen, während sie ihre Lieblingsserie guckt, oder meinen Vater, wie er Zeitung liest. Dann ist da Lu, die mich grimmig anstarrt, und ich erinnere mich auch, warum.

Aber etwas fehlt! Wieso fehlt da etwas?

Ich runzle die Stirn, kneife die Lippen zusammen, versuche, die bohrenden Kopfschmerzen zur Seite zu schieben. Mein Herzschlag beschleunigt sich, mir wird etwas schwindelig und es ist mir vollkommen egal. Ich muss wissen, was sich so … falsch anfühlt. Mit aller Kraft bemühe ich mich, genau das herauszufinden, konzentriere mich stärker und verdränge die Schmerzen, die sich jetzt immer heftiger durch meinen Körper ziehen.

Bis mein Vater durch die Tür ins Zimmer tritt, zwei Becher Kaffee to go in der Hand, mit zerzaustem Haar, zerknittertem und oben falsch geknöpftem Hemd. Mit dunklen Ringen unter den Augen, die sich weiten, als er mich ansieht.

»Norah«, flüstert er überrascht mit heiserer Stimme und lässt dabei beinahe die Becher auf den Boden fallen. Etwas Kaffee schwappt über, trotz Deckel. Sofort stolpert er zum Bett, um es herum und setzt die Getränke hektisch auf dem Beistelltisch ab, bevor er liebevoll, aber bestimmt an der Schulter meiner Mom rüttelt. Seine Stimme zittert jetzt.

»Sie ist wach, Anna. Unsere Norah ist wach.«

Seine Worte klingen brüchig, ich höre ihn weinen und schließlich knicken meine Arme ein, ich sacke zurück aufs Bett und heiße Tränen rinnen über meine eigenen Wangen. Jeder Schluchzer tut so weh, dass ich denke, einen weiteren ertrage ich nicht. Jeder geht mir durch Mark und Bein. Und jede Träne verbrennt meine Haut auf ihrem Weg nach unten bis auf das Kissen.

Ich habe das Gefühl, nie zuvor gefühlt zu haben. Ich weiß genau, etwas ist nicht so, wie es war. Nicht wie es sein sollte. Das lässt mich nicht los, ich kann nichts dagegen tun. Ich bin zerbrochen und doch ganz. Wie eine Vase, die zersprungen ist und deren Teile man wieder zusammengefügt hat, ohne dass sie richtig aufeinanderpassen.

Mit geschlossenen Augen liege ich da, während mein Herz verzweifelt gegen meine Rippen hämmert wie ein Gefangener, der nichts weiter als ausbrechen will. Ich versuche, mich irgendwie zu beruhigen, nur ist das verdammt schwer. Panik lauert in mir, direkt unter der Oberfläche, doch … ich weiß nicht, wovor.

Das ist vielleicht das Schlimmste daran.

Plötzlich beginnt etwas an meinem Bett zu surren und direkt daraufhin hebt sich das Kopfteil Zentimeter um Zentimeter nach oben, sodass ich aufrecht sitze, ohne mich dabei anstrengen zu müssen. Als das Surren endet, ist es ganz still.

Zaghaft öffne ich die Augen wieder, befeuchte meine spröden Lippen und schaue direkt in das Gesicht meiner Mutter. Ich erkenne Angst, Hoffnung und Liebe darin und ich sehe die Verzweiflung. All das ist greifbar und so lebendig, dass ich fast keine Luft bekomme.

So viele Gefühle.

So viele erste Male.

Zu viel, zu viel, zu viel.

»Norah? Bist du … wirklich wach?«, fragt Mom erstickt und ich bringe nicht mehr als ein Nicken zustande, ein knappes und kaum sichtbares, aber es reicht, um sie glücklich zu machen. Keuchend drückt sie meine Hände. Ihre sind warm und die Berührung fühlt sich beruhigend an. Erst jetzt merke ich, wie kalt meine eigenen Finger sind. Danach küsst sie mich auf die Stirn und droht an ihren Tränen zu ertrinken, während mein Vater ihr unablässig über das wirre Haar streicht.

»Was ist passiert?«

Meine Stimme ist kratzig, hauchdünn – und die Frage überflüssig. Ich sehe die Bilder vor mir, ich weiß längst, was passiert ist, mir fehlt nur das Warum. Ich weiß nicht, was danach war.

Vor mir erscheinen die Gesichter von Ella, Tim und Jonas und irgendetwas in mir gibt mir zu verstehen, dass ich jetzt nach ihnen fragen und mir Sorgen um sie machen müsste. Sie sind meine Freunde. Nehme ich an. Ich bin mir nicht ganz sicher.

»Ich hole den Arzt.«

Mein Vater nickt uns kurz zu, bevor er den Raum verlässt. Meine Mutter zieht ein zerknittertes Taschentuch aus ihrer Jeans, wischt sich damit die Tränen weg und verteilt die letzten Reste ihres Mascaras unter den Augen. Dabei hält sie meine Hand noch immer mit ihrer linken, fährt das Taschentuch nur mit der rechten über ihr Gesicht. Meine Finger umklammert sie mittlerweile so fest, dass es unangenehm wird, aber ich glaube, sie braucht das jetzt. Sie kann nicht loslassen.

Die Tür gleitet auf. Zusammen mit meinem Vater betritt ein Mann in Weiß, absolut angepasst an diesen Raum, das Zimmer. Er hat gebräunte Haut, schwarzes Haar und dunkle Augen. *Vielleicht spanische Wurzeln?*, schießt es mir durch den Kopf und ich habe keine Ahnung, warum ich mir darüber Gedanken mache. Es spielt überhaupt keine Rolle.

Sein Gesicht wirkt ernst, er hat hohe Wangenknochen und buschige Brauen. Im Gegensatz dazu sind seine Augen freundlich und offen.

Er tritt an das Fußende meines Bettes. Ein, zwei Sekunden lang gleitet sein Blick zu Lu, die noch schläft. Erst als sie einen lauten Schnarcher von sich gibt, beginnt er zu reden.

»Schön, dass du wach bist, Norah. Wie fühlst du dich?«

»Sind Sie mein Arzt?«

»Ja, das bin ich. Mein Name ist Dr. Alvarez. Also, wie geht es dir?«

»Ich ... ich schätze, ganz okay?«

Fragend blicke ich in die Runde. Natürlich habe ich Schmerzen direkt aus der Hölle und irgendwie fühlt sich alles komisch an, aber es geht mir gut. Oder sollte ich zugeben, dass ich mich am liebsten in einer Ecke zusammenrollen und weinen würde, weil ich mir selbst fremd vorkomme?

»Das klingt, als wärst du dir nicht sicher. Wie geht es deinem Kopf?«

Beinahe automatisch hebt sich meine Hand und ich atme keuchend ein, als ich am Hinterkopf keine Haare mehr ertaste, nur Stoppeln, wunde Haut und Drähte. Als hätte ich mich verbrannt, zuckt meine Hand zurück. Ich beginne, schneller zu atmen. Schneller und schneller und mir wird schwindelig. Ich habe das Gefühl, keine Luft zu bekommen. Es ist, als würden sich meine Lungenflügel zusammenziehen und hätten nicht die Absicht, sich je wieder auszudehnen. Das Gerät neben mir piept auf einmal, und erst als der Arzt hingeht und ein, zwei Knöpfe drückt, hört es auf. Er legt eine Hand an meine Stirn und redet beruhigend auf mich ein. Atmet mit mir.

»So ist es gut, nicht aufhören. Genau so, schön weiteratmen. Du machst das super«, höre ich seine Stimme neben mir, konzentriere mich auf seine Worte und ahme seine Atembewegungen nach. Langsam fange ich an, mich zu beruhigen.

Dr. Alvarez lässt von mir ab und mustert mich aufmerksam. »Du musst keine Angst haben. Deine Wunde verheilt wie erwartet, und dass du jetzt wach bist, ist ein gutes Zeichen.«

»Was … ich meine, wie …?« Zu viele Fragen tummeln sich in meinem Kopf, sodass ich keine einzige formulieren und vollenden, geschweige denn aussprechen kann.

Lu regt sich kurz, aber wacht nicht auf.

»Erinnerst du dich an den Unfall?«

Dr. Alvarez beobachtet mich aufmerksam und intensiv, genau wie meine Eltern, die uns abwartend und angespannt fixieren. Schwer schluckend nicke ich.

»Ja. Ich erinnere mich an alles. Wir waren auf einer Party und sind erst morgens zurückgefahren. Plötzlich ging ein Ruck durch das Auto. Dann ein zweiter, ein dritter …«, flüstere ich. Mit jedem Wort und jeder aufblitzenden Erinnerung werde ich leiser. Kurz kneife ich die Augen zusammen, atme bewusst ruhig ein und aus. Ich will nicht wieder durchdrehen. »Und jetzt bin ich hier.«

Völlig emotionslos verlassen die letzten Worte meinen Mund, während ich in das Gesicht meines Arztes blicke und auf eine Reaktion warte. Er schürzt die Lippen, nur ein wenig, ebenso leicht legt er den Kopf zur Seite, aber ich sehe es. Worüber er wohl nachdenkt?

»Hast du Schmerzen?«

»Ja«, gebe ich zu. Sie sind überall. In meinem Kopf, meinen Armen, meinem Rücken, meinen Rippen, meinen Gedanken.

Er nickt, als habe er nichts anderes erwartet.

»Du hast recht, du und deine Freunde hattet einen Unfall. Es geht ihnen gut, falls du das wissen möchtest.«

Ein dumpfes Gefühl macht sich in mir breit, lässt mich die Augenbrauen zusammenziehen und unruhig werden. Vielleicht warte ich darauf, dass seine Worte etwas in mir auslösen. Doch das passiert nicht.

»In ein, zwei Wochen wirst du mit Sicherheit wieder nach Hause können. Deine Kopfverletzung verheilt schnell, du hast keine Brüche davongetragen, dafür einige schwerwiegende Prellungen. Unter anderem an einer linken Rippe. Deine Freunde kamen mit Hämatomen und einem Schock davon, aber weil du nicht angeschnallt warst, bist du durch die Scheibe geflogen, hast dir diverse Schnittwunden und ein Schädel-Hirn-Trauma zugezogen. Und das hat ein Ödem verursacht.«

Verwirrt schaue ich zwischen meinen Eltern und Dr. Alvarez hin und her.

»Um es zu vereinfachen: Während deine Freunde mit einer Alkoholvergiftung und ein paar blauen Flecken davongekommen sind und somit nach der Untersuchung hier im Krankenhaus wieder heimkonnten, hattest du ein schweres Trauma, das dazu führte, dass dein Gehirn angeschwollen ist. Der Druck in deinem Kopf ist dadurch gefährlich gestiegen. Es kam außerdem zu einer Hirnblutung. Die Ausmaße wurden erst während der Computertomografie klar. Wir mussten im OP mithilfe einer Kraniotomie, einer Öffnung im Schädel, die Blutung stillen und die Flüssigkeit ablassen. Dadurch hat sich der Druck in deinem Kopf glücklicherweise schnell verringert und ist in den Normalbereich zurückgegangen. Der Verband wurde bereits abgenommen, die Klammern haben wir vor ein paar Tagen entfernt und dich danach aufgrund deiner guten Werte von der Intensivstation hierher verlegt. Sportliche Aktivitäten, besonders mit hoher körperlicher Belastung oder gar Gefährdung, solltest du die nächsten Wochen dringend vermeiden. Genauso wie erhöhten Stress. Die Operation ist ohne Komplikationen verlaufen, allerdings …«

Er zögert. Warum zögert er?

»Aufgrund der Schwere und der Art des Traumas hatten wir uns dazu entschieden, dich eine Woche in ein künstliches Koma zu versetzen. Nach und nach wurden die Narkosemittel reduziert und schließlich ganz weggelassen. In Anbetracht der Umstände könnte man sagen, du hast mehr als nur unglaubliches Glück gehabt.«

Nach dem letzten Satz beginnt meine Mutter wieder leise zu weinen. Er sagt das, als würde er mir gerade mitteilen, dass er die Farbe Blau lieber mag als Rot. Lapidar. Emotionslos. Beiläufig.

»Sie haben ein Loch in meinen Kopf gebohrt?«

Von all den Dingen, die er mir soeben erzählt hat, ist das als einziges tatsächlich hängen geblieben. Mein Mund steht offen, mein Atem geht stoßweise, mir ist plötzlich glühend heiß. Fühlt sich so ein Schock an?

»Alles ist gut. Alles ist perfekt verheilt. Bald wirst du hoffentlich wieder ganz die Alte sein.«

Hoffentlich … Hoffentlich irrt er sich da nicht.

»Künstliches Koma?«, wispere ich. »War das nötig? Ist so was nicht gefährlich? Wie lange bin ich überhaupt schon hier?«

»Der Unfall war vor fünfzehn Tagen. Und ich habe deinen Eltern bereits erklärt, dass so eine Entscheidung gut durchdacht und von uns Ärzten niemals ohne Grund in Betracht gezogen wird. Es hat uns in deinem Fall die Behandlung erleichtert, besonders direkt nach der Operation. Dein Gehirn wurde dadurch in eine Art Ruhemodus versetzt, was sehr wichtig war. Das Risiko für bleibende Schäden hat sich dadurch gesenkt und gleichzeitig haben wir die Heilung gefördert, da du dich kaum bewegen konntest. Dein Körper wurde auf die Grundfunktionen heruntergefahren. Aufregung und Schmerzen wurden gelindert. Du wirst mir zustimmen, dass sie auch jetzt noch stark sind, trotz entsprechender Medikamente.«

Ein deutliches »Nicht wahr?« schwingt in seinem Satz mit und er hat recht, also nicke ich mit zusammengepressten Zähnen. Der Schmerz ist da und meine Glieder vollkommen steif und überempfindlich.

Er nimmt meine Hände, fährt meine Finger hinab. »Spürst du das?« Ich nicke. »Gut. Sehr gut.« Danach geht er ans Bettende, schlägt die Decke weg und greift nach meinem rechten Fuß, weil Lu noch auf der linken Seite schläft. Er zieht mit der Deckelseite eines Stiftes von unten nach oben über meine Fußsohle. Ich zucke zurück, weil es kitzelt. »Das spürst du ebenso, wie ich sehe. Bisher hast du keinerlei sprachliche Schwierigkeiten, richtig?«

»Nein. Ich habe keine Probleme zu sprechen.«

»Ich betone nochmals, dass die OP aus unserer Sicht optimal verlaufen ist. Wir sehen momentan keine gegenteiligen Anzeichen. Nur noch eine Sache: Kannst du dich an dein Geburtsdatum erinnern?«, fragt er unerwartet und ich stutze. »Kannst du mir deinen vollen Namen nennen, eure Adresse und was du an dem Tag des Unfalls gemacht hast?«

Immer noch verwirrt und erschüttert darüber, dass ich diesen Autounfall überhaupt hatte, dass jemand in meinem Kopf herumgefuchtelt und mich in ein künstliches Koma versetzt hat, kann ich mich kaum zügeln, nicht laut loszuschreien, weil er dabei so unfassbar gelassen bleibt. So ruhig. Wohingegen in mir pures Chaos herrscht. Chaos, Verzweiflung und Verwirrung.

Gefühle. So viele Gefühle.

»Natürlich!« Beinahe aufbrausend reagiere ich auf seine Fragen. »Norah Frey, mein Geburtstag ist am sechsten Juni und wo ich wohne, geht Sie nichts an.« Nicht dass er das nicht alles längst wüsste. Meine Eltern mussten im Krankenhaus bestimmt irgendeinen Bogen ausfüllen und meine Daten wurden von der Krankenkasse übermittelt.

»Das stimmt«, erwidert er mit einem angedeuteten Lächeln. »Ich habe dir die Fragen nicht gestellt, weil ich dir zu nahe treten wollte, sondern weil ich eine Amnesie aufgrund deines Unfalls und des Ödems beziehungsweise des Eingriffes ausschließen möchte. Du kannst dich demnach an alles erinnern?« Skeptisch liegt sein Blick auf mir, seine Augen scheinen jede Bewegung, jede Regung meinerseits wahrzunehmen.

»Ja«, antworte ich nur halb so kraftvoll, wie ich es vorhatte. *Ich weiß es nicht*, denke ich im selben Moment.

»Falls doch ein paar Lücken auftreten sollten, ist das erst einmal kein Grund zur Sorge. Die Erinnerungen sollten nach und nach von selbst wieder zurückkommen. Wenn das nicht passiert, wenn du meinst, etwas stimmt nicht, melde dich bitte umgehend.«

Ich nicke, aber weiche seinem bohrenden Blick aus, dem ich keine Minute länger standhalten kann.

»Den anderen geht es also gut?«, frage ich schnell, um das Thema zu wechseln.

»Allerdings.« Mehr sagt er nicht.

Nach einem kurzen Gespräch mit meinem Vater, der noch ein paar Fragen stellt, bei dem ich kaum zuhöre, verlässt Dr. Alvarez das Zimmer. Er lässt mich mit meinen Eltern allein – und mit Lu, die sich langsam zu regen beginnt und wach wird.

In dem Moment, in dem das Blut wieder durch mein Bein fließen kann und sich die Taubheit löst, fühlt sich das gleichsam schmerzhaft wie kribbelig an. Aber ich habe nur Augen für meine kleine Schwester, die sich aufsetzt, erschöpft die Augen reibt und verschlafen unsere Eltern ansieht, die beide ein Lächeln im Gesicht haben. Als sie ihren kleinen Kopf mit der wilden Haarmähne zu mir dreht, als sich ihre Augen weiten und ihr Mund vor Erstaunen öffnet, als ihre Lippen zu zittern beginnen und sie sich an ihrem Kuscheltier festkrallt, nicht imstande, sich zu bewegen, da weiß ich, dass ich sie zum ersten Mal wirklich richtig sehe.

Ich erkenne deutlich, was sie für mich empfindet, und das Gefühl, das sich ganz unerwartet in mir aufbaut, droht mich zu ersticken. Doch Lu bleibt sitzen, weint still zu meinen Füßen, während ich mich frage, warum sie nicht näher kommt. Warum sie mich nicht umarmt. Erinnerungen ziehen vorbei, in denen sie das ständig getan hat. Jetzt nicht mehr. Trotzdem versuche ich zu lächeln.

Ich habe gelogen.

Eben fragte Dr. Alvarez mich, ob alles okay sei, ob ich mich an alles erinnere, und ich habe Ja gesagt. Es war eine Lüge, das wird mir jetzt klar. Denn ich besitze Tausende von Erinnerungen, manche vielleicht ohne Zusammenhang und ja, einige Lücken sind vorhanden, trotzdem kann ich mich an mein Leben erinnern. Das, was ich vor mir sehe, ist glasklar. Trotzdem bleibt diese Stimme in meinem Kopf, sie will einfach nicht verschwinden. Sie ist da und sie brüllt mich immerzu an: Etwas fehlt!

Der Junge, kommt es mir in den Sinn. *Der Junge und der Sand zwischen meinen Zehen ...*

Ruckartig hebe ich den Kopf, blicke meine Eltern an, während meine Finger sich an der weißen Krankenhausbettdecke festkrallen.

»Ich will Sam sehen.«

3

Norah

Zoe Wees – Control

Der Ausdruck auf dem Gesicht meines Dads ist nicht zu deuten, die Züge meiner Mom entgleiten vollkommen.

»Sam?«, fragt sie in einer Mischung aus Schock und Unglauben. »Du meinst Samuel Rabe?«

Ein erneuter Blick zu Lu zeigt mir, dass meine Schwester tief in Gedanken versunken ist. Energisch wischt sie die Tränen weg und zittert schon etwas weniger. Dabei sieht sie konzentriert zwischen uns hin und her, runzelt die Stirn und verengt ihre müden Augen zu Schlitzen. Ihre Lippen sind gekräuselt und ihr Kopf schräg gelegt. Sie schnieft einmal laut.

»Aber du hast nicht ... Sam ist ...«, stottert Mom, lenkt damit meine Aufmerksamkeit von Lu weg und verstummt erst, als mein Vater eingreift. Als er seine zusammengepressten Lippen voneinander löst, während er seine Hand auf ihre Schulter legt und sie so zum Schweigen bringt. Schließlich ringt er sich ein breites Lächeln ab.

Was war denn so schlimm an meiner Bitte?

»Ich werde ihm Bescheid geben.«

Ich atme auf und nicke, wobei ich das seltsame Verhalten meiner Mutter ignoriere. Bis auch sie zu lächeln beginnt, erst zaghaft, danach immer breiter. Sie wendet ihr Gesicht meinem Vater zu, ihre Hand auf seine gelegt.

Lus zarte Stimme erklingt. »Sam? Ich glaube, ich kenne ihn. Ja, ich erinnere mich an ihn.« Dennoch sieht sie mich weiterhin nachdenklich an.

Wieso auch nicht? Er ist überall in meinen Erinnerungen. Da sind so viele Bilder von ihm und mir, wieso sollte er nicht in den Erinnerungen von Lu und meinen Eltern sein?

»Komm, Kleines, wir gönnen deiner Schwester ein wenig Ruhe.«

»Aber Papa, Norah hat so viel geschlafen.«

Jetzt bin ich diejenige, an deren Lippen ein Lächeln zupft. Das stimmt. Ich habe anscheinend richtig viel geschlafen, trotzdem bin ich so müde, als hätte ich es niemals getan.

»Was hältst du davon, wenn wir uns ein Eis holen?«, lenkt mein Vater sie ab, und noch bevor ich etwas erwidern kann, ist er bei ihr und nimmt sie bei der Hand. Bei dem Wort *Eis* strahlt sie und ich glaube, sie hat mich schon längst vergessen. Welche Achtjährige hat denn keine Schwäche für Eiscreme?

Mom erhebt sich und streicht sich eine Haarsträhne hinters Ohr. Sie sieht unheimlich blass aus. Ganz anders als in den Bildern in meinem Kopf.

»Ich …«, beginnt sie langsam.

»Ist schon gut. Geh ruhig mit«, unterbreche ich sie, um es ihr leichter zu machen. Sie ist müde, das würde ein Blinder erkennen. Und ich befürchte, sie wird noch verrückt, wenn sie länger in diesem sterilen, kargen Raum sitzen muss. Ich weiß das, weil ich es selbst bald werde, und ich bin nicht einmal eine halbe Stunde bei Bewusstsein.

»Du solltest nach Hause fahren. Nimm dir ein Taxi und ruh dich aus. Ich esse mit Lu ein Eis, rede nochmals mit dem Arzt – und rufe Sam an.« Mein Vater schaut meine Mutter, der es sichtlich schwerfällt, das Angebot anzunehmen, liebevoll an. Ihre Zerrissenheit ist so deutlich, beinahe greifbar.

»Wie lange bist du schon hier?« Eine Frage, die ich ihr längst hätte stellen sollen.

»Es ist alles in Ordnung, wirklich! Ich …«

»Seit du den Unfall hattest«, entgegnet mein Vater nur widerwillig.

Deshalb sieht sie so aus. Wahrscheinlich hat sie seit Tagen nicht richtig geschlafen und geduscht. Oder gegessen. Sie war hier, hat sich Sorgen gemacht.

Es tut mir so leid. Leid. Davon ist ganz schön viel da.

Meine Kehle brennt, zieht sich zusammen und meine Augen füllen sich mit Tränen. Schon wieder! Ich fühle mich wie ein Fass, das überläuft, und kann nichts dagegen tun. Ich bin wie ein Mensch in einem winzigen Boot voller Löcher auf dem Meer, der versucht, sie mit allem, was er hat, zu stopfen und zu flicken. Aber dieses *alles* ist nicht genug, es reicht nicht.

»Es tut mir leid«, flüstere ich erstickt und finde mich in der Umarmung meiner Mutter wieder, die plötzlich bei mir ist und mir über den Rücken streicht. Die mir sagt, dass alles gut wird. Dass sie froh ist, dass sie mich noch hat.

Nur mühsam kann sie sich von mir lösen, sammelt ihre Sachen ein und verlässt weiterhin still weinend mit Dad und Lu das Zimmer.

»Wir sind bald wieder da«, betont er, dann schließt sich die Tür.

Jetzt, da meine Familie fort ist, atme ich einmal tief durch. Jetzt, da sie weg sind, fängt mein Gefühlschaos für den Moment an, sich zu beruhigen. Es ist, als hätte es beschlossen, ein bisschen zu schlafen, sich auszuruhen. Es ist weniger, doch nicht weg. Es kommt zurück.

Jedes Möbelstück und jeder Gegenstand hier wirken auf einmal verändert auf mich. Mein Blick schweift durch den Raum und ich entdecke ein kleines Bild von einem Baum an der gegenüberliegenden Wand über einem kleinen Tisch samt Stühlen. Das einzige bunte Stück, das einzige ganz ohne Weiß. Das Zimmer kommt mir von Minute zu Minute kühler vor und das Gefühl, das es ausstrahlt, nistet sich in mir ein.

Mir ist kalt.

Mich räuspernd, decke ich mich bis oben zu und versuche, es zu verdrängen. Ich drehe den Kopf nach rechts, zum Fenster. Dunkle, dichte und gruselig wirkende Wolken ziehen über den Himmel. Sie sind das Gegenteil von dem ganzen Weiß um mich herum. Und obwohl sie genauso kalt sein müssten, wirken sie lebendig.

Und während ich die sich stetig neu formenden Wolken beobachte, werden meine Lider schwerer. Es ist wie ein Film oder ein Lied, das mich in den Schlaf wiegt.

»Anscheinend ist sie nicht wach. Vielleicht sollten wir später wiederkommen und ihr die Ruhe gönnen.«

Die Stimme hallt klar in meinem Kopf wider, ich kenne sie. Dad ist zurück. Dösend liege ich da, weder ganz schlafend noch ganz wach, mit geschlossenen Augen.

Eine zweite Stimme erklingt und sagt, sie möchte hierbleiben. Sie hört sich so wunderbar bekannt und fremd zugleich an, sodass ich nicht weiß, wie ich reagieren soll. Deshalb bleibe ich liegen und warte ab.

Alles ist still. Alles, bis auf das laute Pochen meines Herzens und die leisen Schritte, die den Jungen, zu dem die Stimme gehört, durch den Raum tragen – direkt zu mir. Ich halte es nicht länger aus, darum schlage ich die Augen auf. Und sehe Sam.

Er ist wirklich da. Seine blaue Jeans sitzt locker an den Hüften, sein Pullover ist ihm eine Nummer zu groß. Sein Haar ist etwas länger, als ich es in Erinnerung habe, nur seine Augen sehen noch genauso aus. Genauso groß und blau. Genauso intensiv. Nur schwerlich kann ich mich von ihnen lösen, um den Rest von ihm zu betrachten. Ich erkenne Dutzende Sommersprossen, nur auf seiner Nase. Sam ist immer noch dünn und drahtig gebaut, aber in meinem Kopf war er es weitaus mehr. Da war er wesentlich schmaler, fast schmächtig. Ist er größer geworden? Ein ganzes Stück sogar. Wann ist das passiert? Wieso besitze ich nur ein, zwei verwaschene Bilder von dem Jungen, der vor mir steht? Es sind nur kurze, flüchtige Momentaufnahmen, nur vage Erinnerungen. Nicht mehr.

»Ich warte draußen«, höre ich Dad sagen, aber ich reagiere nicht. Ich bin ganz bei Sam.

Sam, der keinen Ton von sich gibt und keine Miene verzieht, obwohl ich spüre, dass er mich genauso mustert wie ich ihn. Ich will nicht wissen, was er gerade sieht, denn wenn es nur ansatzweise das ist, was ich empfinde, würde ich ihn wahrscheinlich wieder bitten zu gehen, weil es mir zu unangenehm wäre. Ich muss ein grauenvolles Bild abgeben. Doch das zählt jetzt nicht. Das ist nicht wichtig.

Sam lässt sich auf einem der Stühle nieder, den er von dem kleinen Tisch unter dem Bild mit dem Baum herangezogen hat, und sitzt nun vor dem Fenster, hinter dem weiterhin dunkle Wolken über den Himmel jagen.

Ich bringe keinen Ton heraus, kein »Hallo«, kein »Schön, dass du da bist«. Ich lächle nicht, mein Gesicht fühlt sich wie versteinert an. Und ich glaube, Sam geht es ebenso. Dennoch haben sich unsere Blicke gefunden und sie lassen sich nicht mehr los. Wir sehen uns nur an. Es ist eines von hundert neuen Gefühlen, seit ich wach bin.

Es ist tief reichend, einnehmend und überwältigend.

Es ist wie nach Hause kommen.

Die Stille, die zwischen uns hängt, ist nicht ruhig. Nein, sie ist laut und wild und stürmisch. Doch sosehr sie mich auch anschreit, ich kann nicht verstehen, was sie mir mitteilen will.

»Wieso wolltest du, dass ich dich besuche?«

Ihn reden zu hören kommt so unerwartet, dass seine Worte mir durch Mark und Bein gehen. Sam fragt das, als wäre es etwas Besonderes oder Eigenartiges, womöglich sogar etwas Ungewöhnliches. Als wäre etwas daran falsch. Mir fällt auf, dass seine Stimme ein wenig tiefer geworden, aber sie genauso weich geblieben ist, wie ich sie kenne.

»Weil ...« Erst will ich antworten: *Weil ich mich an dich erinnere. Mehr als an alles andere. Es sind gute Erinnerungen.*

Aus irgendeinem Grund besinne ich mich eines Besseren, schlucke die Worte herunter und bringe neue hervor.

»Weil du mein Freund bist.«

Sam sieht mich ungläubig an, seine hochgezogenen dunklen Augenbrauen sorgen für zwei, drei Falten auf seiner Stirn. Er wirkt ehrlich überrascht. Seine Lippen teilen sich, als wolle er etwas erwidern, doch schließlich presst er sie nur wieder nachdenklich zusammen.

Wir schweigen beide.

Das Grübchen an seiner linken Wange ist tiefer geworden, stelle ich fest.

»Geht es dir gut? Ich meine ...« Er fährt sich heftig durch sein hellbraunes Haar und seufzt, bevor er die Hand auf seinen Schoß sinken lässt. »Dein Dad meint, es wäre alles in Ordnung, aber... geht es dir *wirklich* gut?«

Es ist nicht, was er zu mir sagt, sondern *wie* er es sagt. Seine blauen Augen, die am Rand der Iris dunkelgrau werden, fixieren mich. Er schaut mich viel zu ernst an. Sein schmales, markantes Gesicht ist mir zugewandt. Seine Worte, sein aufmerksamer Blick, der mich durchdringt, seine dunkle Stimme und die Frage darin legen sich auf meine Brust, drücken sie nieder und lassen mich immer schwerer atmen.

Ja, mir geht es gut, möchte ich schreien. Einfach nur *Ja!*. Aber ich kann es nicht. Etwas in mir hält dieses eine Wort fest, lässt es nicht entkommen. Etwas in mir hält dagegen und schüttelt panisch den Kopf. Bedeutet mir, dass es nicht stimmt. Doch ich glaube es nicht. Ich will es nicht glauben. Es muss alles okay sein mit mir.

Sam beobachtet mich, mustert mich viel zu genau.

Und ich? Ich kann vielleicht nicht mit Ja antworten, aber ich kann nicken … Obwohl mein steifer Nacken dabei protestiert. Und als ich es tue, stimmt Sam mit ein. Ich weiß, er glaubt mir nicht ganz. Sam ist wie ein offenes Buch. Trotzdem sagt er nichts dazu. Stattdessen senkt er den Blick auf seine Finger, die er nervös zu kneten beginnt.

»An was erinnerst du dich? Wenn es um uns geht.«

»An vieles«, flüstere ich vage und schlucke schwer. Mein Mund ist pappig und meine Zunge träge.

»Auch an genug?«, hakt er mit belegter Stimme nach. *An genug?* Was meint er mit »genug«?

Fieberhaft überlege ich, was ihn dazu bringen könnte, diese Frage zu stellen. Da ist etwas, das mir entgeht. Da muss etwas sein. Wieso sollte Sam sonst so klingen, als … Zögerlich ziehe ich die Augenbrauen zusammen. Hatten wir einen Streit? Ich krame in meinen Erinnerungen, um eine Antwort zu finden auf dieses *genug*, auf die ganzen Fragen, und lege Bild um Bild zur Seite, das mir Sam zeigt. Es sind so unendlich viele. Aber keines von ihnen kann mir helfen. Da ist nichts, das auffällig wäre. Wieso nicht? Wieso reichen die Bilder nicht?

Ich fühle mich wie eine Uhr, die nicht mehr läuft, wie ein Habicht mit gebrochenen Flügeln. Ich bin ein Zebra ohne Streifen oder ein Baum ohne Wurzeln.

Ich sehe die Erinnerungen, die Bilder sind klar und bunt. Letztendlich sind sie es, die uns auf ewig bleiben. Flüchtige Fotografien unserer Vergangenheit. Aber wertvoll und besonders werden sie nur durch eines: durch das Gefühl, das wir mit ihnen verbinden. Durch das Gefühl, das zu einer Art Musik wird. Einer Melodie, die sich an die Erinnerung heftet.

Es ist weg.

Jedes Bild ist nicht mehr als das: ein Bild. Stumm und wirr schwirrt jedes von ihnen durch meinen Kopf und kann mir keine Antworten auf meine Fragen geben. Das ist es. Bis eben habe ich nicht begriffen, was schiefläuft und sich in mir so seltsam anfühlt, doch jetzt habe ich es. Jetzt verstehe ich, warum meine Gefühle, seitdem ich aufgewacht bin, so heftig sind, zu viel, zu klar. Jetzt habe ich das Problem gefunden.

Verzweifelt und geschockt blicke ich Sam an. Ich spüre die Tränen in meinen Augen, die Hitze in meinen Wangen und das Brennen in meiner Brust: Nichts ist okay. Gar nichts. Es war eine Lüge zu sagen, ich könnte mich erinnern, denn es stimmt nicht. Ich kann mich nicht daran erinnern, was ich empfand, als meine Mutter mir meinen Lieblingskuchen zum sechzehnten Geburtstag gebacken hat oder als ich das erste Mal Fahrrad fuhr. Ich weiß nicht, warum ich weinte, als meine Eltern mir mit zehn ein Meerschweinchen geschenkt haben. War ich traurig? Wollte ich es nicht? Oder waren es Freudentränen?

Alles, was ich jemals empfunden habe … es ist verschwunden.

Geschockt und zerbrochen sitze ich da.

»Du musst mir helfen, Sam«, flehe ich ihn an, aber er antwortet nicht.

Ich sehe, dass er nachdenkt, ich erkenne, wie er versteht, dass nichts okay ist. Und weil ich diese laute Stille nicht mehr ertrage und noch weniger die Art, wie er mich betrachtet, schließe ich die Augen, atme tief durch und sage mir: *Alles kommt wieder in Ordnung.* Ich kann wieder die alte Norah werden. Nicht jeder schmeißt kaputte Dinge sofort weg und gibt sie auf. Manchmal hat man Glück, manchmal bringt man kaputte Dinge wieder in Ordnung, zum Laufen. Kann sie retten.

Einatmen, ausatmen.

Meine Finger haben sich in der Decke festgekrallt.

Alles wird gut …

»Wieso diese Melodie?« Sams Stimme klingt rau und belegt.

Meine Augen öffnen sich von selbst, verwirrt wiederhole ich stumm seine Worte. Ich verstehe sie nicht.

»Welche Melodie?«

»Die, die du gerade gesummt hast.«

Irritiert halte ich ihn mit meinem Blick fest. Habe ich gesummt?

»Du hast es gar nicht bemerkt«, erkennt Sam und legt seinen Kopf leicht zur Seite, knirscht kurz mit den Zähnen, bevor er ruckartig aufspringt und damit den Anschein von Ruhe und Gelassenheit zerstört, den er zuvor ausgestrahlt hat. Er tigert auf und ab, zappelt beinahe. Seine Hände zerzausen immer wieder sein Haar, fahren über sein Gesicht oder den Nacken. Und sein Gesichtsausdruck – eigentlich sind es Tausende auf einmal.

»Sam?« Vorsichtig erhebe ich das Wort. Weil ich zu all meiner Verwirrung nicht auch noch die seine benötige.

»Ich brauche einen Moment. Nur einen kleinen.« Er presst die Sätze hervor, als würden sie ihm Schmerzen bereiten. Hoch und runter bewegen sich seine Schultern und sein Brustkorb, schneller und schneller wird sein Atem.

Und plötzlich ist es, als würde ich mich ihm anpassen. Ich muss durch den Mund Luft holen, immer zügiger, und es fühlt sich an, als wäre da nicht genug Sauerstoff. Egal, wie viel ich atme, ich habe das Gefühl zu ersticken. Meine Lunge brennt.

In mir beißt sich die Angst fest und lacht mich aus: *Er wird dir nicht helfen und du wirst nie wieder ganz sein. Du bist kaputtgegangen und niemand ist da, der dich reparieren kann. Weder er noch du.*

»Norah? Norah! Hörst du mich?«

Sam steht plötzlich neben mir, er geht nicht mehr hektisch auf und ab, sondern ist hier an meinem Bett und sieht mich besorgt an. Durch einen Schleier aus Panik blicke ich zurück. Ich kriege keine Luft.

Ein schrilles Piepen lässt mich zusammenzucken. Es hört nicht auf. Es soll aufhören!

Ich halte mir die Ohren zu, aber es ist zu laut. Ich will schreien, doch stattdessen beiße ich mir auf die Lippe, bis ich Blut schmecke, und halte mir weiter fest die Ohren zu, während ich mich vor- und zurückwiege wie ein kleines Kind.

Mehr und mehr Stimmen sind da. Sie sind ein Wirrwarr aus Tönen und Chaos.

Auf einmal erkenne ich Dr. Alvarez vor mir, er stützt mit seinen Händen meinen Kopf und bringt mich dazu, still zu halten. Er leuchtet mir in die Augen, hebt zuerst mein linkes, dann mein rechtes Lid etwas an. Er redet mit mir. Zumindest bewegen sich seine Lippen, aber ich höre nichts – nur das Piepen, meinen Atem, mein rasendes, pochendes Herz und diese Stimme in meinem Kopf, die mich verhöhnt.

Dr. Alvarez lässt von mir ab und einen Moment später verstummt zumindest der unangenehme Ton, den ich nicht zuordnen konnte. Danach nehme ich Lu wahr, die mit ängstlichem Gesicht, dicht an Dads Seite gedrückt, zu mir schaut. Um ihren Mund ist überall Eis verschmiert, ihre Hände krallen sich in seinen Pullover. Mein Vater presst die Lippen fest zusammen, er ist blasser als vorhin. Dr. Alvarez ist bei mir.

Allmählich lichtet sich der Nebel, mein Blick wird klarer. Der Schweiß steht mir auf der Stirn.

»Es ist alles okay. Der Alarm wurde ausgelöst, weil sich Norahs Herzfrequenz ungewöhnlich schnell erhöht hat. Wahrscheinlich aufgrund von Stress.« Tadelnd blickt mich Dr. Alvarez an, richtet sein Wort allerdings an meinen Vater.

Sam ist noch da, bemerke ich, und ich möchte nach dem letzten Funken Hoffnung greifen, der in mir aufkommt.

»Es wäre vielleicht besser, wenn du jetzt gehst, Sam.« Mein Vater klingt ungewohnt streng und bestimmend, trotzdem bewahrt er Ruhe.

Ich hingegen will widersprechen, will nur laut *Nein* schreien. *Er kann noch nicht gehen.*

Sam ist der einzige Grund, warum ich *nicht* durchdrehe.

Flehend sehe ich ihn an, aber sein Gesicht zeigt keine Regung. Er rührt sich nicht, folgt nicht der Bitte meines Vaters, die eigentlich keine war. Noch nicht. Nein, er schaut mich nur stumm an und ich habe das Gefühl, dass in diesem Moment des Nichtsagens unzählige Worte liegen.

Ich halte den Atem an. Ich halte ihn an, bis ich das eine Wort höre, das mich vor dem Ersticken bewahrt.

»Okay«, flüstert Sam und ich weiß, dass dieses Wort nicht meinem Vater gilt.

4

Sam

Fleurie – Hurts Like Hell

Mir ist übel, als ich mir meine Jacke und den Helm schnappe und eilig den Raum verlasse. Draußen sinke ich gegen die raue Wand und hole erst einmal tief Luft.

Ich bin im Krankenhaus. Bei Norah.

Trocken lache ich auf und schüttle den Kopf. Ich kann es kaum glauben.

Keine Ahnung, was ich hier genau tue. Keine Ahnung, warum ich ihr eben gesagt habe, dass ich ihr helfe. Bei was auch immer.

Wahrscheinlich hat mich die Mischung aus Schock über den Anruf von Norahs Vater und Neugierde auf das Warum hierhergetrieben.

Vielleicht bin ich um der alten Zeiten willen hier, die ich längst verdrängt habe, weil die Gedanken daran zu sehr geschmerzt haben. Für mich gibt es keine Welt mehr mit Norah. Sie war zwar immer irgendwie da, aber sie ist kein Teil mehr meines Lebens. Schon seit Jahren nicht mehr.

Bis eben. Eigentlich schon bis zu dem Moment, in dem ich zusagte, zu ihr zu fahren. Als ich schließlich in das Zimmer trat, geriet mein Entschluss, kühl und unnachgiebig zu sein, ins Wanken und ich wäre am liebsten sofort wieder rausgerannt.

Die einzelnen verknoteten Strähnen ihres Haares, die um ihr fahles Gesicht fielen, geziert mit einigen Kratzern und Wunden, die bereits abheilten. Ihre Finger waren ruhelos, an ihren Armen unzählige Schnitte und Hämatome, ihre Augen blutunterlaufen. Scheiße, sie sah schlimm aus. Und trotzdem … ich schlucke den Kloß in meinem Hals herunter. Trotzdem war sie Norah. Das Mädchen, mit dem ich aufgewachsen bin. Das Mädchen, das diese Melodie gesummt hat.

Als ich sie da liegen sah, wollte etwas in mir glauben, dass sie zurück ist. Ein Teil von mir … nur ein kleiner.

Egal ob Mitleid oder Hoffnung, ich habe zugestimmt, ihr zu helfen, und ich kann nur beten, dass das Ganze schnell vorbei ist und wir in unser altes Leben zurückkönnen. Sie in ihres und ich in meines. Weil es da nichts mehr gibt, das uns zusammenhält und verbindet. Manchmal ist einfach zu viel passiert.

Seufzend und auf eine Weise erschöpft, die ich nicht erklären kann, ziehe ich meinen Schal aus der Jacke und beides an. Denn draußen ist es kalt. Zum Glück regnet oder schneit es nicht, sonst wäre die Fahrt mit dem Roller noch unangenehmer gewesen. Der Scheißwind zieht dir überall hin. Helm und Handschuhe habe ich im Stauraum unter dem Sitz liegen gelassen. Die Alternative wäre gewesen, meine Eltern zu fragen, ob sie mich hierherfahren, aber das war eigentlich keine Option. Sie hätten mich mit Fragen zu Norah gelöchert und keine davon wollte ich beantworten. Ich weiß ja nicht mal, ob ich sie beantworten *könnte*. Das letzte Mal, dass Norah und ich richtig miteinander geredet haben, war irgendwann in der achten Klasse, und da war es schon weniger als vorher. Viel weniger. Danach – das würde ich gerne einfach alles vergessen. Denn danach war Norah nicht mehr als Freundin in meinem Leben, sondern als jemand, der es mir schwer gemacht hat. Der dabei zugesehen hat, wie andere es mir schwer machen …

Wie von selbst hebt sich mein linker Arm und mein Blick fällt darauf, obwohl ich durch den Stoff des Pullis nichts erkennen kann.

Ich hasse Krankenhäuser mehr, als ich in Worte fassen kann. Und ich hasse die Melodie, die Norah gesummt hat …

Die Schule sollte dringend in neue Spinde investieren. Bei meinem habe ich jedes Mal Angst, die Tür fällt ab, wenn ich sie öffne. So wie jeden Morgen, wenn ich meine Bücher rausnehme, und mittags, wenn ich sie austausche.

Es klingelt, die erste Pause ist vorbei und ich lege gerade mein dickes Mathebuch ab. Aber nicht, ohne zuvor meine Notenblätter hochzuheben, damit sie nicht geknickt werden. Während die anderen Schüler lachend und quatschend an mir vorbeigehen oder -rennen, schaue ich mir die Noten an, die ich bereits daraufgekritzelt habe. Es ist nur ein erster Entwurf. Es ist seit Jahren nichts weiter als das …

Das Gelächter hinter mir wird lauter, und als ich die Notenblätter zurücklegen und verstauen möchte, greift jemand über meine Schulter und reißt sie mir aus den Händen.

»*Was ist das denn? Schreibst du etwa einen Song?*«, *fragt Jonas so laut, dass ich glaube, die ganze Schule kann es hören. Meine Wangen werden heiß, ich werde wütend.*

Norah steht hinter ihm. Neben Tim und Ella, Kai und ein, zwei anderen. Sie meidet meinen Blick, während die anderen mich niederstarren.

Ich würde gerne mit ihr reden. Wir haben das seit Wochen nicht getan und ich verstehe nicht ganz, warum sie mir aus dem Weg geht. Wie das hier passieren konnte. Sie fand Jonas und seine Clique interessant, aber ... wollte sie tatsächlich dazugehören? Wollte sie das schon immer? Und bedeutet das jetzt, dass wir uns plötzlich nichts mehr zu sagen haben?

»*Ein Lied für ... Norah?*« *Jonas zieht übertrieben die Augenbrauen nach oben.*

»*Gib mir das zurück*«, *zische ich und will nach meinem Eigentum greifen, doch Jonas reißt es nur in die Luft und lacht.*

»*Zeig mal her.*« *Kai langt danach und macht sich dann genauso über mich lustig wie die anderen. Nur Norah bleibt still.*

Es ist nicht ihr Lied, sondern unser Lied. Unsere Melodie, die ich immer mit der Gitarre gespielt habe. Besonders, wenn es ihr schlecht ging. Seit Jahren möchte ich daraus ein richtiges Lied formen, aber das ist nicht so einfach. Dass diese Idioten sich jetzt darüber amüsieren, macht es nicht besser.

»*Aww, ist der kleine Samuel etwa in Norah verschossen?*«, *quietscht Ella und ich versuche erneut, die Notenblätter zurückzubekommen. Ich schaffe es nicht. Jonas ist größer und stärker als ich.*

Dann ertönen ein lautes Reißen und Ratschen und ich erstarre. Jonas zerreißt das Papier, zerreißt die Noten darauf und somit irgendwie die Erinnerungen, die ich damit verbinde, und all die Gedanken, die ich mir darum gemacht habe. Ich höre ein Keuchen. Es stammt von Norah. Ich kenne es, als wäre es mein eigenes.

Jonas drückt mir kräftig die einzelnen Fetzen gegen den Oberkörper und aus purem Reflex greife ich danach.

»Lass Norah endlich in Ruhe, du Idiot. Und fang mal an, dir vernünftige Sachen zu kaufen, du wandelnder Altkleidersack.« Noch während Jonas diese Worte ausspuckt und mich betrachtet, als wäre ich nicht mehr wert als der Dreck unter seinen teuren Nikes, zeigt Kai auf meine Spindtür. Auf die zwei Polaroids, die da hängen. Norah hat sie von uns gemacht. Wir lächeln in die Kamera.

»Du bist so ein Freak, Rabe«, ertönt es von Kai, Ella lacht lauter und lauter und sogar Tim stimmt mit ein.

Es klingelt zum zweiten Mal.

»Du Stalker«, zischt Jonas und reißt die Fotos ab.

Ich bin kein Stalker, ich bin Norahs Freund. Das würde ich ihm gern entgegenschleudern, aber die Worte bleiben mir im Hals stecken.

Norah steht daneben.

Norah ist da und sie bleibt stumm.

Als sich die Tür rechts neben mir plötzlich öffnet, verschwindet die Erinnerung und ich senke ruckartig den Arm, um ihn zu verstecken.

Leonard Frey. Allerdings ohne Norahs kleine Schwester Luisa, die ihm mehr ähnelt als Norah. Nur die grünen Augen sind dieselben.

»Es ist lange her«, beginnt er und ich nicke verhalten.

Was er nicht sagt. Das erkennt man nicht nur daran, dass ich ihm jetzt in die Augen sehen kann, ohne den Kopf in den Nacken zu legen. Ich mochte Leo und Anna schon immer, sie waren tolle Eltern und Menschen. Das sind sie vermutlich heute noch. Ich kenne sie, seit ich denken kann. Seit Norah und ich zusammen in den Kindergarten kamen. Meine Eltern waren gut mit ihnen befreundet, zumindest bis zu dem Tag, an dem *wir* es nicht mehr waren. Ab da wurde es schwierig, der Kontakt wurde weniger und irgendwann brach er ganz ab. Meine Eltern arbeiten hart, sind manchmal vielleicht nicht so klug oder beliebt wie andere, aber ich liebe sie. Norahs Eltern sind gar nicht so anders – und wir beide waren es früher auch nicht.

»Hör zu.« Er fährt sich über seine Bartstoppeln am Kinn und seufzt. »Ich weiß nicht, warum Norah dich sehen wollte, trotzdem bin ich froh, dass du gekommen bist. Keine Ahnung, warum, aber ich … Mir ist bewusst, dass ihr nicht mehr so gut befreundet seid, doch ich denke, es bedeutet ihr viel.«

Ich muss mich schwer zusammenreißen, nicht zu lachen. *Nicht mehr so gut befreundet.* Wir sind gar keine Freunde mehr.

Und was das Warum angeht … Es ist ganz einfach: Norah wurde beliebt. Und ich nicht.

Beliebt, wiederhole ich in Gedanken. Seltsames Wort. Und so subjektiv. Keine Ahnung, ob sie und ihre neue Clique das wirklich sind. Ob sie sich überhaupt »Freunde« nennen können oder wollen. Ich meine diese Art von Freunden, die Norah und ich einmal waren.

Oder ob sie einfach nur zusammen abhängen und es insgeheim genießen, sich selbst cool und schön zu finden und anderen dabei das Gefühl zu geben, nicht *genug* zu sein, um Teil davon zu werden. Niemals genug zu sein …

»Sie kann ja anrufen, wenn sie wieder zu Hause ist. Ich muss jetzt los.« Bis dahin brauche ich Abstand und Zeit für mich. Und ich muss dringend hier weg.

»Sicher. Ich gebe ihr Bescheid. Der Arzt meinte, dass sie in einer Woche nach Hause kann.«

Ich nicke angespannt und werde unruhig, trete bereits von ihm weg. Ich möchte keinesfalls unhöflich sein, aber das ist alles etwas viel für mich. Es ist ungewohnt, überraschend und ich weiß nicht, wie ich damit umgehen soll.

»Danke. Auf Wiedersehen, Herr Frey.«

Aus irgendeinem bescheuerten Grund kommt es mir falsch vor, ihn zu duzen. Nicht auf seine Reaktion wartend, drehe ich mich um und eile den hellen kargen Flur hinab in Richtung Aufzüge. Ich steige in den erstbesten und drücke auf den Knopf fürs Erdgeschoss. Fahrstuhlmusik hasse ich fast so sehr wie Krankenhäuser. Verrückt, dass es Musik gibt, die ich kein bisschen mag.

Mit einem lauten Pling springen die Türen auf, ich gehe durch den weiträumigen Eingangsbereich und durch die Schiebetüren hinaus ins Freie. Ich wünschte, ich könnte behaupten, alles wäre okay und dass mir das nichts ausmacht. Ich wünschte, ich könnte behaupten, dass das hier nichts ändert an dem ruhigen Leben, das ich mir erkämpft habe. Aber irgendetwas sagt mir, dass das erst der Anfang ist.

5

Norah

Matt Maeson – Cringe (Stripped)

Der Mann vor mir, mit dem rundlichen, braun gebrannten Gesicht, das nicht zum Winter passen will, der knochigen Nase und dem stechenden Blick, gekleidet in eine blaue Uniform, zieht gerade einen Stuhl zu mir ans Bett und setzt sich.

So wie Sam.

Ich schlucke ein paarmal, rutsche unmerklich hin und her, um es mir gemütlicher zu machen. Vor allem jedoch wegen der Nervosität. Seit Sam hier war, sind drei Tage vergangen. Ich habe weder mit Dr. Alvarez noch mit meinen Eltern über meine Vermutung gesprochen, dass ich vielleicht doch nicht ganz okay bin und es Lücken in meinen Erinnerungen gibt. Weil … sie sagten, es sei normal. Sie sagten, es würde sich wieder legen. Daran muss ich einfach glauben.

Die Kollegin des Polizisten ist mit meinen Eltern vor die Tür gegangen, weil sie noch einige Fragen an sie hat und zu viele Menschen mich überfordern. Zumindest waren das die Worte von Dr. Alvarez.

Lu wollte mich erst nicht mit dem fremden Mann allein lassen. *Fremden sollte man nicht trauen*, meinte sie.

»Es freut mich, dass du wach bist, Norah. Wie fühlst du dich?« Seine Stimme klingt freundlicher, als er aussieht. Er schlägt die Beine übereinander und hält eine Akte auf seinem Schoß, dazu ein Blatt Papier samt Stift.

»Es geht so«, antworte ich nur.

Ich denke, die Frage war reine Formsache. Dass es ihn nicht interessiert, möchte ich ihm nicht unterstellen, aber uns beiden ist klar, dass ich ihm nicht alles verrate, was es zu verraten gibt. Besonders, was meinen Gemütszustand angeht. Es ist nur der Anfang einer Konversation, die auf etwas ganz anderes hinauswill. Ein Herantasten an das Wesentliche, statt mit der Tür direkt ins Haus zu fallen.

»Dein Arzt teilte mir mit, dass dein Trauma und deine Wunde gut verheilen, ebenso deine Prellungen. Du hast unglaubliches Glück gehabt.«

»Das weiß ich«, erwidere ich gereizter als gewollt, doch diese Aussage bewegt etwas in mir, macht mich nervös. Ehrlich gesagt schäme ich mich, wenn das jemand zu mir sagt, weil mir klar ist, wie knapp es war. Weil mir bewusst ist, wie dumm wir waren.

Der Polizist nickt kurz, zückt einen Kugelschreiber und drückt darauf. Ein Klicken ertönt. »Du bist bestimmt noch müde, trotzdem würde ich dir gerne ein paar Fragen stellen zu deiner Person und diesem Abend.« Er nennt meine Personalien und ich bestätige sie zügig. »Sehr schön. Wie dir mit Sicherheit bekannt ist, war es kein simpler Wildunfall, sondern einer, bei dem Alkohol im Spiel war und Personen verletzt wurden. Dein Freund …« Er sucht mit den Augen das Papier ab. »Tim Dahnke, achtzehn Jahre alt, hat seinen Führerschein keine fünf Wochen vor dem Unfall erhalten. Laut Akte wurde er bereits kurz danach mit einem gewissen Jonas Went zusammen angehalten, mit 0,3 Promille.«

»Was?«, murmle ich und knete meine Finger.

»Deiner Reaktion entnehme ich, dass du davon nichts wusstest.«

»Nein, ich hatte keine Ahnung.« Oder? Ich krame verzweifelt in meiner imaginären Erinnerungsschublade, nur finde ich nichts. Sind Tim und Jonas wirklich angetrunken gefahren?

»An dem Abend eures Unfalls war Tim erneut alkoholisiert am Steuer. In seinem Blut wurden 1,1 Promille gemessen. Wusstest du, dass er Alkohol zu sich genommen hat?«

»Nein, ich …« Mist. Ich muss mich räuspern, weil meine Stimme versagt. Ein bitterer Geschmack flutet meinen Mund. Meine zitternden Hände verstecke ich unter der Decke. »Nein. Ich war selbst etwas angetrunken und habe nichts bemerkt.«

»Du hast auch nicht gefragt, nehme ich an?«

Den Kopf schüttelnd, senke ich den Blick. Das hätte ich vermutlich tun sollen, aber wenn ich ehrlich bin, habe ich keinen einzigen Gedanken daran verschwendet. Nur an mich, mein Leben, meine Probleme, die ich kaum noch nachvollziehen kann, und an meine Beziehung mit Jonas. Ein dumpfes Schamgefühl überrollt mich.

»Wussten die anderen es?«, wispere ich und schließe für einen Moment die Augen. *Bitte, lass ihn Nein sagen.*

»Norah«, beginnt der Polizist und der Unterton in seiner Stimme jagt mir eine Gänsehaut ein. Ruckartig schlage ich die Augen auf und fixiere ihn.

»Haben sie es gewusst?«, frage ich ein weiteres Mal, wesentlich nachdrücklicher.

»Sie haben es unterschätzt. Isabella wusste es, war jedoch selbst so betrunken, dass sie nicht mehr in der Lage war, klar zu denken. Sie hatte eine Alkoholvergiftung. Und Jonas hat es zuerst abgestritten, danach gab er zu, dass er es vermutete, aber nicht glaubte, dass es so viel gewesen war. Er dachte an ein Bier. Bei Tims Promillestand waren es vermutlich eher fünf bis sechs, je nach Größe.«

»Verstehe.«

Ich kann es ihnen nicht zum Vorwurf machen. Weder dass sie es wussten oder vermuteten noch dass sie es zugelassen haben. Sie sind nicht schuld daran, dass ich in das Auto gestiegen bin, lachend und feiernd, und sie sind nicht schuld, dass ich mich nicht, wie alle anderen, angeschnallt habe.

»Bist du freiwillig mitgefahren?«

»Ja.«

»An was kannst du dich erinnern, nachdem ihr im Auto saßt?«

»Nicht viel«, gebe ich zu und greife nach dem Becher mit Wasser auf dem Beistelltisch neben meinem Bett. Ich trinke gierig, habe plötzlich großen Durst. Als würde der Gedanke an diesen Abend und den Alkohol meinen Körper ausdörren.

Danach befeuchte ich die Lippen und richte meine Aufmerksamkeit wieder auf den Beamten vor mir. »Ella und ich haben hinten Platz genommen. Die Musik dröhnte in voller Lautstärke aus den

Boxen, ich hatte Ellas Getränk in der Hand und … Ich saß halb auf dem linken Sitz, halb in der Mitte, etwas vorgebeugt, als Tim aufschrie und der erste Ruck durchs Auto ging. Wir haben gerade zu dem Song, der lief, mitgesungen. Mir war schon etwas schwummrig und ich war trotz guter Laune recht müde von der Party. Anschließend ging alles ziemlich schnell. Ich versuchte, mich irgendwo festzuhalten, doch das klappte nicht. Der Becher fiel mir aus der Hand und ich wusste nicht, was passierte oder wo oben und unten war. Es gab noch einen Ruck und direkt danach noch einen. Keine Ahnung, was es war und was genau geschah, aber … das ist alles. Dann war es dunkel um mich. Das war's.«

Beinahe hätte ich noch gesagt: Und ich bin froh darüber!

»Du bist durch die Scheibe des Wagens geflogen und …«

»Stopp!« Ich kneife die Augen zusammen, bin versucht, meine Ohren zuzuhalten wie ein kleines Kind. »Ich will das gar nicht hören.« Das genügt. Das ist schon mehr, als ich im Moment wissen möchte. Mehr, als ich ertragen kann.

Es tut weh. Es ist zu viel.

Ich bin froh, dass alles um mich herum dunkel wurde, dass ich mich nicht erinnere, wie ich durch die Scheibe hinausgeschleudert wurde, wie ich danach vermutlich irgendwo auf der Straße aufprallte. Ich bin froh, nicht gesehen zu haben, was danach mit dem Wagen und meinen Freunden passierte, und ich bin froh, dass ich nicht mitbekam, wie ich in der Kälte der Nacht verharrte, und dass ich mir keine Gedanken machen musste, wie lange es wohl dauert, bis die Sonne aufgeht oder uns jemand findet und ob es meinen Freunden gut geht. Ich will nicht daran denken, dass ich vielleicht dort war, blutend und weinend, und mich fragend, ob mich jeden Moment ein Auto überfahren könnte. Lag ich da und hab das alles erlebt und vergessen oder war ich direkt bewusstlos? Von dem Aufprall oder vor Schmerzen?

Ich will es nicht wissen.

Es ist zu viel, zu viel, zu viel.

Ich will nicht über all diese Dinge nachdenken und sie immer wieder durchleben müssen. Und ich hoffe, sie fallen mir nie ein. Die Schmerzen in meinen Beinen, meiner Schulter, meinem Kopf sind genug. Die hinter meinen Rippen, auf und in meiner Brust pochen.

Bumbum, bumbum, bumbum.

Die Schmerzen jetzt reichen mir, die anderen brauche ich nicht auch noch. Ich brauche sie nicht!

Ein leises Schluchzen entfährt mir – reißt mich entzwei und drückt mich zusammen –, bevor ich es im Keim ersticke. Es herunterschlucke und verstecke.

Energisch wische ich die Träne, die sich aus meinem Augenwinkel gestohlen hat, davon. Danach streichen die Finger meiner rechten Hand wie von selbst eine verirrte Strähne aus meiner Stirn.

Den Blick des fremden Mannes vor mir spüre ich nur zu deutlich. Vielleicht war ich zu schroff, vielleicht unhöflich. Ich kann nur hoffen, dass er es versteht.

Dieser Unfall hat auch ohne genaue Erinnerungen seine Spuren hinterlassen und seine Krallen in meine Welt geschlagen. Dieses Wissen genügt. Das Wissen von dem grauenhaften Gefühl dieser

Nacht benötige ich nicht, damit ich das verstehe oder erkennen kann.

»Falls du Fragen hast oder dir noch etwas einfällt, melde dich bitte bei mir oder meiner Kollegin. Deine Eltern haben unsere Visitenkarte«, lässt er das Thema ruhen und ich beschwere mich nicht. Er erhebt sich, stellt den Stuhl zurück, doch bevor er die Klinke der Tür mit seinen breiten Händen herunterdrücken kann, halte ich ihn auf.

»Bekommt Tim jetzt Probleme?«

Der Polizist wendet sich nur zögerlich zu mir um. »Es läuft ein Strafverfahren gegen ihn. Aufgrund der Schwere des Unfalls stehen mehr als nur ein Bußgeld und ein paar Punkte im Raum. Das Ganze wird sich vermutlich ein paar Wochen hinziehen, bis dahin wird Tim sein Führerschein entzogen. Guten Tag, Norah.«

»Auf Wiedersehen«, flüstere ich noch, während ich wie erstarrt dasitze und seine Worte ein Echo in meinem Kopf formen, das nicht aufhören will.

Wie konnte das alles passieren? Wie konnten wir es zulassen?

Mein Kopf sinkt nach hinten auf das Kissen und allein mich bei Bewusstsein zu halten, scheint meinen Körper unendlich müde zu machen.

Womöglich sollte ich allem mehr Zeit geben. Mehr Zeit zu heilen. Mehr Zeit, um sich zu ändern. Besser zu werden. Doch das fällt mir unendlich schwer.

Man sagte mir, meinen Freunden gehe es gut, aber es hört sich nicht so an. Gegen Tim läuft ein Verfahren.

Sind sie mir böse? Hat Tim wegen mir und meiner Verletzung

noch weiteren Ärger? Haben sie sich deswegen nicht bei mir gemeldet? Oder gibt es auch hier etwas, das ich nicht mehr weiß?

Ich würde sie ja fragen, aber mein Handy ist kaputt und ich glaube nicht, dass ich meine Eltern darum bitten kann, mir ihre zu leihen, um Ella, Tim oder Jonas anzurufen. Nicht nach dem, was passiert ist.

6

Norah

Demi Lovato – Smoke & Mirrors

Heute ist es so weit. Ich darf endlich nach Hause.

Natürlich haben die Ärzte es sich nicht nehmen lassen, vorher meine Werte zu checken – wieder und wieder und wieder, aber anscheinend ist alles in bester Ordnung. Zumindest auf dem Papier.

Man hat mir mehr als einmal ausdrücklich ans Herz gelegt, gut auf mich achtzugeben, es langsam angehen zu lassen und mich zu schonen. Nichts tue ich lieber als das, denn so ungern ich es zugebe, mein Körper fühlt immer noch auf gewisse Art das Echo dieses Unfalls.

Und weder meine Eltern noch mein Arzt haben übertrieben, als sie berichteten, er wäre heftig gewesen.

Nach dem Gespräch mit dem Polizisten wollte ich nichts mehr von dieser Nacht hören, ein paar Tage später konnte ich jedoch nicht aufhören, darüber nachzudenken. Aus diesem Grund bat ich meine Eltern irgendwann, es mir zu erzählen. Nicht in Einzelheiten, nur die Eckdaten. Mein Vater hat mir sogar einen Bericht der *Schaumburger*

Zeitung mitgebracht, falls ich ihn in Augenschein nehmen wolle. Das Foto zeige nur das Auto, keinen von uns, der Artikel sei sachlich.

Nicht dass sich meine Meinung zu diesem Thema grundsätzlich geändert hatte. Ich wollte eigentlich nicht genau wissen, was geschehen ist, aber es von einem Wildfremden zu erfahren statt von seiner Familie oder durch einen ausgewählten Zeitungsausschnitt – und zwar weil man sich bewusst dazu entschieden hat –, ist doch ein Unterschied. Irgendwann würde ich mich damit auseinandersetzen müssen.

Also nickte ich. Ich habe nur schnell einen Blick auf den Artikel geworfen.

Tims Auto war nicht wiederzuerkennen. Nur ein zerknüllter und zerbeulter Haufen Schrott, der seitlich im Graben liegen geblieben war, nachdem er sich nach Schätzungen zwei Mal überschlagen hat. Die Windschutzscheibe zeigt, mit welchem Schwung ich herausgeflogen sein muss. Nach Angaben der Polizei war es glatt und der Fahrer hatte viel getrunken. Das Auto war mit 50 km/h mehr als erlaubt gegen einen ausgewachsenen Hirsch geprallt, danach ins Schlittern geraten und hat sich seitlich am Graben überschlagen.

Ich kann mich nicht erinnern ... Ich war selbst zu betrunken.

Dieses Foto. Dieser Text. Es ist, als würde ich die Geschichte eines anderen lesen. Ich finde es furchtbar, aber ... da ist nicht das, wovor ich solche Angst hatte. Es kommen keine Bilder hoch, keine Gefühle. Keine Furcht. Und ich bin dankbar, dass der Artikel keinerlei Details über uns ausbreitet.

Wieso ist Tim so schnell gefahren? Wieso hat er getrunken und sich dann hinters Steuer gesetzt? Wieso haben wir das zugelassen? Wieso habe ich mich nicht angeschnallt?

Fragen, die meine Gedanken fluten, seit der Polizist da war, ich mich mit dem Artikel befasst und mit meinen Eltern in Ruhe darüber gesprochen habe.

Sie sind wütend auf meine Freunde, weil sie nicht verstehen, wie wir so etwas Fahrlässiges tun konnten. Vermutlich lenken sie deshalb immerzu ab, wenn ich nach ihnen frage.

Es gibt Tage, da macht man Fehler. Trotzdem ist uns allen klar, dass manche Fehler nicht passieren dürfen …

Seufzend streiche ich meine Haare zurück und versuche, mir einen lockeren Zopf zu binden. An den Spitzen sind sie trocken, am Kopf etwas fettig. Ich fühle mich nicht besonders wohl in meiner Haut, aber ich traue mich noch nicht, meine Haare wie gewohnt zu waschen. Die Stelle links an meinem Hinterkopf kommt mir immer wieder in den Sinn. Die, an der vor ein paar Tagen irgendwelche Klammern meine Schädelplatte fixiert haben.

Ich bemühe mich, nicht zu oft daran zu denken.

In ungefähr einer Woche darf ich wieder in die Schule, sofern ich zur Nachsorgeuntersuchung bei Dr. Bach gehe und diese gut verläuft. Er ist ein niedergelassener Neurochirurg unweit von zu Hause. Dr. Alvarez hat mir eine Überweisung mitgegeben. Werden bei diesem Kontrolltermin keine Verschlechterung oder anderweitige Auffälligkeiten festgestellt, steht der Schule nichts im Wege. Aber Sport fällt für mich erst einmal aus.

Das ist gut. Bald ist alles wieder, wie es war.

Ich bin so froh, nach Hause zu können. Weg von all dem Weiß, den unbekannten Geräuschen und den blinkenden Lämpchen in der Nacht.

Außerdem habe ich endlich das Gefühl, wieder richtig wach zu sein. Die Schmerzen sind abgeflacht, aber ich bekomme noch Medikamente. Vorgestern bin ich das erste Mal aufgestanden, ohne dass mich jemand stützen musste, weil meine Beine weggeknickt sind oder mein Kreislauf mir einen Streich spielte. Und das Beste? Ich muss nicht in die Reha. Mein Körper funktioniert. Es geht mir gut.

Man hatte mir bereits gesagt, dass eine leichte Amnesie auftreten kann und es durchaus normal ist. Daher habe ich mir keine Sorgen gemacht, als man mir eine Tomatensuppe vorgesetzt hat, ich sie eklig fand und meine Mutter überrascht meinte: »Du liebst doch Tomatensuppe.«

Oder als mein Vater mir heimlich stolz Reiswaffeln gebracht hat, die ich kaum runterbekommen habe. Aber ich habe zwei davon heruntergewürgt, dabei gelächelt und mich bedankt, weil er der Überzeugung war, er tue mir damit etwas Gutes.

Ich erinnere mich an die Suppe und die Waffeln. Daran, sie gegessen zu haben, und das mehrmals. Wenn ich meinen Eltern Glauben schenken darf, habe ich es sogar gern getan. Hat der Unfall meine Geschmacksnerven beeinträchtigt? Vielleicht pendelt sich das wieder ein. Vielleicht brauche ich einfach Zeit, so wie die Ärzte es betont haben. Zumindest rede ich mir das ein. Irgendetwas in mir glaubt nicht ganz daran. Diese Möglichkeit fühlt sich abwegig und falsch an und ich habe keine Ahnung, wieso. Es ist mehr wie ein dumpfes Gefühl, wie ein Schatten in den hintersten Winkeln einer Gasse oder eine zarte Gänsehaut im Nacken.

»Bist du so weit? Lu kann es kaum erwarten, ihre große Schwester wieder bei sich zu Hause zu haben. Und deine Mutter kocht und backt wahrscheinlich gerade vor Nervosität. Die Küche wird aussehen wie ein Schlachtfeld.«

Mom kocht, wenn sie nachdenken muss. Sie meint, dann funktioniert es besser. Oder sie putzt. Dadurch lassen sich Aggressionen abbauen. Mein Vater hingegen redet in solchen Momenten einfach viel.

Sich meine Reisetasche schnappend, die meine Mutter gepackt und vorbeigebracht hat, damit ich wenigstens ein paar Dinge habe, um mich hier wohlzufühlen, wartet er geduldig auf mich. Ich dachte, wenn ich gehen darf, würde ich sofort aus dem Zimmer und dem Krankenhaus stürmen und keine zehn Pferde könnten mich aufhalten. Wie mit allem im Leben kommt es anders. Ich stehe hier, drehe mich und betrachte das Zimmer, in dem ich tagelang gelegen habe, meist schlafend oder mit einem Hörbuch auf den Ohren, und es ist, als wäre dieser Raum eine Art Haltestelle. Wie der Wartebereich auf Flughäfen. Man ist sich dem Ende eines Abschnittes viel deutlicher bewusst.

Mit einem mulmigen Gefühl starre ich auf das Krankenhausbett.

Ich glaube, die Norah, die dort lag, gibt es nicht mehr.

Und das ist so verrückt, dass es mir Angst macht. Ich werde es niemandem erzählen, ich kann es niemandem erzählen. Wie sollte ich? Ich finde gar keine Worte dafür. Einer meiner Lehrer hat einmal zu uns gesagt: Wenn du es nicht erklären kannst, hast du es selbst noch nicht verstanden. Vermutlich ist das nicht auf alle Bereiche und Lebenslagen anwendbar, das Leben ist um einiges komplizierter als diese lahme Annahme, aber in diesem Augenblick denke ich, hatte er recht. Zumindest was mich und meine Situation angeht.

»Ja, lass uns nach Hause gehen.«

Ich schlurfe an die Seite meines Vaters in bequemen Schuhen, einer lockeren Hose, die mir etwas zu groß ist und eigentlich Mom gehört, und einem dicken Pullover. Meine wenigen gemütlichen Sachen sind in der Wäsche, deshalb hat Mom mir ihre geliehen.

Dad lächelt mich ermutigend an und weicht nicht von meiner Seite, falls ich Hilfe brauche. Das ist gar kein abwegiger Gedanke, weil ich immer noch ziemlich wackelig auf den Beinen bin.

Wir verabschieden uns von den lieben Pflegern und Krankenschwestern – Dr. Alvarez war schon vor einer Stunde da – und verlassen das Krankenhaus.

Frische Luft.

Tief einatmend stehe ich vor den gläsernen Türen des Krankenhauses und genieße die Kälte, die mit dem schneidenden Wind mein Gesicht trifft. Das ist schön, das tut gut.

Ein paar Minuten später steige ich vorne in unseren alten dunkelroten Audi 80 mit dem in die Jahre gekommenen Armaturenbrett und den grauen Stoffsitzen. Meine Mutter findet dieses Auto wirklich furchtbar und redet seit mindestens zwei Jahren auf meinen Vater ein, damit sie ein neues kaufen, aber er ist vernarrt in dieses Teil. Dabei rechnet jeder bis auf ihn damit, dass das Ding jeden Augenblick in seine Einzelteile zerfällt. Dass es im Juni noch mal TÜV für weitere zwei Jahre bekommen hat, trieb Mom die Tränen in die Augen.

Scheppernd fällt die Tür auf der Fahrerseite zu und ich reibe mir die Hände vor Kälte. Ein Zittern durchfährt meinen Körper. Die Heizung benötigt wahrscheinlich den ganzen Weg nach Hause, bis sie endlich richtig warm wird.

»Hier, bevor ich es vergesse.« Mein Vater greift nach vorne in die Ablage und hält mir ein unbekanntes Smartphone hin.

Irritiert nehme ich es und schaue ihn fragend an, während er lächelnd den Schlüssel dreht und den Motor startet, der mit einem Brummen und Röhren zündet.

»Dein Handy ist …« Sein Lächeln verblasst. »Na ja, ich dachte, ein neues könnte nicht schaden. Du konntest deine Nummer behalten, aber deine Fotos und Kontakte sind leider verloren. Die Nummern von deiner Mutter und mir sind bereits eingespeichert.« Er fährt vom Parkplatz, schaltet in den zweiten, dann in den dritten Gang und bringt uns in Richtung Schnellstraße. Heim. »Die von Sam ist auch drin. Er hat sie mir genannt, als ich vorhin bei ihm daheim angerufen habe, um ihm Bescheid zu geben, dass du heute nach Hause kommst.«

Sam. Ich habe oft von ihm geträumt und genauso oft habe ich mich gewundert, was davon Erinnerung war und was nicht.

Mich getraut, nach ihm zu fragen, habe ich mich nicht. Irgendetwas hat mich zurückgehalten, dabei war ich diejenige, die ihn sehen wollte und ihn um Hilfe gebeten hat. Jetzt halte ich ein neues Handy in den Händen, wiege es hin und her. Es enthält nur drei kleine Dinge, drei einfache Nummern.

Sam, wiederhole ich in Gedanken und sehe sein nachdenkliches Gesicht vor mir mit den Sommersprossen auf seiner hellen Haut, die wie Sterne am Firmament leuchten.

»Danke«, bringe ich hervor und versuche mich an einem Lächeln, damit mein Vater nicht denkt, ich würde mich nicht über die Geste freuen. Denn das tue ich. Selbst wenn das Ding in meiner Hand gebraucht ist, hat es bestimmt noch einiges gekostet und ich weiß, dass meine Eltern auf ihr Geld achten müssen, seitdem meine Mutter einen Schlaganfall hatte und nicht mehr als Chefköchin arbeiten kann. Ich glaube, deswegen ist sie oft traurig. Dad macht das schwer zu schaffen. Obwohl er bei einer Sozialversicherung in einem tristen Büro arbeitet und nicht als Architekt, wie er es immer wollte, beklagt er sich nie darüber und ist für uns da, wo er nur kann.

»Luisa hat ihr Sparschwein dafür geplündert«, erwidert er lachend und kopfschüttelnd, während ich ihn erstaunt ansehe.

»Das hätte sie nicht tun dürfen.«

»Niemand konnte sie davon abbringen. Deine Schwester kann verdammt stur sein und sie wollte dir um alles in der Welt ihre angesparten zwanzig Euro schenken. Es hat sie glücklich gemacht.« Er zuckt mit den Schultern. »Als Vater ist es nicht meine Aufgabe, sie von Dingen abzuhalten, die sie glücklich machen. Solange sie ihr nicht schaden.« Ein seltsamer Seitenblick von ihm, dann schaut er wieder auf die Straße.

Es hat angefangen zu regnen und die Scheibenwischer ziehen

leicht quietschend von links im Halbkreis nach rechts über die Scheibe und zurück. Irgendwie traurig. Sobald sie den Regen weggeschoben und das Glas sauber gemacht haben, geht es direkt wieder von vorne los.

Das Prasseln des Regens beruhigt mich, ich mag das Geräusch. Mochte ich es schon immer?

Ich würde gerne meinen Vater fragen, nur ... ich glaube nicht, dass die Frage üblich ist. Denn wenn ich es nicht weiß, wer dann? Ich klammere mich an den Gedanken, dass diese Lücken normal sein müssen, dass so was vorkommen kann, weil ich meinen Eltern nicht unnötig Sorgen bereiten will.

Sam. Ich muss wieder an ihn denken. Ich habe ihn um seine Hilfe gebeten, aber jetzt in dem kalten Auto sitzend, während der Regen darauf trommelt und Dad hin und wieder mit einem Tuch über die beschlagene Scheibe wischen muss, bin ich mir nicht sicher, ob ich sie benötige. Sam war so distanziert. Warum? Fieberhaft versuche ich, eine Antwort zu finden, doch da ist keine. Da ist keine Meinung als die, die ich mir in den letzten Tagen erst gebildet habe, und keine Emotion, die ich nicht erst gefühlt habe, seit ich wach bin. Nur Bild um Bild und Gedanke um Gedanke.

Keine Ahnung, ob ich Sams Hilfe brauche, aber ich brauche definitiv Antworten. Bestimmt kann er mir welche geben, wenn ich ihn frage. Schließlich hat er schon zugestimmt.

Ein Rütteln an meiner Schulter. Ich stoße mit dem Kopf gegen die Fensterscheibe, bevor ich mich aufrichte. Bis ich begreife, dass alles okay ist, atme ich heftig und blinzle viel zu schnell.

»Wir sind da«, murmelt Dad und schnallt mich schon mal ab, weil ich noch etwas neben mir stehe. Es regnet ohne Unterlass. Vermutlich war es der Regen und sein wunderbar monotones Geprassel, das mich in den Schlaf gewogen hat. Jetzt befinden wir uns unter dem Carport, das mein Vater vor Jahren selbst gebaut hat, und statt auf das Auto trommelt das Wasser nun auf das Dach über uns.

Ich löse mich aus dem Gurt und reibe mir die Augen, während mein Vater bereits meine Tasche geschnappt und mir die Tür geöffnet hat. Erst als ich aussteige, merke ich, dass die Heizung im Auto angegangen sein muss, denn mir ist bitterkalt. Der Wind zieht durch das Carport und unter meine Kleidung.

»Verrücktes Wetter«, nuschelt Dad und wir gehen nach vorne ums Eck zum Hauseingang. Mom steht schon wartend in der Tür, vermutlich hat sie uns längst gehört oder durch das Wohnzimmerfenster gesehen.

»Beeilt euch, sonst erfriere ich«, jammert sie und Lu lacht hinter ihr mit ihrem Lieblingskuscheltier auf dem Arm.

»So schnell geht das nicht, Mama«, belehrt meine Schwester sie. »Nicht bei den Temperaturen. Und dabei kommt es auch auf die Luftfeuchtigkeit an und darauf, wie lange du draußen bleibst.«

Lu kann sich stundenlang die verschiedensten Wissenssendungen im Fernsehen anschauen, ohne sich zu langweilen. Sie ist wie ein Schwamm, der Wissen aufsaugt und nie wieder hergibt. Während andere Kinder sich so seltsames Zeug wie *SpongeBob* ansehen, lernt Lu, dass fast alle Haie schwimmen müssen, um zu überleben, weil sie nur so atmen können, und dass nur weibliche Wespen stechen können, sogar noch ein paar Stunden nach ihrem Tod, und sie weiß, dass die Erdbeere eigentlich eine Nussfrucht ist und keine Beere.

Unsere Mutter verdreht die Augen und fährt Lu liebevoll übers Haar. Dabei verwuschelt sie ihren kurzen Pony. Wir schlüpfen ins warme Haus und ich atme auf, als sich die Tür hinter uns schließt und mir der Duft von heißer Schokolade und Zimt in die Nase strömt.

»Das riecht toll«, murmle ich und sehe, wie Mom rot wird.

»Oh … danke. Ich meine, das sind die Schokoladenkekse, die …« Ihre Augen weiten sich. »Die Schokoladenkekse!« Dann stürmt sie durch den Flur in Richtung Küche und ich höre Dad neben mir lachen.

Plötzlich berührt etwas meine Beine und ich sehe verwundert nach unten.

»Manni hat dich auch vermisst«, sagt Lu begeistert, während ich die riesige grau getigerte Maine Coon beobachte, die sich an mir reibt.

Das arme Tier ist eigentlich eher eine Manuela, aber weil meine Schwester im *Ice Age*-Fieber war, muss die Katze nun mit ihrem schrägen Namen leben. Konzentriert suche ich nach Erinnerungen, finde jedoch nur wenige, die mich zusammen mit der Katze von der Größe einer englischen Bulldogge, jedoch mit deutlich weniger Gewicht, zeigen. Meist schiebe ich sie darin aus dem Zimmer. Keine Ahnung, ob ich sie mag oder nicht.

»Ich bringe deine Tasche nach oben. Willst du hier unten bleiben?« Dad schaut mich fragend an.

»Ich glaube, ich würde mich gerne hinlegen. Nur ein wenig.«

»Natürlich. Lass es langsam angehen.«

Ich folge ihm die Treppen hinauf und dann nach links in mein Zimmer. Ein leichter Duft von Tannennadeln dringt in meine Nase, von einer der Duftkerzen am Fenster gegenüber. Das Bett ist frisch gemacht, das war wahrscheinlich Mom, und der Boden sieht ordentlicher aus, als ich ihn in Erinnerung habe. Links hinter dem Bett steht ein Kleiderschrank und neben dem Fenster ein großer Standspiegel. Eine Wand ist in einem schönen Grünton gestrichen und ein beiger Wollteppich bedeckt den größten Teil des alten Holzbodens. Rechts befinden sich mein Schreibtisch und ein kleiner Bücherschrank, in dem sich vor allem Zeitschriften tummeln, daneben meine bescheidene CD-Sammlung und ein bunter Sitzhocker. Erleichtert blicke ich mich um. Es ist schlicht und gemütlich, nicht so groß, aber es genügt mir. Ich mag mein Zimmer. Ich mag es sehr. Und hätte ich es nicht vorher schon gemocht, würde es vermutlich ganz anders aussehen. Es gibt also Dinge in meinem Leben, die beständig sind, die ich davor mochte – und jetzt.

Das macht mich glücklich.

Als ein paar zarte kühle Finger sich um meine schlingen, zucke ich zusammen und sofort nimmt Lu die ihren weg und schaut beschämt zu Boden.

»Tut mir leid. Ich weiß, du magst das nicht«, flüstert sie und rennt in ihr Zimmer.

Ich sehe ihr nach und ziehe verwundert die Augenbrauen zusammen. Ich mag das nicht? Was genau? Dass sie mich anfasst? Meine Hand nimmt? Aber … aber es hat sich nicht schlecht angefühlt. Ich habe mich nur erschrocken, weil ich in Gedanken versunken war und nicht damit gerechnet habe. Die Reaktion meiner Schwester beschäftigt mich, trotzdem gehe ich ihr nicht nach, sondern gebe ihr etwas Zeit. Ihr und mir. Im Moment verstehe ich einfach viel zu wenig.

Nachdem Dad die Tasche vor meinem Schrank abgestellt hat, trete ich ganz in das Zimmer und setze mich aufs Bett. In meiner rechten Hand liegt noch immer das neue ausgeschaltete Handy.

»Ruh dich aus. Neben deinem Bett steht eine Flasche Wasser, falls du Durst bekommst. Wir schauen heute Mittag nach dir, und wenn du dann noch schläfst, wieder heute Abend. Wir versuchen, Lu zu beruhigen und ihr zu erklären, dass du noch Ruhe brauchst.«

»Ist sie mir böse?« Meine Frage entlockt meinem Vater ein Lächeln.

»Nein. Sie hat sich nur sehr auf dich gefreut und sich Sorgen gemacht.«

Mein Vater schließt die Tür hinter sich und ich bleibe allein zurück.

Zu Hause sein. Fühlt sich das so an?

Als mein Blick auf das Handy in meiner Hand fällt, sehe ich die Gesichter von Tim, Ella und Jonas vor mir. Sehe Jonas' Grinsen und

Ellas Lachen ... höre Tims Schrei. Die Musik dröhnt in meinen Ohren, ein Ruck, noch einer. Dunkelheit. Ich werde zur Seite geschleudert und ...

Ich reiße die Augen auf. Ich habe gar nicht gemerkt, dass ich sie geschlossen habe. Keuchend und nach Atem ringend umklammere ich das Smartphone mit meinen nun schweißnassen Händen. Darauf war ich nicht vorbereitet. Ich habe die letzten Tage viel geträumt. Viel Zeug, das ich nicht verstanden oder direkt nach dem Aufwachen vergessen habe. Viele Erinnerungen. Aber bisher keine einzige von dieser Nacht.

Der Unfall ist bereits eine Weile her, und obwohl man mir nach dem Aufwachen versicherte, dass es den dreien gut geht, habe ich nichts von ihnen gehört.

Haben sie mich mal im Krankenhaus besucht oder angerufen? Und man hat einfach vergessen, es mir zu sagen? Zu gern würde ich das glauben ...

Ich drücke den Knopf am Handy lange und fest, bis es angeht und das Display leuchtet. Als Erstes speichere ich Ellas Nummer ein – die kann ich auswendig –, dann lade ich mir WhatsApp herunter, um ihr zu schreiben.

> Hey, Ella. Hier ist Norah. Ich hab heute ein neues Handy bekommen. Die Nummer ist, wie du siehst, die alte. Ich bin wieder daheim. Wie geht es dir? Und Tim und Jonas?

Einen Moment lang überlege ich zu fragen, ob sie sich erholt haben, ob sie von dem Unfall träumen oder immerzu daran denken, wie ich, und wann wir uns sehen werden. Ob sie längst wieder zur Schule gehen. Doch ich tue es nicht. Es fühlt sich nach zu viel an.

Der Gedanke an die Schule lässt mich aufseufzen. Ich muss mich bis dahin noch ein wenig gedulden. Trotzdem freue ich mich darauf. Es bedeutet Normalität und dass alles wieder in Ordnung ist.

Mein Blick schweift erneut durch mein Zimmer, weil ich nicht mehr wie eine Verzweifelte mein Handy anstarren möchte, in der Hoffnung, Ella schreibt zurück. Sie ist meine beste Freundin, es wird einen Grund geben, warum sie sich noch nicht gemeldet hat.

Über dem Schreibtisch erkenne ich meine Korkwand mit Dutzenden von Zetteln und Notizen, aber noch mehr Fotos, die ich kreuz und quer daran befestigt habe. Aufzustehen und näher heranzugehen ist nicht nötig, ich erinnere mich an die Bilder und kann sie vom Bett aus entziffern. Jonas, Tim, Ella und ich in der Stadt mit einem Eis, großen Sonnenbrillen und einem Lächeln im Gesicht. Wir schick gemacht in der Großstadt mit Cocktails in der Hand. Ich erinnere mich, dass wir dafür extra rausgefahren sind, bis nach Hannover mit dem Bus und danach mit der Bahn. Es war Ellas 17. Geburtstag. Wir sind erst morgens zurückgekommen und bis auf mich hatte niemand im Anschluss drei Wochen Hausarrest. Ella und ich im Bikini in dem Whirlpool von Tims Eltern, ein Polaroid von uns beim Nachsitzen und so geht es ewig weiter. Ich sehe glücklich aus.

War ich es auch? Bestimmt. Ich meine, ich lache, ich bin mit meinen Freunden zusammen und habe mir die Fotos angepinnt, weil sie mir etwas bedeuten. Niemand hängt sich Fotos an die Wand, wenn sie für einen wertlos sind. Oder?

Aber warum fehlen dann Fotos von meinen Eltern, von Lu oder Manni? Da ist kein einziges von ihnen. Keines von Sam. Ich finde, sie fehlen dort an meiner Pinnwand.

Haben sie mir nichts bedeutet oder nicht so viel?

Die Wahrheit ist, dass ich es nicht weiß. Ich zähle nur eins und eins zusammen, zerdenke es, gehe pragmatisch und logisch heran, als wäre mein Leben ein Puzzle, das ich aus meinen Erinnerungen neu zusammensetzen müsste.

Ein großes Bild. Ohne Gefühle.

Mein Handy vibriert.

> OMG, du lebst! Wir haben uns krasse Sorgen gemacht. Waren nur einen Tag im Krankenhaus, alles ist wieder gut. Schule ist scheiße, Tim hat Ärger. Wird schon. Vermisse dich. xoxo!

Ellas Nachricht lese ich bestimmt fünf Mal, doch sie bleibt immer dieselbe. Ich habe so viele Fragen, dass es wehtut, aber sie keine einzige. Wie ist das möglich? Wieso schreibt Jonas mir nicht? Wieso ruft er nicht an und wieso habe ich kein Bedürfnis danach, es selbst zu tun?

Aufgewühlt und mit bebenden Lippen lege ich das Handy weg und versuche, ruhig zu atmen. Ich schaue mir erneut die Bilder über dem Schreibtisch an, betrachte die Fotos eins nach dem anderen.

Und stelle mir vor, dass die Momente schön waren.

Ich stelle es mir nur vor …

Schwer schluckend kralle ich meine Finger in meine Jogginghose.

Ich schlussfolgere, dass sie mir etwas bedeuten müssen und dass ich glücklich gewesen sein muss, aber ich … habe einfach kein *Gefühl* dazu. Wenn ich daran denke, dann an die offensichtlichen Dinge – an Bewegungen, Abfolgen, Handlungen. Die Erinnerungen dazu fluten mich, allerdings sind sie nicht vollständig … verdammt!

Ich lasse den Kopf in meine Hände sinken und seufze. Ich fühle nichts. Da ist keine einzige Emotion abgespeichert. Keine Meinung oder Ansicht. Ich habe gehofft, es würde besser werden. Doch ich fange an zu glauben, dass das eine falsche Hoffnung war. Manchmal zerbrechen oder heilen Dinge anders, als wir es erwarten.

Ich habe mich geirrt, als ich für einen winzigen Augenblick überzeugt war, mein Leben wäre wieder okay oder auf dem Weg dorthin. Und genauso, als ich dachte, es wäre nicht nötig, jemanden um Hilfe zu bitten.

Denn ich brauche sie. Ich brauche jemanden, mit dem ich über all das reden kann. Und der Einzige, der mir einfällt, ist Sam. Er ist der Einzige, dem ich es erzählen möchte …

7

Sam

Lewis Capaldi – Lost On You

Bah, ist das ekelhaft nass und kalt draußen. Das Regenwasser läuft mir den Nacken hinab, weil ich den Schal vor der Fahrt nicht ordentlich unter die Jacke geschoben habe. Meine Jeans ist durchgeweicht, von den alten Boots will ich gar nicht erst anfangen. Zum Glück ist es kein Eisregen oder Schnee. Man muss das Positive sehen.

Ich reibe den Helm in der Garage mit einem von Dads alten Handtüchern trocken, bevor ich ihn im Sitz des Rollers verstaue, der als Nächstes dran ist und über den ich genauso gründlich mit dem Tuch fahre. Meine Nase läuft und ich schniefe einmal heftig. Meine Finger sind eisig, weil ich die Handschuhe auf dem Küchentisch liegen gelassen habe und keine Zeit mehr hatte, sie zu holen, bevor ich aufgebrochen bin. Vor zwei Stunden hat es auch noch nicht geregnet. Jedenfalls nicht so. Außerdem wollte ich nicht zu spät bei Kian und Lilli ankommen.

Fertig. Ich lege das Tuch weg, lasse die Garage hinter mir und gehe die Treppe nach oben ins Wohnhaus. Bereits auf dem Weg dorthin höre ich Opa laut nörgeln. Irgendwann wird meine Mutter ihn aus dem Fenster werfen – hat zumindest mein Vater letzte Woche gesagt. Der findet das Gezanke ziemlich komisch, weil die beiden viel mehr gemeinsam haben, als meine Mutter zugeben will. Sie betont, sie kommt mehr nach Oma, die leider vor einem halben Jahr an einem Herzinfarkt gestorben ist und sich deshalb nicht mehr um Opa kümmern kann. Der wohnt jetzt samt Rollstuhl, lautem Organ und sturem Kopf hier bei uns.

Ich finde es klasse.

»Laura, bei Gott, noch bin ich nicht unter der Erde! Aber wenn du mir weiter dieses trockene, tote Gemüse gibst, bin ich es bald.«

»Brokkoli ist weder trocken noch tot«, meckert meine Mutter zurück und Opa schreit: »Der Brokkoli ist nicht das Problem!«

Ich lache, während ich die Tür schließe und den Flur in Richtung Esszimmer entlanggehe, wobei mir ein schwerer, leicht verbrannter Geruch in die Nase steigt.

Opa hat nicht unrecht, an seiner Tochter ist keine Köchin verloren gegangen. Seit er hier ist, versucht sie es dennoch immer wieder mit viel Hingabe – leider ohne Erfolg. Das letzte Mal hat sie sich an Lasagne probiert, die nach Bolognese-Pampe aussah und schmeckte, als hätte sich eine Beutelratte übergeben. Keine Ahnung, ob die Kotze von Beutelratten so schmeckt, aber ich stelle es mir ähnlich schlimm vor.

Weil mein Vater sie jedoch liebt und ich ebenso, haben wir wenigstens ein, zwei Bissen davon heruntergewürgt und dabei gelächelt. Opa hat den Teller nicht gerade unauffällig und sehr laut murrend auf den Boden gestellt, damit Chewi sich darüber hermachen konnte. Doch der ist nur Nase rümpfend abgehauen. Eigentlich heißt der Hund Chewbacca. Nicht dass irgendjemand aus unserer Familie ein großer *Star Wars*-Nerd wäre, aber als wir ihn im Urlaub vor sechs Jahren auf einem verlassenen Bauernhof gefunden haben, abgemagert und hungrig, sah er wie ein laufendes Wollknäuel aus. Dad meinte, er erinnert ihn an den Wookiee aus *Star Wars*, und nun ja – damit hatte der Hund seinen Namen. Er ist dicker geworden und viel größer, doch manchmal verwechsle ich sein Gesicht immer noch mit seinem Hintern.

»Keine Ahnung, wie Mama das ausgehalten hat«, murmelt meine Mutter, während sie Opas Teller wegstellt. Der verschränkt die Arme vor der Brust.

»Das hab ich mich auch gefragt, nachdem du damals ausgezogen bist«, brummt er.

Amüsiert bleibe ich stehen und beobachte die beiden. Chewi schläft gerade auf dem Rücken mit allen vieren von sich gestreckt unter dem Tisch. Opa hat sich die Zeitung gekrallt und linst nun über den Rand zu mir.

»Samuel«, beginnt er mit tiefer Stimme, »du bist ja klatschnass.«

»Es regnet, Opa. Ich denke, da ist es kein Wunder.«

»Deine Mutter hätte dich fahren sollen«, murrt er und verschanzt sich wieder hinter der Zeitung.

Er liebt sie und sie ihn. Die beiden sind sich einfach zu ähnlich. Die Eigenschaften, die sie an sich selbst nicht mögen, haben sie jetzt jeden Tag als Spiegel in Form des anderen direkt vor der Nase. Dass

Oma nicht mehr da ist, macht das Ganze weder besser noch leichter. Sie war der Kleber, der sie zusammengehalten hat. An ihre Abwesenheit müssen wir uns alle noch gewöhnen.

»Oh, hey. Du bist zurück? Ist es schon so spät?«

Das hellbraune Haar meiner Mutter wirkt zerzaust, ein paar zarte Strähnen stehen ab oder lösen sich aus dem Zopf. Mom arbeitet als Sekretärin an der Grundschule in der Nähe, doch seit Opa bei uns wohnt, hat sie nur noch eine halbe Stelle, um mehr Zeit für ihn zu haben. *Damit wenigstens an zwei Tagen unter der Woche jemand da ist, der auf ihn aufpasst*, sagt sie.

Ein paarmal schaut eine Pflegekraft vorbei, immer nur für ein, zwei Stunden. Opa hat keinen Anspruch auf mehr und die Kapazitäten hier sind begrenzt.

Dad ist bestimmt noch auf der Arbeit. Er ist Bauarbeiter, steht morgens sehr früh auf und ist meist erst zwischen sechs und acht zu Hause. Das hängt immer ein wenig davon ab, wie der Tag auf der Baustelle verläuft, wie das Wetter ist und ob Dad von einem Kollegen mitgenommen wird wie heute.

Mom hätte mich heute daher tatsächlich mit dem Auto zum Musikunterricht bringen können, weil Dad nicht selbst gefahren ist und unser Golf Kombi, der bereits die ein oder andere Macke vorzuweisen hat, brav in der Garage steht. Aber das würde ich nie verlangen. Sie hat so schon genug zu tun und mein Roller tut es auch. Außerdem versteht man mehr, wenn man langsam erwachsen wird. Dass das Leben schwer ist und kompliziert und nicht alles so ist, wie es scheint. Sosehr die Eltern sich bemühen, einen vor der Welt zu schützen, sie schaffen es nicht. Manchmal merken sie nicht einmal, dass sie den Kampf schon lange verloren haben. Bei mir in der Mittelstufe. Da habe ich das erste Mal begriffen, dass die wahren Monster Menschen sind.

Und ich habe langsam verstanden, was es bedeutet, weniger Geld zu haben als andere. Man kriegt es zwar irgendwie mit, hat es vielleicht im Hinterkopf, aber dieses Verständnis kommt schlagartig. Durch so Typen wie Jonas.

Mom und Dad müssen auf jeden Cent achten, ihn dreimal umdrehen. Sie arbeiten hart und viel und trotzdem ist es nicht genug. Irgendwie seltsam.

Als ich nicht antworte, bleibt Mom stehen und lächelt mich an. »Alles in Ordnung, Sam?«

Ich nicke und räuspere mich leise. »Ja, entschuldige. Ich war in Gedanken. Ich geh mal hoch, mich duschen und umziehen. Die Sachen kleben ganz schön.«

»Mach das. Nicht dass du dich erkältest. Sag mir nur schnell, wie geht es den Zwillingen?«

»Kian raubt Lilli wie immer den letzten Nerv.« *Und mir auch*, füge ich grinsend in Gedanken an. »Aber sie lernen schnell, sind aufmerksam und ich bin erstaunt, dass sie dranbleiben.«

»Du hast deine Leidenschaft für die Musik noch früher als die beiden entdeckt und bist drangeblieben.«

»Ich hatte wohl Glück.«

»Glück«, schnaubt Opa. »Pah! So was gibt es nicht, Junge.«

Mom verdreht die Augen und ich lächle breit.

»Ich bin oben.«

»Soll ich dir eine Pizza bestellen?«, ruft Mom hinterher und bevor ich antworten kann, übernimmt Opa das für mich.

»Natürlich. Der Junge will noch ein paar Jahre leben. Schmeiß den Brokkoli endlich weg, die versalzenen Kartoffeln können nichts mehr retten.«

Die beiden streiten wieder, während ich mich frage, wie man Kartoffeln versalzen kann. Das ist eine Gabe.

Mom wird bestimmt eine Margherita bestellen oder eine Calzone. Ich mag beides und sie kennt meine Vorlieben bei den wenigen Lieferdiensten, die wir hier haben, auswendig.

Irgendwie erschöpft schlurfe ich die Treppenstufen hinauf. Die Schule war okay heute, nur vier Stunden und zwei davon Vertretung. Dass jetzt das Wochenende vor der Tür steht und ich morgen ausschlafen kann, ist ein gutes Gefühl. Wochenenden sind immer so befreiend.

Die Zwillinge waren heute besonders fordernd, aber ich mag die zwei und der Unterricht macht nicht nur Spaß, er bringt mir auch ein wenig Geld ein. Neben den beiden unterrichte ich noch ein paar andere Kinder, doch eher unregelmäßig. Bei Lilli und Kian bin ich beinahe zu Hause. Die beiden können nicht nur gut Gitarre und Klavier spielen, sie wollen es auch wirklich. Etwas zu lernen ist das eine. Es mit Leidenschaft zu tun, das andere. Ersteres kann dich dazu bringen, es zu können, Letzteres dazu, wirklich gut zu werden.

Oben angekommen, höre ich die Stimmen von unten beinahe nicht mehr. Unser Haus ist nicht groß, aber sehr gemütlich. Ich würde es als *kompakt* bezeichnen. Der Flur ist schmal, die Treppe genauso und für Opa haben wir extra einen dieser teuren Lifte einbauen lassen, mit denen er von oben nach unten kommt und umgekehrt – samt Rollstuhl. Das war gar nicht so leicht bei unserer Treppe, letzten Endes hat es trotzdem geklappt. Über die Kosten wollte niemand mit mir reden. *Es wird schon*, hat Mom gesagt, aber ich habe sie abends im Bett weinen hören, während Dad sie getröstet hat.

Meine Beine tragen mich über den grauen Teppichboden hinein ins Bad. Dort schmeiße ich die nassen Klamotten auf die weißen Fliesen, gönne mir eine heiße Dusche und schnappe mir aus meinem Schrank neue trockene Sachen. Eine Jeans und einen gemütlichen Pulli.

Ich seufze. Viel besser.

Trotzdem wird mir gleich wieder kalt. Anscheinend habe ich vergessen, die Heizung anzumachen. Schnell hochdrehen auf vier, bis mein Zimmer Normaltemperatur hat. Dabei haue ich mir fast den Kopf an der Schräge über dem Heizkörper an.

Ich wohne hier, seit ich denken kann, dennoch stoße ich mich mindestens einmal die Woche an dieser dämlichen Wand. Verflucht.

Mein Zimmer ist überschaubar. Der uralte gefranste graue Teppich bedeckt einen Teil des Laminatbodens und all die Macken, die darin zu finden sind. Meine dunkelblaue Schlafcouch steht in der Ecke, direkt unter dem großen Fenster, das gen Süden zeigt, meine Gitarre in ihrer Halterung und ungefähr zwei Dutzend Schallplatten in einem Regal daneben. Dazu Opas alter Plattenspieler. Nicht von dem, der unten meckert, sondern von dem anderen. Dem Vater von

Dad. Er ist gestorben, als ich noch sehr jung war, aber wir haben die Liebe für Musik geteilt. Jedenfalls erzählt Dad das immer und immer wieder. Großvater hat mir seine Sammlung vermacht. Die Schallplatten höre ich nur selten, ich habe Angst, sie kaputt zu machen oder zu verschleißen, daher gehe ich zu meinem Eckschreibtisch und schalte den PC an für ein wenig Musik.

Von meinen Ersparnissen habe ich mir letztes Jahr einen neuen gekauft. Das war eigentlich nicht geplant, doch das Ding ist an Altersversagen verreckt. Zumindest meinte Opa das, weil *Windows 98* schon zu viel dafür war.

Jetzt habe ich einen neuen und ich hoffe, er wird sehr lange halten, mich durchs Abi und mit Glück durchs Studium bringen. So schnell werde ich mir keinen weiteren leisten können. Okay, ich gestehe, ich habe dieses Mal auch nicht zum preiswertesten Modell gegriffen, sondern zu einem, auf dem ich gelegentlich ein paar Spiele laufen lassen kann, ohne dass das Bild alle drei Sekunden stehen bleibt oder ruckelt. Ich spiele nicht oft, aber ab und an macht es Spaß. Meist sind es Adventure-Spiele.

An der Wand rechts von der Tür befinden sich im Regal nur Bücher und Zeitschriften. Sie liegen kreuz und quer übereinander. Es sind meist Comics und Biografien.

Kurz schließe ich die Augen, atme die leicht abgestandene Luft ein und merke, dass der rauschende und blubbernde Heizkörper anfängt, seinen Dienst zu tun.

Ich sollte meine Hausaufgaben erledigen, damit ich das Wochenende richtig genießen kann. Ich habe gestern schon nichts abgearbeitet, weil ich mit meinen Gedanken ständig abschweife. Weil ich ständig an jemanden denken muss, dabei habe ich die letzten Jahre krampfhaft damit verbracht, das nicht mehr zu tun. Und dann kommt dieser eine beschissene Anruf, der alles kaputt macht. Der alles ändert.

Mist ... Die Tage davor habe ich ewig gebraucht, um die einfachsten Aufgaben zu lösen. Ein Jahr vor dem Abi kann ich mir das nicht erlauben. Meine Noten fliegen mir nicht zu, ich muss dafür arbeiten, und jedes Mal wenn ich weniger lerne, merke ich das. Nicht dass ich schon weiß, was ich mit meinem Leben anfangen will und wohin es mich nach dem Abschluss verschlägt, aber ich will die Schule bis dahin gut meistern. Ich will vor mir einen Haufen offener Türen haben und nicht unzählige, die ich erst mühsam eintreten muss. Davon hatte ich bereits genug.

Danach? Keine Ahnung.

Und ich bezweifle auch sehr, dass ich das in diesem Moment schon wissen muss. Es reicht, wenn ich mir genau dann Gedanken darüber mache, wenn es so weit ist. Das Hier und Jetzt ist anstrengend genug. Zumindest für die meisten von uns.

Wo ist eigentlich mein Handy? Verdutzt schaue ich mich suchend um. Noch im Bad. Ich habe es vor dem Duschen aus der Jeans geholt, fällt mir ein, also flitze ich rüber und finde es tatsächlich auf der Ablage über dem Waschbecken.

Ich gehe wieder zurück, will eigentlich nur schnell den Akkustand checken, doch stattdessen stolpere ich in mein Zimmer, weil mir eine Nachricht angezeigt wird. Abgesehen davon, dass ich selten welche bekomme, außer von meinen Eltern oder von Philipp, mit dem ich seit letztem Jahr ganz gut befreundet bin, ist diese Nachricht von dem Grund, der mich die letzten Tage abgelenkt hat.

Norah.

Die Nummer ist unbekannt, aber nachdem ich die Nachricht geöffnet habe, prangt mir ihr Foto oben auf der WhatsApp-Liste entgegen und dann ihr Name am Ende des Textes.

Mein erster Reflex ist, das Handy auszuschalten und wegzulegen, doch ich setze mich auf die Couch, lehne mich zurück und atme tief durch, bevor ich genau das Gegenteil tue und die Nachricht von dem Mädchen lese, das mir mehr wehgetan hat als je etwas anderes in meinem Leben.

Okay. Los geht's.

> Hey, Sam.
> Ich weiß nicht, wie ich anfangen soll. Also, nicht wirklich. Ich bin wieder zu Hause. Es ist seltsam. Mir geht es ganz gut, die Ärzte sagen, alles ist in Ordnung, aber ... bin ich verrückt, wenn ich mich nicht so fühle? Dass ich mich fühle wie eine Fremde?
> Hier ist übrigens Norah.

Ruckartig schleudere ich das Handy neben mich auf den Stoffbezug, stütze mich mit den Armen auf den Beinen ab und lasse den Kopf hängen, während sich mein Oberkörper heftig hebt und senkt. Während ich anfange zu beben.

Keine Ahnung, ob ich das schaffe. Das mit Norah. Ich weiß, ich habe ihr gesagt, dass ich ihr helfe, auch wenn mir nicht ganz klar war, wie ich das kann. Ob ich das kann. Aber … es ist bereits jetzt beschissen schwer.

Was soll ich darauf antworten? Dass sie nicht erst seit jetzt eine Fremde für mich ist? Und dass ich die Norah von heute schon sehr lange nicht mehr wiedererkenne? Seit die Sticheleien anfingen, die Blicke und das Lachen – und sie nicht bei mir geblieben ist. Nein, sie stand nicht neben mir. Sie machte einen Schritt weg von mir und sagte nichts. Ich habe es nicht geahnt.

Damals habe ich mich gefragt, wer schlimmer ist: der Mensch, der andere angreift, oder der, der dabei zusieht. Der nichts tut. Die Frage beschäftigt mich immer noch. Beides ist auf seine ganz eigene Art schmerzhaft.

Es gibt viele Dinge, die ich nicht verstehe. Nicht, weil ich jung oder ein Idiot bin, sondern weil man manche Dinge vielleicht nicht verstehen oder hinterfragen muss. Manche sind einfach hässlich. Manche sind einfach scheiße.

Das ist alles.

Wie in Trance hebe ich den Kopf, fahre ein, zwei Mal kräftig darüber, kreuz und quer durch mein Haar, und atme tief durch, dann fische ich nach dem Smartphone und tippe.

> Hey.
> …

Was jetzt? Ich halte inne, meine Finger schweben über dem Display. Was soll ich schreiben? Wie kann ich ihr helfen, wenn so viel passiert ist und so viel zwischen uns steht? Ich bin mir nicht sicher, ob das möglich ist.

Sie erinnert sich anscheinend nicht. An nichts davon.

Freudlos lache ich auf und fluche leise. Irgendetwas ist mit Norah passiert, das dafür sorgt, dass sie den Krater, der sich zwischen uns ausgebreitet hat und den ein jeder von uns aus seinen eigenen Gründen Stunde um Stunde vergrößerte, auf einmal überspringen kann, als wäre er nicht da. Fühlt sich scheiße an. Nicht, weil der Krater mir viel bedeutet, sondern weil darin viel Bedeutung liegt. Weil er eine Geschichte hat, die man nicht einfach überspringen kann.

Als wäre nichts gewesen ... Für sie ist es, als wäre nichts gewesen. Nur ein Blick auf mein Handgelenk zeigt mir, die Narbe ist noch da und das sagt mir, dass es echt war. Das alles. Und sie ist längst nicht die einzige, die ich trage, aber die einzige, die ich verdecken muss.

Das Leben hinterlässt bei uns allen Narben, gute und schlechte, tiefe und kleine. Die auf der Haut und die in uns drin. Meine Narbe erinnert mich daran, dass man nicht immer gewinnen kann, egal, wie sehr man kämpft ... Dass man sich manchmal nichts mehr wünscht als Frieden. Mit sich und der Welt.

Und ich habe Angst, dass es wieder passiert. Ich weiß nicht, ob ich es ein zweites Mal schaffen würde.

8

Norah

James Bay – Scars (Acoustic)

Sam schreibt.

Noch hat er nicht geantwortet, doch er ist gerade dabei. Er hat meine Nachricht gesehen und ich habe einen Moment die Luft angehalten, als die beiden Häkchen auf einmal blau leuchteten. Seit ich meinen Text abgeschickt habe, bin ich unruhig und starre alle zwei Minuten auf mein Handy und meine Worte, nur darauf wartend, dass Sam sie liest.

Die Nachricht an ihn habe ich mindestens zehn Mal neu formuliert und wieder gelöscht, bevor ich sie einfach, ohne weiter darüber nachzudenken, abgeschickt habe. Das Problem war nicht, Sam zu schreiben, das Problem war, was. Der Anfang ist immer das Schwerste, sagt man. Aber das ist für uns doch gar kein Anfang, oder? Ich kenne Sam. Wir sind Freunde. Oder waren wir es? Ich habe so viele Erinnerungen von ihm und mir, dass ein Fotoalbum nicht dafür reichen würde. Es ist, als hätten wir bereits ein ganzes Leben zusammengelebt.

Dennoch gibt es da etwas, das ich nicht greifen kann. Wie ein Riss. Ein ganz feiner Haarriss, den man nicht direkt bemerkt und der sich gefährlich schnell vergrößern kann. Und dieses Gefühl sitzt irgendwo in mir wie ein riesiger Stein. Er liegt in meinem Magen, er drückt auf meine Brust und er will mir nicht verraten, wofür er steht.

Sam schreibt – und ich sitze noch genauso auf meinem Bett wie vorher. Noch so, wie Dad mich zurückgelassen hat. Die Erschöpfung hat sich in mir ausgebreitet, aber sie kann den Wind in mir nicht besänftigen. Ich möchte noch nicht schlafen. Ich möchte mich noch nicht hinlegen, obwohl mein Körper mich anfleht, es zu tun, weil er nicht gewohnt ist, wieder so lange auf zu sein und sich zu bewegen. Ich möchte wach bleiben und auf Sams Antwort warten, ohne zu wissen, warum das so wichtig ist. Seine Nachricht würde nicht weglaufen, sie würde in zwei Stunden, wenn ich aufwache, immer noch da sein. Vorausgesetzt, Sam schickt sie ab.

Aber ich warte. Ich umklammere das Handy und warte.

Meine Füße sind ganz kalt trotz der Socken. Meine Fingerspitzen ebenso. Und gerade als ich nach der Wasserflasche neben dem Nachttisch greifen möchte, um einen Schluck zu trinken, vibriert es in meiner Hand.

Mein Atem stockt und meine Finger kribbeln vor Nervosität.

> Hey. Freut mich, dass du wieder heimkonntest.
> Was meinst du damit, dass du dich anders fühlst? Und wie soll ich dir helfen? Wieso ich?

Wenn ich es nur wüsste. Wenn ich es nur selbst verstehen könnte. Wieso Sam? Ich habe daran gedacht, Ella noch einmal zu schreiben oder endlich Jonas, aber ich habe es nicht getan. Vielleicht weil ich die Befürchtung hatte, dass sie mich auslachen. Nein, das ist lächerlich. Sie sind meine Freunde, wir hatten vor ungefähr zwei Wochen einen heftigen Unfall. So etwas geht nicht spurlos an einem vorbei. Gerade sie müssten es nachvollziehen können, oder?

Aber ich schreibe Sam und nicht ihnen.

> Ich bin verdammt müde. Ich hab das Gefühl, dass ich schlafe und schlafe, aber die Müdigkeit geht nicht weg. Seltsam, oder?
> Und ich habe Fotos an meiner Pinnwand gefunden, als ich heimkam. Da hängt keins von dir oder von uns. Wieso nicht? Wieso hast du im Krankenhaus gefragt, an wie viel ich mich erinnere?
> Wir sind doch Freunde, oder?

Weil ich das Gefühl nicht loswerde, dass da etwas ist, etwas Wichtiges, das ich vergessen habe, schreibe ich Sam. Seine Antwort folgt direkt, keine Minute später.

> Ruh dich aus. Wir können das nachher besprechen.

Ich schüttle den Kopf und presse die Lippen zusammen. Nein. Natürlich sieht Sam meine Reaktion auf seine Worte nicht.

> Nein. Sag es mir! Sind wir Freunde?

Mit jeder Sekunde, die verstreicht, atme ich heftiger.

> Wir waren es.

Wir waren es, hallt es in meinem Kopf wider. *Wir sind es* nicht mehr.

Zuerst spüre ich ein Zittern am Kinn und an der Unterlippe, dann ein Ziehen in der Brust und ein Brennen in den Augen, bevor meine Sicht verschwimmt und ich leise wimmere und Tränen über meine Wangen laufen. Es ist wie ein Erdbeben, das mich durchzieht, wie ein Monsun, der in mir tobt.

Ich schluchze. Und es tut weh.

»Wieso sind wir es nicht mehr?«, wispere ich erstickt und kneife die Augen zusammen, aus denen noch mehr Tränen fließen, vergrabe mein Gesicht in den Händen und lasse die Verzweiflung heraus. Ich habe ohnehin keine Kraft, gegen sie anzukämpfen.

Ich fühle es nicht – das Warum und Wieso. Das Weshalb und Wie. Aber ich fühle, dass es wahr ist. Da ist kein Widerstand in mir, keine Stimme, die ihm widersprechen könnte, obwohl ich nichts lieber täte als das. Ich kann mich nicht erinnern, dass Sam mich je angelogen hätte. Falls doch, weiß ich nichts mehr davon.

Was er sagt, stimmt. Es ist die Wahrheit und die tut manchmal weh. Also weine ich hinter vorgehaltener Hand, versuche, es leise zu tun, weil niemand es mitbekommen soll. Weil ich nicht fragen will, ob meine Eltern es wussten. Ich kenne die Antwort. Ich verstehe, wieso Mom so überrascht war, als ich nach Sam fragte. Wir sind keine Freunde mehr.

> Es tut mir so leid, Sam.

Es dauert eine halbe Ewigkeit, diese einfachen Wörter zu tippen. Der Schleier vor meinen Augen sorgt dafür, dass ich nur schwer und total verschwommen sehen kann und dass der ein oder andere Tropfen auf das Display fällt, macht es nicht besser. Dieses Mal war mir sofort klar, was ich zu schreiben habe. Denn dieser eine Satz, diese sechs Wörter und diese siebzehn Buchstaben sind das Einzige, das mich gerade beschäftigt.

Es tut mir so leid, Sam. So zu empfinden – es ist, als wäre es das erste Mal und gleichzeitig, als würde ich mich daran erinnern.

> Mir auch, Nor. Mir auch …

Ich fühle mich allein. Ich fühle mich leer und trotzdem schwer. Wie ein Ballon voller Luft, der denkt, die Welt hinge an ihm und nicht *er* an der Welt.

Etwas kitzelt an meiner Nase und ich bekomme schlecht Luft. Mein Hals ist ganz warm.

Ich bin eingeschlafen. Nach Sams Nachricht habe ich mich hingelegt, irgendwie die Decke über mich gezogen und mich in den Schlaf geweint. Ihm endlich nachgegeben.

Meine verklebten und geschwollenen Augen öffnend, bemühe ich mich, richtig wach zu werden und zu verstehen, wieso mein Arm halb taub ist, mein Nacken steif und aus welchem Grund ich so schlecht atmen kann. Nach mehrmaligem Blinzeln wird mir schnell klar, warum. Manni hat sich an meine Brust gekuschelt, der massige Körper der Katze liegt auf meinem Arm, ihr Kopf an meinem Hals und die kleinen Fellbüschel an ihren Ohren kitzeln mein Gesicht. Ihr leises Schnurren erreicht mein Ohr, das Vibrieren spüre ich sogar an meinem Brustkorb. Gott, diese Katze ist riesig.

Nur, wie ist sie hier reingekommen? Die Tür war zu und ich kann mich nicht erinnern, das Zimmer verlassen zu haben. Kann sie Türen öffnen? Wenn sie sich streckt, bestimmt, aber ich glaube nicht, dass sie das je konnte. Eigentlich war sie immer eine recht faule Katze.

Ihr rechtes Ohr zuckt und streift meine Wange. Ganz vorsichtig ziehe ich mich ein Stück zurück. Die Muskeln in meinem Nacken fühlen sich verspannt an, also halte ich wieder still und schaue gen Zimmertür, aus deren Richtung gerade Geräusche zu mir dringen.

»Verflucht, wo ist sie nur? Bei der Größe kann man sich unmöglich so gut verstecken«, höre ich Mom murmeln.

»Oh, oh«, erklingt Lus Stimme.

»Was ist denn? Was … Oh nein.«

»Ich war nur kurz bei ihr und wollte nach ihr sehen«, gibt meine Schwester zerknirscht zu und ich denke, jetzt wissen wir alle, wie die

Katze ins Zimmer kam. Lu hat die Tür nicht richtig zugemacht. Ich lächle, meine Augen fallen wieder zu. Ihre Stimmen sind beruhigend.

»Du weißt, Norah mag es nicht, wenn Manni in ihrem Zimmer ist. Erst recht nicht auf dem Bett.«

Seltsam.

Natürlich ist sie schwer und haarig und sehr besitzergreifend, was den Platz auf dem Bett angeht – aber nicht mögen? Hm. Nein, dieses Gefühl finde ich nicht in mir. Es ist sogar das Gegenteil der Fall, ich fange an, es zu genießen.

War das vor dem Unfall wirklich anders? Bin ich jetzt anders?

Ich höre ihre leisen Schritte und die eine Stelle des Holzbodens hinter der Tür knarzt, als sie eintreten, und ich hebe die Lider so weit an, dass ich sie sehen kann. Ihre erstaunten Gesichter, die offenen Münder und großen Augen. Besonders Lus, deren Blick unaufhörlich zwischen Manni und mir hin- und hergleitet.

»Hallo«, begrüße ich sie mit ruhiger Stimme, um die Katze nicht zu erschrecken, die noch immer ganz entspannt bei mir schläft. Während Lu keinen Ton rausbekommt, reißt Mom sich irgendwie zusammen.

»Hi. Ähm.« Sie räuspert sich. »Wir haben die Katze gesucht, aber das hat sich ja anscheinend erledigt. Wir nehmen sie mit, okay? Dann kannst du dich weiter ausruhen.« Mom macht einen Schritt aufs Bett zu, doch ich möchte das gar nicht. Ich möchte nicht, dass die Katze verschwindet.

»Nein, schon okay. Lass sie schlafen.«

»Bist du sicher?« Pure Skepsis strömt aus ihren Poren und im nächsten Moment gibt auch meine Schwester ihren Senf dazu.

»Du magst Manni gar nicht. Du hast immer gesagt, dass du nicht überall ihre nervigen langen Haare haben willst. Nicht an dir, nicht auf dem Teppich, auf deinen Sachen und erst recht nicht auf der Bettwäsche.«

Ein weiteres Mal denke ich darüber nach, suche krampfhaft nach einer Bestätigung für das, was mir eben mitgeteilt wurde. Nicht dass ich glaube, Lu würde lügen, es ist nur so, dass … dass da nichts ist. Keine Ahnung, ob es so war. Also immer und grundsätzlich. Die ein oder andere Erinnerung daran, wie ich die Katze oder Lu und die Katze aus dem Zimmer beförderte, ist zwar da, nur das Warum fehlt. Der Faden, der das alles zusammenhält und ohne den das Ganze wenig Sinn ergibt.

Wenn ich Mom und Lu jetzt aber frage, ob das stimmt, verrate ich mich und ich möchte nicht, dass sie sich Sorgen machen. Vielleicht gibt es dafür gar keinen Grund, weil ich das, was fehlt, bald zurückhaben werde. Dr. Alvarez meinte, diese Lücken wären nicht unüblich, ermahne ich mich stets, und solange ich diese Hoffnung habe und es mir ansonsten gut geht, werde ich meine Familie da nicht mit reinziehen.

Noch nicht.

»Heute ist es okay«, erwidere ich daher etwas schwerfällig, statt ihr zu widersprechen oder eine Frage zu stellen, die Aufmerksamkeit erregen könnte.

»Aber…«, setzt Lu erneut an, doch sie kommt nicht weit, weil

Moms Hand sich auf ihren Mund legt und sie meine kleine Schwester an sich drückt.

»Alles klar. Kein Problem. Wir lassen die Tür auf.«

Lu nuschelt irgendwas Unverständliches hinter Moms Fingern, bevor sie aus dem Zimmer geschoben wird.

»Mom?«, halte ich sie noch schnell auf und sie bleibt sofort stehen, dreht den Kopf zu mir und schaut mich abwartend an. »Ist es in Ordnung, wenn mich jemand besucht? Also schon bevor ich wieder in die Schule gehe?«

»Kommt dieser Sam vorbei?«, platzt es neugierig aus Lu heraus, die es geschafft hat, ihren Mund zu befreien und sich aus Moms Griff zu lösen. Mit neugierigen Augen wartet sie auf eine Antwort und schaut mich gespannt an.

»Vielleicht.«

Ich habe ihn noch nicht darum gebeten. Aus irgendeinem Grund kam mir der Gedanke eben in den Sinn. Es wäre gut, wenn Sam hier wäre und wir miteinander reden könnten. Darüber, warum es kein Wir mehr gibt und warum er mir trotzdem hilft, mir zuhört und warum ich das so sehr möchte. Und ich will ihn fragen, wie ich vorher war. Vor dem Unfall.

Mom nickt. »Kein Problem. Sag nur Bescheid, wann er herkommt und ob er mit uns essen möchte.«

Wie auf Kommando knurrt mein Magen. Ich habe heute früh nichts runtergekriegt.

»Was möchtest du?«, fragt sie lächelnd und Lu lacht mit.

Die Frage ist eigentlich einfach, wenn man sich nicht nur daran erinnern könnte, was man schon mal gegessen hat, sondern auch, ob man es mochte. Wie es geschmeckt hat.

»Pizza«, fällt mir sofort ein. Ich denke, das ist eine gute Wahl.

»Wie immer?« Das ist vermutlich die mit Pilzen, doch im Augenblick verspüre ich keinen Appetit darauf. Keine Ahnung, ob oder wie sie mir schmecken.

»Nur Käse, bitte.«

Mit Käse kann man schließlich nichts falsch machen, oder? Danach werde ich mich an alle Beläge herantasten und so viel Pizza essen, bis mir übel wird. Vorerst versuche ich, nicht aufzufallen. Ich komme mir fast vor wie ein Spion – nur dass ich mich selbst ausspioniere und niemanden sonst.

»Ich bestelle uns allen was. Eigentlich habe ich noch Auflauf im Kühlschrank, aber den können wir genauso gut morgen essen.« Lu jubelt und tanzt aus dem Zimmer. Meine Mutter lächelt und schüttelt den Kopf. »Pass auf, dass du nicht hinfällst mit deinen rutschigen Socken.«

»Jaha«, antwortet Lu, die sich für die Erwachsenste von uns allen hält.

»Ich rufe dich dann«, sagt Mom, bevor sie geht und meine Tür wieder anlehnt.

Manni liegt da, schnurrt jetzt lauter als zuvor und ich beobachte, wie sie ihre Vorderpfoten streckt und dabei ihre riesigen Krallen zum Vorschein kommen.

Die Wärme der Katze, ihr Schnurren, das fühlt sich wirklich gut an.

Ich kuschle mich für einen Augenblick ins Kissen und döse etwas, bis ich irgendwann meinen Arm über die Katze hebe und ihn so langmache, wie es nur geht, weil ich es einfach nicht übers Herz bringe, Manni zu wecken. Mit den Fingerspitzen erreiche ich mein Handy und presse die Lippen fest zusammen, während ich es konzentriert zu mir ziehe. So lange, bis es am Rand des Nachttisches angekommen ist und ich es greifen kann. Puh, geschafft.

Ich rolle mich herum, sodass ich fast ganz auf dem Rücken liege. So ist es etwas bequemer, aber trotzdem nicht einfacher, wenn man Rechtshänder ist und der Arm, den man eigentlich braucht, eingeklemmt ist. Mit der Hand, mit der man sich nicht mal die Zähne putzen kann, ein Handy zu bedienen, ist eine Kunst für sich.

Zwei neue Nachrichten. Erstaunt ziehe ich die Augenbrauen nach oben und kann nicht verhindern, automatisch zu hoffen, dass eine von Sam ist. Ich befeuchte meine Lippen, bemühe mich, auf das Display zu tippen, und zwar auf die richtige App, ohne das Handy dabei auf mein Gesicht fallen zu lassen.

Nicht Sam. Keine der beiden Nachrichten ist von ihm. Eine ist von Ella und eine von einer Nummer, die ich nicht sofort erkenne. Ich klicke darauf.

> Hey Baby, hab von Ella gehört, dir geht's gut und du bist wieder daheim. Bei uns ist auch alles okay. Unsere Eltern stressen etwas, wie immer. Ist halt scheiße gelaufen. Sehen wir uns bald?

Jonas. Die ist von Jonas. Meinem Freund.

Ich lasse das Handy nach unten auf meine Brust sinken und dort verweilt es, während meine verkrampften Finger sich um die Hülle schlingen.

Mir wird schlecht, mein Magen rumort und ich kann förmlich spüren, wie mir die Farbe aus dem Gesicht weicht. *Ist halt scheiße gelaufen.* Der Satz hallt in meinen Ohren wider, als hätte er ihn hineingeschrien, als würde er es immer noch tun in einer endlosen Schleife. Wenn ich die Augen schließe, sehe ich ihn vor mir, den selbstbewussten, beliebten Jungen mit dem coolen Grinsen, und ich weiß, er mag mich und wir sind zusammen, aber er steht nur da und sagt: *Ist halt scheiße gelaufen. Baby.* Als wäre ich eine Puppe. Als würde es keine Rolle spielen, ob ich zerbrechen kann. Man kann Puppen ersetzen. Man kann sich neue kaufen, wenn sie kaputtgehen und es mal *scheiße läuft*. Keine Ahnung, ob er es so meint. Keine Ahnung, ob das einen Unterschied für mich macht, falls nicht. Nicht in dieser Sekunde, nicht während dieses Atemzugs und diesen Herzschlägen. Nicht, während ich hier liege und mich deswegen schlecht fühle. Nein. Nicht jetzt.

Dabei würde ich, wenn ich die Augen schließe, lieber etwas sehen, das mich glücklich macht und von innen wärmt, und etwas erkennen, das man sonst nicht erkennen würde.

Ich würde weinen, hätte ich die Kraft dazu und nicht bereits genug geweint, aber so liege ich nur still da und bemühe mich, diese Worte zu vergessen und dieses Gefühl von mir zu schieben wie einen ungebetenen Gast aus einem Zimmer. Das, was er da geschrieben hat, verletzt mich. Sie alle sind so glimpflich davongekommen und trotzdem habe ich mir Sorgen gemacht, trotzdem war es für mich eine ernste Sache. Das ist es noch.

Und ich? Ich habe verflucht viel Glück gehabt, dass ich überhaupt in der Lage bin, über diese Dinge nachdenken zu können. Ich bin betrunken durch die Scheibe eines Autos geflogen, das von einem ebenso Betrunkenen gefahren wurde, bei Nacht und Nebel und auf glatter Straße. Ich lag im Koma. Ich hatte ein Loch in meinem Kopf. Ich habe vergessen, ob ich die Katze mag, oder Pizza mit Pilzen – oder dich, du Idiot! Aber ja. Ist scheiße gelaufen.

Einatmen, ausatmen.

Manni bewegt sich neben mir, sie steht auf und ich drehe den Kopf und beobachte, wie sie vom Bett springt und aus dem Zimmer tapst. In meinem Arm beginnt es jetzt zu kribbeln und zu kitzeln und ich halte still, weil ich das nicht mag. Es ist irgendwie eklig. Nach einer Minute ist das Gefühl in meinem Arm zurückgekehrt und ich schaffe es, mich behutsam aufzusetzen. Mit den Beinen schiebe ich mich so weit nach hinten, dass ich mich mit dem Rücken an die Wand lehnen kann, und das Kissen rücke ich ein paarmal zurecht, damit ich bequemer sitze.

Was soll ich nur schreiben? Alles, was mir durch den Kopf geht, ist, dass ich es nicht fassen kann, was in der ersten Nachricht meines Freundes steht – nach dem Unfall. Meine Gedanken dazu passen in keine Nachricht der Welt. Ich sollte sie zuerst ordnen, nicht zu viel in seine Worte hineininterpretieren, deshalb antworte ich nur auf die eine Frage, die er gestellt hat.

> Brauche noch etwas Zeit. Sehen uns dann in der Schule, denke ich …

Erst zögere ich, aber dann tue ich es. Ich tippe das ein, was mich beschäftigt, und schicke es ab. Zumindest einen Bruchteil davon. Das Teilchen, das am lodernsten brennt.

> Brauche noch etwas Zeit. Sehen uns dann in der Schule, denke ich.
> Warum meldest du dich erst jetzt? Warum hast du mich im Krankenhaus nicht besucht?

Ich hätte das getan. Ich hätte meinen Freund sehen wollen, wäre bei ihm geblieben. Oder hätte es zumindest versucht.

Brauche noch Zeit. Ich glaube, das habe ich schon mal zu ihm gesagt … seltsam.

Nicht weiter darüber nachdenkend, klicke ich zurück und öffne Ellas Nachricht.

> Hast du dir einen meiner Lieblingspullis geliehen? Diesen hellblauen mit den coolen Perlen dran.
> Finde ihn nicht und drehe durch, weil ich ihn Montag anziehen will. Danke!

Sind denn alle verrückt geworden? Bin ich in einer Art Parallelwelt aufgewacht? Einem Spiegeluniversum? Schlafe ich vielleicht oder liege noch im Koma? Ella hat mit Sicherheit mehr Pullis, als sie in ihrem Leben wird tragen können, für jeden Tag im Jahr einen – dabei braucht sie im Sommer gar keine. Ella könnte ihre Pullis ein Jahr nicht waschen und hätte immer noch was zum Anziehen.

Den Kopf schüttelnd, seufze ich genervt. Dann tue ich das Einzige, was mir in dieser Situation sinnvoll erscheint: Ich ignoriere sie und schreibe Sam.

> Ich weiß, wir sind keine Freunde mehr, aber würdest du eine Nicht-Freundin trotzdem besuchen und ihr helfen? Vielleicht morgen, gegen zwei? Und hast du Lust auf Auflauf? Ich denke, es ist der mit den Hackbällchen und den selbst gemachten Nudeln.

Senden. Mein Finger verharrt einen Moment über der Taste, bis ich energisch daraufdrücke. Ich habe nichts zu verlieren. So wie es aussieht, am allerwenigsten Sam.

> Werde da sein. Auflauf klingt gut, ist besser als Brokkoli. Bis morgen.

Ich lache auf und weiß gar nicht genau, warum. Besonders weil ich die Sache mit dem Brokkoli nicht verstehe. Womöglich bin ich einfach erleichtert, dass er Ja gesagt hat.

9

Sam

Jacob Lee – Demons

Es ist März. Das Wetter ist launisch, kalt und windig. Ich glaube nicht, dass wir dieses Jahr noch Schnee bekommen werden, aber das soll mir nur recht sein. Bevor ich meinen Führerschein im Sommer machen kann, brauche ich das nicht. Roller und Schnee? Vor allem diese Matsche oder Glatteis? Nein, danke. Und hier auf dem Dorf nehmen sie es nicht so genau mit dem Streuen von Salz. Hier gibt es mehr Feldwege, Abkürzungen und Nebenstraßen, als manche wissen, und einige sind so schmal, dass ein Streufahrzeug den Versuch, da durchzukommen, gar nicht erst wagt.

Dass heute ab und an die Sonne durch die Wolken bricht, ist eine willkommene Abwechslung zu den letzten Tagen. Zwar sind es keine zehn Minuten mit dem Roller zu Norah, aber die reichen, um bei schlechtem Wetter komplett nass zu werden.

Nicht nur, weil Norah quasi nebenan wohnt, kenne ich den Weg zu ihr auswendig, sondern weil ich ihn so oft als Kind gelaufen bin, dass ich es nicht zählen kann.

Seit fünf Minuten bin ich schon da, stehe vor ihrem Haus und starre die weiße Eingangstür an, zu der ein schöner Steinweg führt, der von kleinen Beeten umgeben ist. Im Frühling blühen hier Osterblumen und Maiglöckchen, im Sommer ab und zu Sonnenblumen. Norahs Mutter liebt Pflanzen und ihren kleinen Vorgarten. Der Rasen ist immer gepflegt und es gibt genug Blumen, um alle Bienen und Hummeln im Umkreis zu versorgen. An der Seite hingen immer Dutzende Bienenhäuschen, keine Ahnung, ob sie noch da sind. Und um die Ecke steht ein Flieder, ein Schmetterlingsbaum. Der Baum gehört Norah und mir, seit wir klein waren.

Scheiße. Ich kneife mir in die Nasenwurzel und atme tief durch. Was zum Teufel tue ich hier?

Mein Wort halten. Nicht mehr und nicht weniger. Wir sind keine Kinder mehr, wir können das Ganze klären, ohne großes Drama. Wir müssen den Scheiß der letzten Jahre nicht aufwärmen und durchkauen, nur um danach zu merken, dass es eine dämliche Idee war. Das sollten wir lassen, denn es ist vorbei. Es ist vergangen. Und die Vergangenheit sollte man ruhen lassen.

Als die kleinen Steinchen auf dem Weg unter meinen Schuhen knirschen, ist mir klar, dass jeder Schritt mich weg von diesem Vorhaben bringt. Jeder Schritt trägt mich ein Stück zurück in unserer Geschichte ... Ob ich das will oder nicht.

Das Läuten der Klingel hallt durch das Haus und ich höre, wie jemand die Treppe hinunterrennt. Es ist ein richtiges Poltern. Die Tür schwingt auf und Lu schaut mich neugierig an.

»Hey, Sam. Du warst sehr lange nicht hier, oder?« Sie lächelt mich an und betrachtet mich freundlich. Lu war schon immer sehr direkt.

»Komm rein.«

»Danke.«

Warme Luft schlägt mir entgegen und der Duft von frisch gewaschener Wäsche. Während ich die Haustür hinter mir schließe, scheucht Lu die Katze weg, die in den letzten Jahren, wenn möglich, noch größer geworden ist. Aber an der Art, wie sie mich beäugt und an mir schnüffelt, als wäre ich unter ihrer Würde, hat sich nichts geändert.

»Los, geh weg, Manni. Sei nicht so unhöflich.«

Die Katze hat den Schwanz aufgeplustert und faucht. Kenne ich schon. Vermutlich riecht sie den Hund – oder sie mag mich einfach nicht. Katzen sind da seltsam. Ich habe leider nie besondere Sympathie für sie gehegt und mochte Hunde immer ein wenig mehr.

»Oh, hallo, Sam. Schön, dass du da bist. Perfektes Timing! Der Auflauf ist gleich fertig.«

Norahs Mutter Anna begrüßt mich freundlich und stellt sich zu Lu, während sie ihre Hände am Geschirrtuch abtrocknet. Nicht dass ich mich unwohl fühle, doch hier zu stehen, in diesem Flur, den ich so gut kenne, ist eigenartig. Ich dachte, ich würde ihn nie wiedersehen.

»Norah ist oben. Wenn ihr wollt, könnt ihr in ihrem Zimmer essen. Lu bringt euch die Teller bestimmt gern auf einem Tablett nach oben, nicht wahr?«

Die Kleine nickt so freudig, als hätte man ihr gerade mitgeteilt, dass sie im Lotto gewonnen hat.

»Okay, ähm. Danke.«

»Kein Problem.«

Sie schnappt sich Lu und geht in Richtung Küche, während ich zurückbleibe und einen unschlüssigen Blick nach oben ans Ende der Treppe werfe. Meine Beine fühlen sich an wie Butter, mein Magen dreht sich. Noch habe ich meine Schuhe und meine Jacke an, ich könnte mich schnell umdrehen, verschwinden und alles absagen, mit der Begründung, dass es so besser wäre. Für uns alle. Auch wenn Norah das erst nicht verstehen würde. Es wäre auch für sie das Beste.

Und während ich diesen Gedanken hege, hänge ich meine Jacke an die Garderobe und ziehe meine Schuhe aus.

Danach gehe ich die Treppe hinauf und atme vor Nervosität viel zu laut, während ich eine Stufe nach der anderen nehme. Bevor ich an die Tür zu Norahs Zimmer klopfe, wische ich meine feuchten Hände an der Jeans ab und schließe ein, zwei Sekunden die Augen.

»Herein«, dringt es dumpf zu mir und mit einem tiefen Atemzug drücke ich die Klinke herunter.

Es ist wesentlich wärmer hier als im Rest des Hauses und mir steigt sofort die Hitze ins Gesicht. Norah steht am Bettende in einer schwarzen Leggins mit darübergestülpten bunten Socken und einem zu großen Pullover, an dessen Ärmeln sie herumzupft. Ihre Haare sind zu einem hohen, lockeren Zopf gebunden. Wahrscheinlich um die Wunde zu verdecken. Sie sieht noch immer blass aus, aber nicht mehr so ungesund bleich. Schon damals hatte sie eine zarte, zierliche Figur, doch jetzt wirkt sie dünner denn je und ich frage mich, ob das von der Zeit im Krankenhaus kommt oder ob es bereits vorher so war und mir nie aufgefallen ist. Letzteres ist möglich, denn ich glaube, Norah das erste Mal seit drei oder vier Jahren wieder richtig zu betrachten.

Es ist so schön, wie es schmerzhaft ist. Es raubt mir den Atem, schnürt meine Luftröhre zu, und wenn ich ehrlich bin, lauern die Wut und die Enttäuschung über sie und die letzten Jahre direkt unter der Oberfläche. Trotzdem bin ich hergefahren, bin die Treppen hinaufgegangen und habe an die Tür geklopft. Aus dem Grund, aus dem ich immer für Norah da war, auch wenn sie das nicht wollte. Weil sie mir etwas bedeutet. Und das wollte ich irgendwann nicht mehr.

Nur haben Gefühle keinen Ein- oder Ausschalter. Ich muss es wissen, ich habe verzweifelt danach gesucht.

»Hey«, murmelt sie und ich weiß, dass sie nervös ist. Nicht nur ihre Haltung und ihr Tonfall erzählen eine Geschichte, sondern auch ihr Ausdruck. Norah hat früher oft und gerne Geschichten erzählt, mit Worten, Blicken und Gesten. Laut und leise, aber immer ehrlich. Sie hat stets gesagt, die Wahrheit kann zwar wehtun, doch sie wird dich nie so verletzen können wie eine Lüge, an die du mal geglaubt hast.

Dann fingen wir an, erwachsen zu werden oder zumindest es zu wollen, und auf einmal spielte das keine Rolle mehr. Nicht für sie. Eine Entscheidung, ein schleichender Prozess – egal, was davon mehr zutrifft, es führte dazu, dass Norah keine Geschichten mehr erzählte und Lügen für sie zu einer Option wurden. Es führte dazu, dass sie mich lange nicht so angesehen hat wie in diesem Augenblick, und ich verkrafte es kaum.

Mein Mund wird trocken, mein Shirt klebt unter dem Pulli an meiner Haut vor Hitze und Stressschweiß.

»Danke. Also, dass du hier bist«, redet Norah weiter und fuchtelt mit den Händen herum.

»Sollen wir uns setzen?« Ich habe nicht nur Angst, dass sie umkippt, sondern vor allem, dass es mir passieren könnte.

»Ja … ja, natürlich.«

Sie zeigt auf das Bett, und während ich zögerlich darauf zugehe, lässt sie sich bereits langsam am Rand nieder und legt die Hände auf ihren Schoß.

»Lu kommt wohl gleich und bringt das Essen«, höre ich mich sagen und räuspere mich schnell, weil meine Stimme ganz belegt klingt. Ich bin kurz davor, über mich selbst die Augen zu verdrehen.

»Oh, okay.« Norah schaut mich von der Seite an. »Hat meine Mom das vorgeschlagen? Ist das für dich in Ordnung?«

»Klar.« Ich zucke mit den Schultern und mustere sie, während sie auf ihrer Lippe kaut und unruhig hin und her rutscht.

»Warum genau bin ich hier, Norah?«

»Spielst du noch Gitarre?«, fragt sie leise und lächelt dabei schüchtern.

Wie von selbst legt sich meine Stirn in Falten. »Ja. Aber was hat das hiermit zu tun?«

»Nichts. Ich hab mich nur gerade erinnert, dass du das früher immer getan hast.« Wir sitzen fast Schulter an Schulter und ich weiß nicht, was ich mir mehr wünsche: dass sie sich berühren oder dass die Entfernung zwischen ihnen wächst. »Du hast gesagt, wir *waren*

Freunde.« Ihr Wispern hätte ich fast überhört. »Wieso sind wir es nicht mehr?«

Vor dieser Frage hatte ich Angst. Vermutlich, weil es die ist, die ich mir selbst so oft gestellt habe. Am Anfang in jeder Minute des Tages. Ich hatte ein paar Theorien und es gibt einige Faktoren, die dazu beigetragen und eine Rolle gespielt haben, aber dieses Wieso blieb.

Es war nicht mein Entschluss, es war ihrer. Die eine richtige Antwort existiert wohl nicht, nur viele kleine Ausreden, die wir vorgeschoben haben, bis es irgendwann so weit war und wir uns nicht wiedererkannten. Oder erkennen wollten. Bis Entscheidungen getroffen wurden, deren Konsequenzen uns hierherbrachten.

Den Kopf von ihr abgewandt und leicht in den Nacken gelegt, starre ich an die Decke.

»Wie ist das mit deiner Erinnerung? Was genau ist da und was nicht? Und … kommt es wieder?« Ich schlucke schwer.

»Keine Ahnung. Der Arzt meinte, Erinnerungslücken wären bis zu einem gewissen Grad normal. Da mache ich mir keine Sorgen. Es fehlen ein paar, ja, aber ich hab das Gefühl, das meiste ist da. Manches davon nur unentdeckt.«

Im Augenwinkel sehe ich, wie sie mit den Schultern zuckt und den Blick senkt. Ich tue es ihr nach, sodass wir beide wie nervöse, trostlose Gestalten auf dem Bett hocken.

»Die andere Sache ist viel schlimmer«, bringt sie hervor und ihre Stimme zittert ein wenig.

»Welche Sache? Die, bei der du Hilfe brauchst? Sind es nicht die Erinnerungen?«

Sie schüttelt den Kopf, umarmt sich selbst und ich habe das Gefühl, sie würde sich gern irgendwo verschanzen und zusammenrollen. »Es ist ... kompliziert.«

Jetzt lache ich einmal auf. Was sie nicht sagt. »Das ist es immer.«

Ihr Blick findet meinen, er brennt sich hinein, lässt mich ruckartig verstummen und den Drang verspüren, nach Luft zu schnappen. Darin liegt so viel Wut, so viel Angst und so viel Verzweiflung, dass es mir den Atem raubt.

»Glaub mir, das weiß ich. Ich habe nicht vergessen, wie kompliziert das Leben ist.« Ihre Stimme ist nicht mehr weich und leise, sondern bestimmt und hart. Bis sie seufzt. »Manche Erinnerungen fehlen ganz, nur sie sind eigentlich nicht das Problem. Was für ein Mensch war ich, Sam? Was für ein Mensch bin ich? Ich ... ich erinnere mich nicht. Ich habe meine Erinnerungen, doch ich verbinde sie mit nichts. Da ist einfach nur Leere. Ich weiß nicht, was meine Lieblingsfarbe war, was ich mochte und was nicht, welche Meinung ich vertreten habe. Ich sehe nur, was ich gesagt und getan habe. Ich weiß, dass ich einen Freund habe, aber ...«

Abrupt hält sie inne, ihre Stimme bricht, und als ich etwas erwidern möchte, kann ich es nicht.

Scheiße. Wie konnte das nur passieren?

10

Norah

Dean Lewis – Waves

Sams Blick sagt mir genau, was er von meiner Enthüllung hält. Es auszusprechen ist wirklich nicht einfach, es zu erklären noch weniger, und wäre ich an seiner Stelle, hätte ich mich schon ausgelacht und für verrückt gehalten. Ich meine, wie kann man sich so was vorstellen? Wie ist es möglich, dass jemand sich an fast alles erinnert, aber nicht an seine Gefühle? Das klingt wie ein billiger Scherz oder eine Szene aus einem Trashfilm. Nur leider ist das kein Witz oder schlechter Scherz, sondern die Wahrheit. Das ist mein Leben.

Dieser Unfall hat mehr kaputt gemacht als etwas Haut und meinen Kopf und er hat mehr zurückgelassen als einen Schock. Er hat sich einen Teil von mir gekrallt, den ich nicht verlieren wollte.

»Okay«, antwortet Sam nur, während sich seine Augenbrauen zusammenziehen und seine Lippen kräuseln. Wenn er so vor mir sitzt wie jetzt, sehe ich in ihm den Jungen von früher. Nur dass er damals mehr lächelte. »Das ist ganz schön heftig. Ich ... nur, damit ich das richtig verstehe: Du fühlst nichts?«

Jetzt bin ich diejenige, die lächelt, und ich entspanne mich dabei irgendwie. »Nein. Ich fühle immer noch alles. Aber das sind Dinge, die ich eben erst nach dem Unfall empfunden, und Meinungen, die ich danach gebildet habe. Ich weiß, was davor da gewesen sein muss, ich kann es mir erschließen, doch in Wirklichkeit ist der Zusammenhang weg.«

»Und weil das einen wichtigen Teil von uns ausmacht, von unseren Erinnerungen und Entscheidungen, fehlt dir nun etwas.«

»Genau.« Ich nicke aufgeregt, weil Sam mich versteht. »Das in meinem Kopf sind wie Erinnerungen an ein anderes Leben. An einen anderen Menschen.«

»Und ich soll dir jetzt helfen herauszufinden, wie es vorher war? Ist es denn möglich, das alles wieder zurückzuholen?«

»Keine Ahnung«, gebe ich zu. »Aber ich muss es zumindest versuchen.«

»Wie willst du das anstellen?«

Einen Moment denke ich über die Frage nach. Nicht dass ich nicht längst unzählige Stunden damit verbracht hätte, ohne zu einem Ergebnis zu gelangen. Mein Problem gleicht gerade einem verzauberten Irrgarten, dessen Ausgang ich nicht kenne.

»Vielleicht könntest du mir etwas erzählen.«

»Über dich?«

»Ja, über mich. Und über uns.«

Angespannt verstrubbelt er sein Haar, fährt mit der Hand hindurch und ich warte ungeduldig auf seine Antwort. Ich fühle mich sehr wohl bei Sam – ich möchte, dass es ihm mit mir genauso geht.

Was ist nur passiert? Niemand entfernt sich freiwillig von Dingen oder Menschen, die sich gut anfühlen, oder?

»Was genau möchtest du wissen?«

»Ich …« Es ist so viel, dass ich darüber nachdenken muss und es mir schwerfällt, einen Satz zu formulieren.

»Wenn du nicht weißt, wo du anfangen sollst, könntest du es aufschreiben«, meint Sam plötzlich. »Deine Fragen. Dann wird es leichter.«

»Du meinst, eine Liste erstellen?« Erstaunt erwidere ich seinen Blick.

»Von mir aus. Schreib deine Fragen auf und gestalte eine Liste mit Dingen, die du neu entdecken willst. Anschließend kannst du dir Notizen machen und Sachen abhaken. Ich glaube, das wäre nicht schlecht. Man hat auf diese Art womöglich weniger das Gefühl, auf der Stelle zu treten.«

»Das klingt logisch. Ich werde es ausprobieren.«

Euphorie durchströmt mich ganz unerwartet und ich schiebe die Ärmel meines Pullis nach oben. Endlich wird mir wärmer. Die Heizung läuft, aber mir war den ganzen Tag über kalt. Ist vermutlich der Tatsache geschuldet, dass mein Kreislauf noch nicht wieder ganz in Schwung ist. Oh Gott …

»Es tut mir so leid. Dir muss viel zu warm sein. Ich hab die Heizung auf Maximum gestellt, weil …«

»Kein Problem, wirklich.«

Doch ich springe schon auf, drehe den Regler etwas runter und kippe eines der Fenster für ein bisschen frische Luft. Tief einatmend, bleibe ich einen Moment davor stehen, bevor ich zu Sam zurückgehe. Er ist so still und oft meidet er meinen Blick. In manchen Augenblicken denke ich, es fällt ihm schwer, hier zu sein, und das schmerzt.

»Also eine Liste. Erstellen wir sie zusammen?« Sams Augen sind wirklich schön. Besonders wenn er lächelt oder lacht. Er sollte mehr lachen. »Ich kann dir helfen.«

»Gut.« Ich nicke, setze mich wieder neben ihn. Dieses Mal so, dass wir Schulter an Schulter sitzen. Es ist mir vertraut. Seit Sam hier ist, fühle ich mich sicherer und ruhiger. Es ist, als würde er meine Welt und mich entschleunigen. »Wir werden einfach alles ausprobieren. Aber was ist, wenn es nichts ändert? Wenn ich die Erinnerungen nicht zurückbekomme?«

»Im Leben geht es doch genau darum, oder? Ums Ausprobieren, um Erfolge und Verluste, ums Gewinnen und Scheitern. Und dann fängt man wieder von vorne an.«

»Bei dir klingt das, als wäre es die einfachste Sache der Welt.«

Sam verspannt sich sofort. Es ist unmöglich, das nicht zu bemerken.

»Hab ich etwas Falsches gesagt? Es tut mir leid, ich wollte nicht ...«

»Nein. Hast du nicht, Nor.«

»Sam? Erzählst du mir trotzdem etwas über mich? Ich denke, für die Liste muss ich mir erst noch ein paar Gedanken machen, das sind ja Dinge, die wir ausprobieren möchten. Eine Frage ist mir nun doch eingefallen.«

Er seufzt und dreht mir den Kopf zu. Ich lächle ihn an, und als auch ein Lächeln an seinen Lippen zupft, bin ich ganz aufgeregt. Sam ist einen halben Kopf größer als ich, das merke ich kaum, wenn er neben mir sitzt. Und er riecht nach Seife. Sein Duft weht in diesem Moment zu mir herüber. Das mag ich.

»Was möchtest du wissen?«

»Mein Spitzname. Nor. Du hast mich früher oft so genannt.«

»Ja. Aber es war eigentlich deine Idee. Du hast mir, als wir klein waren, gesagt, der Name Samuel würde nicht zu mir passen, deshalb würdest du mich ›Sam‹ nennen. Das würde schöner klingen und weicher. Danach warst du eifersüchtig, weil du keinen Spitznamen hattest. Also hast du einfach festgelegt, dass deiner ›Nor‹ lautet. Ab da gab es uns nur noch im Doppelpack.«

Jetzt lächelt er richtig, ein Grübchen bildet sich in seiner linken Wange, sodass die hellen Sommersprossen auf seiner Haut umhertanzen.

»Oje. Ich erinnere mich. Ich war als Kind ein Draufgänger.«

»Du warst ein kleiner Diktator«, grummelt er, aber er meint es nicht böse, dafür sieht er zu fröhlich aus.

»Irgendwann in der Mittelstufe werden die Erinnerungen an dich weniger. An uns.«

Sein Lächeln schwindet, seine Züge werden ernster. »Ab da haben sich unsere Wege getrennt.«

Ich warte darauf, dass er mehr erzählt. Dass er es mir erklärt, doch er bleibt stumm.

»Warum, Sam? Sag es mir. Haben wir uns gestritten?«

Er zieht seine Ärmel hinunter, halb über die Hände, dabei ist es im Zimmer immer noch sehr warm. »Nein, nicht wirklich. Es ist einfach so gewesen. Wir haben uns verändert. Ziemlich schnell. Und auf einmal haben unsere Leben nicht mehr zusammengepasst. Wir waren nicht mehr kompatibel.«

»Das klingt, als wäre es unausweichlich gewesen«, schnaube ich. »Das glaube ich nicht.«

Sam schüttelt den Kopf, blickt auf seine unruhigen Finger hinab, die er knetet. »Du hast stets an ein für immer und ewig geglaubt. Daran, dass manches nicht kaputtgehen kann. Ich wollte dir diese Illusion nie zerstören, aber sind wir ehrlich: Alles kann kaputtgehen, wenn man sich genug Mühe gibt.«

Ein fetter Kloß bildet sich in meinem Hals und ich gebe dem Drang nach, Sam zu berühren. Meine Hand hebt sich, legt sich auf seine und ich drücke sie. Ich fühle mich furchtbar – und weiß nicht, warum. Als würde sich mein Körper an etwas erinnern, als würde mein Herz etwas wissen, das ich nicht begreife.

Sams Hand unter meiner ist warm und nicht viel größer als meine. Er hat aufgehört, die Finger zu bewegen, und zuerst denke ich, er will sie wegziehen, und lasse deshalb locker, doch in dieser Sekunde spüre ich, wie er den Druck erwidert und meine Hand hält.

Wir sitzen schweigend da und auf einmal bin ich mir nicht mehr sicher, ob es sich lohnt herauszufinden, wer ich war. Ich glaube, ich habe Sam verletzt.

Trotzdem ist er hier.

»Ich …«, wispere ich zögerlich, aber ein Klopfen an der Tür unterbricht mich. Lu stürmt samt Besteck herein und Sam zieht seine Hand ruckartig weg, geht auf Abstand.

»Hier. Das Essen ist gleich fertig«, sagt Lu. Sie drückt Sam die Gabeln in die Hand, dann verschränkt sie die Arme hinter ihrem Rücken und tänzelt seltsam auf der Stelle.

»Alles in Ordnung, Lu?«, frage ich und sie schaut mich flehend an.

»Darf ich bei euch bleiben? Bitte! Ich störe auch nicht. Ich möchte nur mit euch essen. Hier ist es viel lustiger.«

Überrascht über ihre Bitte weite ich die Augen und werfe Sam einen fragenden Blick zu.

»Wir müssen aber auf dem Boden sitzend essen oder auf dem Bett, Lu«, beginne ich zögerlich. Meine Schwester und Essen bedeutet meist eine große Sauerei.

»Ich kann das«, beteuert sie. »Oder am Schreibtisch. Da kann ich auch essen.«

»Wäre kein Problem für mich«, teilt Sam mir mit und zwinkert Lu zu, die vor Freude glänzende Augen bekommt.

»Von mir aus. Ausnahmsweise.«

Das letzte Wort kommt bereits nicht mehr bei meiner Schwester an, da bin ich mir sicher, denn sie springt jubelnd in die Höhe und flitzt schreiend aus dem Zimmer, um die Treppe nach unten zu hechten. Ich grinse breit. Irgendwo zwischen zwei Jubelschreien höre ich noch ein lautes »Danke!«.

»Sie ist groß geworden, aber immer noch so vernarrt in dich wie früher«, kommentiert Sam, während wir meiner Schwester nachsehen.

Ich mag seine Stimme. Sie ist so unaufgeregt, so ruhig. Nicht zu hoch, nicht zu tief. Sam könnte jemanden in den Schlaf reden –

nicht, weil er so langweilig ist oder uninteressant, sondern weil man ihm so gerne zuhört.

»Ich gehe kurz ins Bad, bin gleich wieder da.«

Ich habe vorhin zu viel Wasser getrunken und brauche eine Minute für mich. Es ist großartig, dass Sam da ist. Trotzdem fühle ich mich in seiner Nähe nicht nur beruhigt, sondern auch unbeholfen. Als hätte ich jetzt erst gelernt, zu laufen oder ohne Stützräder Fahrrad zu fahren.

Stimmen von unten dringen auf einmal zu mir.

»Langsam, Lu. Geh schon mal in die Küche und hol die Teller. Ich bespreche noch kurz etwas mit deiner Mutter.«

»Okay.«

Ich höre sie klar und deutlich bis nach oben in den Flur und verharre lächelnd am Treppengeländer, um ihnen weiter zu lauschen. Lu freut sich viel zu sehr darüber, dass sie in meinem saunaähnlichen Zimmer essen darf. Meine Blase drückt, aber als die Stimme meiner Mutter ertönt, bewege ich mich nicht vom Fleck.

»Ich mache mir Sorgen.«

»Weil Luisa zu Norah ins Zimmer darf?«

Dad scheint ihre Sorge so wenig zu verstehen wie ich. Auf Zehenspitzen steige ich die ersten beiden Stufen herab und lehne mich ans Geländer, um die Stimmen aus dem Esszimmer besser hören zu können. Unsere dünnen Wände und das kleine Haus machen es mir leicht, dem Gespräch zu folgen, auch wenn sie sich bemühen, leise zu sein.

»Natürlich! Sie ist anders, merkst du das nicht? Sie mag keine To-

matensuppe mehr oder diese seltsamen Reiswaffeln. Ich meine ...«
Meine Mutter seufzt.

»Sie hatte einen Unfall, Anna. Unsere Tochter ist noch dabei, sich zu erholen. Wir sollten Ruhe bewahren und die erste Nachsorgeuntersuchung abwarten. Außerdem ...«, ein Zögern und ich halte gespannt den Atem an, »hat sie die Waffeln vor ein paar Jahren selbst nicht gemocht. Menschen ändern sich.«

In meinen Ohren rauscht es. Ich muss mich dazu zwingen, ruhig zu atmen und wieder hochzugehen, bevor man mich beim Lauschen erwischt.

Zügig schleiche ich ins Bad, lehne mich von innen mit laut pochendem Herzen gegen die Tür und denke über das nach, was ich gerade zufällig gehört habe. Mom hat gemerkt, dass etwas nicht stimmt. Sie hatte schon immer diesen besonderen Sinn. Soll ich ihr sagen, dass ihr Gefühl richtig ist? Dass ich sicher bin, dass etwas fehlt? Und was meinte Dad damit, dass ich bis vor ein paar Jahren keine Reiswaffeln mochte? Habe ich sie von heute auf morgen gern gegessen, bin in einen Unfall verwickelt und mag sie dann nicht mehr?

Da stimmt doch was nicht. Ich übersehe etwas.

Oder ... Vielleicht stelle ich die falschen Fragen. Vielleicht sollte ich mich nicht fragen, warum ich das Essen nach dem Unfall im Krankenhaus nicht mochte, warum die Katze im Zimmer kein Problem war oder meine Schwester, sondern warum ich vorher dachte, anders wäre es richtig.

11

Norah

Jaymes Young – I'll Be Good

Es ist Sonntagfrüh. Ich habe mir extra einen Wecker gestellt, um mit meinen Eltern zu sprechen, bevor Lu wach ist. Zum Glück schläft meine Schwester so gerne wie ich und ist deshalb meistens nicht vor zehn am Wochenende auf. Die Schule ist für sie ein wahres Dilemma. Sie liebt sie, weil sie lernen, lesen und den ganzen Tag klugscheißen kann, und sie hasst sie, weil sie vor sechs aufstehen muss, um den Bus um sieben Uhr zu nehmen, damit sie pünktlich ankommt. Laut ihr sind diese Zeiten moderne Folter. Ich stimme ihr zu.

Es ist halb neun und ich bin todmüde. Das liegt aber nicht nur an der Uhrzeit, sondern auch daran, dass ich die halbe Nacht wach lag und mich danach im Halbschlaf hin und her gewälzt habe. Irgendwann kam Manni, die sich wie eine Königin niedergelassen und mir gönnerhaft, wie Katzen nun mal sind, fast ein Drittel meines Bettes überlassen hat. Sie muss ins Zimmer gelaufen sein, als ich nachts von unten etwas zu trinken geholt habe. Wenn das so weitergeht, brauche ich ein eigenes Katzenklo hier drinnen.

Gähnend recke ich mich und betrachte Manni, die sich auf den Rücken gedreht hat und jetzt alle viere von sich streckt. Auf meiner Decke sind überall Haare. Wird ewig dauern, die von dem Stoff zu kriegen.

»Verdammt, Manni. Runter da.«

Ich renne auf die Katze zu, die gerade in meinen Kleiderschrank gesprungen ist und sich in die offene Schublade gelegt hat. Auf meine BHs und Unterhosen.

Ganz toll.

In die Hände klatschend, verscheuche ich Manni, die fauchend wegspringt und dabei einen Slip durch die Luft schleudert, bevor sie mit dickem Schwanz und aufgestelltem Fell aus dem Raum flitzt. Ich ärgere mich, dass ich nicht aufgepasst habe. Diese Katze treibt mich noch in den Wahnsinn!

Lu wollte sie unbedingt, wieso zum Teufel kann sie nicht besser auf sie achtgeben? So schwer kann das doch nicht sein. Jetzt sind überall diese langen ekelhaften Haare und ich kann sie wieder alle entfernen. Großartig. Genervt suche ich nach der Fusselrolle und schwöre, dass ich die Katze im Schlaf rasiere, wenn sie noch einmal in mein Zimmer kommt.

Heftig blinzelnd schaue ich mich verwundert um. Was war das?

Ich habe mich gerade an etwas erinnert und es war auch ein Gefühl dabei. Ein Gefühl!

Schlagartig bin ich hellwach und lächle breit, bevor ich meine

Hand ausstrecke und auf Mannis Bauch lege. Ich fange an, sie zu kraulen, und spüre ihr Schnurren unter meinen Fingern.

»Wow, ich konnte dich wirklich kein bisschen leiden«, murmle ich und im nächsten Moment verfliegt die Euphorie darüber, eines der vielen Puzzleteile gefunden zu haben, die mir anscheinend fehlen.

Ich mochte sie nicht. Wieso tue ich es jetzt? Wieso machen mir die Haare nicht mehr so viel aus? Was hat sich geändert?

Dieser Berg an Fragen und das Gespräch mit Sam gestern bestätigen mich in meinem Vorhaben. Die Art, wie er sich in meiner Gegenwart verhalten hat, als wäre er sich nicht sicher, ob er es mag oder nicht. Diese kleinen Momente, in denen ich dachte, er wäre traurig, doch dann lächelte er. Er hat sich nach dem Essen noch etwas mit mir über Musik unterhalten, mir erzählt, dass sein Opa nun bei ihnen lebt und seine Mom immer noch nicht gelernt hat zu kochen. Sam hat zwei Portionen von Moms Auflauf verdrückt. Über die Liste oder die Dinge, die mir auf der Seele brannten, haben wir nicht mehr viel gesprochen. Die Worte waren auf einmal an schwere Steine gekettet, die es unmöglich gemacht haben, sie auszusprechen. Zu schwer. Sie waren zu schwer.

Doch das ist okay, denn ich werde diese Liste machen und verstehen, was mit mir los ist. Und warum. Perfekt wäre, könnte ich dabei auch noch herausfinden, was mit Sam und mir passiert ist und wieso wir uns nicht mehr getroffen haben. Ich werde Sam wiedersehen und ich ... vielleicht werden wir wieder Freunde?

Das klingt so einfach. Ich bin mir ziemlich sicher, dass es das nicht sein wird. Trotzdem bin ich wild entschlossen, die Erinnerungslücken zu füllen und mich selbst wiederzufinden.

Energischer als beabsichtigt schiebe ich die Beine über die Bettkante, doch das stört Manni zum Glück wenig, und gehe zum Schrank, um ihn zu öffnen und mir ein paar Sachen zum Anziehen zu schnappen. Gestern hat Mom mir noch etwas rausgelegt, deshalb bin ich nicht richtig vorbereitet auf das, was ich vorfinde.

Das, was mir da an Klamotten entgegenschlägt, lässt mich verwundert zurück. Gibt es hier keine einzige Jeans, die etwas lockerer sitzt? Ich ziehe jede heraus, halte sie vor mich und bin mir ziemlich sicher, sie wird hauteng sitzen, zu tief oder ist voller Löcher. Der Rest sind Miniröcke und ein paar Hotpants. Ich habe eine einzige Yogahose, aber die ist in der Wäsche. Am liebsten würde ich den Schlafanzug anbehalten. Na, dann eben eine enge Jeans. Wenigstens gestaltet sich die Suche nach einem schlichten Pulli leichter, auch wenn eine Nummer größer nicht geschadet hätte. Eine weitere Sache, um die ich mir Gedanken machen muss: Wo sind meine alten Lieblingspullis?

Später.

Das muss warten.

Ich gehe ins Bad, um mich frisch zu machen und den Pyjama loszuwerden. Obwohl ich es mit Letzterem gar nicht besonders eilig habe. Anschließend schleiche ich herunter, um Lu nicht zu wecken.

Ich weiß, dass meine Eltern gern ausgiebig frühstücken und Sonntage die einzigen Tage sind, an denen garantiert nichts dazwischenkommt. Es wurde irgendwann zu einem Ritual an einem verregneten Sommertag. Daran erinnere ich mich.

Am Ende der Woche schlafen sie immer aus, das ist bei ihnen nie später als bis acht, und fangen an, ein riesiges Frühstück vorzubereiten. Mit Brötchen, Croissants, Rührei, selbst gekochter Marmelade und einer Obstplatte. Manchmal macht Mom sogar eine Tarte. Der Duft von warmer Butter, von Moms Lieblingstee und von frischem Kaffee dringt in meine Nase. Außerdem riecht es nach selbst gebackenem Brot. Einfach himmlisch. Wenn man nur vorher ausschlafen könnte. Unsere Eltern meinen, wenn wir frühstücken wollen, müssen wir Prioritäten setzen. Zum Glück räumen sie den Tisch nie vor halb elf ab, sodass Lu und ich immer noch ein bisschen was stibitzen können.

Wohlig seufzend lasse ich den Flur hinter mir und trete ins Esszimmer. Die Sonne scheint und fällt hell durch das große Fenster im Esszimmer, wirft Strahlen durch Moms weiße Gardinen und auf Dads heiß geliebten Eichentisch. Staubpartikel tanzen darüber in der Luft wie winzige hauchzarte Sterne, die vom Himmel fallen. Dad liest Zeitung und Mom trägt gerade den Brotkorb an den Tisch. Als sie mich entdeckt, hebt sie überrascht die Augenbrauen.

»Norah? Guten Morgen.«

»Was ist los?«, fragt Dad verwirrt und schielt über die Zeitung. Als er mich ausmacht, lässt er sie komplett sinken und ich sehe, wie ihm der Mund offen steht. Mom ebenso.

»Leo, mach den Mund zu«, flüstert sie, was mich schmunzeln lässt. Die Reaktion ist kein bisschen übertrieben. Ich habe es in meinem ganzen Leben nicht ein einziges Mal pünktlich an einem Sonntag an diesen Tisch geschafft. Heute Morgen habe ich gefühlt ein

Dutzend Mal bei dem Wecker auf *Snooze* gedrückt, während ich genuschelt habe »Nur noch fünf Minuten«, wobei es am Ende natürlich deutlich mehr waren als läppische fünf Minuten.

»Ist es in Ordnung, wenn ich mich zu euch setze?«

Jetzt ist es vor allem Mom, die mich perplex anstarrt, wobei Dad längst dabei ist, die Zeitung wegzulegen, und nebenbei auf einen der Stühle ihm gegenüber zeigt.

»Natürlich. Was möchtest du essen? Deine Mutter hat wieder gezaubert.«

Das stimmt. Zuerst werde ich mir jedoch einen Tee einschenken, für etwas zu essen bin ich noch nicht bereit. Im Moment habe ich einfach noch keinen Hunger und bin zudem unsicher, was ich von all den Dingen auf dem Tisch überhaupt mag. Der Tee genügt vorerst.

Mom setzt sich zögerlich zu uns, Dad schnappt sich sorglos ein Brötchen und schneidet es ganz genau in der Mitte durch. Er hasst es, wenn es schief wird.

»Ist alles okay?« Mom beäugt mich skeptisch, nachdem sie einen Schluck aus ihrer übergroßen Tasse getrunken hat. Ich für meinen Teil umklammere meine heiße Tasse wie eine Ertrinkende.

»Hast du Schmerzen? Sollen wir zum Arzt? Ich kann sofort das Auto starten. Ist was mit deinem Kopf oder ist …« Mom klingt immer aufgeregter, macht sich augenblicklich Sorgen. Was kein Wunder ist. Hätte ich eine Tochter, der passiert wäre, was mir passiert ist, wäre ich vermutlich längst durchgedreht. Deshalb unterbreche ich sie schnell, bevor sie sich da in etwas reinsteigert.

Zumindest in die falsche Sache.

»Nein, nein. Es ist … Ich würde nur gerne mit euch über etwas sprechen.«

Während ich zunehmend nervöser werde, entspannt sich Mom ein wenig, doch ihr Blick huscht zu meinem Vater hinüber, so als würde sie stumm mit ihm kommunizieren und versuchen, ihm mitzuteilen: Da stimmt was nicht. Es ist nicht schwer zu erkennen, dass die Alarmglocken in ihrem Kopf läuten und sie auf der Hut ist. Ich kenne diesen Blick und wie gesagt hat Mom diese Gabe, diesen einen besonderen Sinn nur für ihre Kinder. Im Gegensatz zu Dad, der nichts davon mitzubekommen scheint und nur lächelnd nickt.

»Kein Problem. Schieß los.«

»Ja, du kannst mit uns über alles reden, auch wenn dein Vater gerade mehr damit beschäftigt ist, die richtige Menge an Butter auf sein Brötchen zu schmieren.«

Jetzt legt er genau eineinhalb Stücke Käse darauf. Dad ist fest davon überzeugt, dass Essen am besten schmeckt, wenn alle Zutaten gleich verteilt sind. Wenn Mom Pizza macht, will Dad seine Hälfte immer selbst belegen und er nimmt diese Aufgabe sehr ernst. Jede Zutat wird einzeln daraufgelegt, mit dem gleichen Abstand zueinander. Mom bekommt jedes Mal einen Nervenzusammenbruch.

Ich seufze, trinke einen Schluck, wobei ich meine Gedanken sortiere und die Worte in meinem Kopf in die richtige Reihenfolge bringe.

Der Tee schmeckt gut. Irgendwie würzig.

Ich stelle die Tasse ab, starre hinein. Das Licht spiegelt sich auf der

Oberfläche des Tees. Alle warten darauf, dass ich irgendetwas hervorbringe. Ich sollte beginnen.

»Ihr habt gesagt, ich hab mich verändert. Seit dem Unfall. Wie sehr?«

Jetzt schaue ich hoch. Der Gesichtsausdruck meiner Mom wirkt überrascht, Dad legt sein Brötchen auf den Teller und stützt die Ellenbogen auf den Tisch, wobei er die Hände zusammenlegt und seine Finger knetet. Sein Blick und Moms finden sich.

»Wie meinst du das, Schatz?«

»Lassen wir das. Bitte.« Ich schüttle den Kopf. »Ich hab euch gestern gehört. Hier unten. Du machst dir Sorgen und ihr habt irgendwas davon gesagt, dass ich anders wäre. Ich will wissen, was das bedeuten soll.«

Es bleibt still.

»Wie war ich vor dem Unfall?«

Jetzt weiten sich Moms Augen, während Dad mich streng mustert. Die seinen verengen sich zu Schlitzen.

»Hast du Erinnerungslücken?« So wie Mom manche Dinge irgendwie spüren kann, schafft Dad es immer, diese viel zu schnell zu kombinieren.

»Wir fahren zum Arzt, sofort.« Mom schiebt den Stuhl zurück, aber Dad legt seine Hand auf ihre und drückt sie.

»Langsam. Lass Norah erst mal erzählen, was genau los ist.«

Moms Finger zittern, aber sie nickt und verharrt an Ort und Stelle.

»Ich hab nicht direkt Erinnerungslücken. Ab und an kann ich mich nicht erinnern, ja, doch es ist nicht so, dass es viel ist oder sich falsch anfühlt.« Ich verziehe das Gesicht, weil ich so schlecht darin bin, es zu erklären. »Ein paar fehlen«, räume ich schließlich ein.

»Dr. Alvarez meinte, das wäre kein Grund zur Sorge. Zumindest nicht in den ersten Wochen nach dem Unfall.« Dad bleibt ruhig. Das gibt mir die Kraft und den Zuspruch weiterzumachen.

»Da stimme ich ihm zu. Ich bin zwar kein Arzt, aber wegen der paar fehlenden Erinnerungen mache ich mir keine großen Sorgen.«

»Sondern?«

»Wie habe ich mich verändert?«

»Weswegen machst du dir Sorgen, Norah?«, hält Dad dagegen und wir messen uns mit Blicken. Ich habe keine Chance. Dad ist weitaus sturer als ich.

»Die Erinnerungen, die da sind … Da fehlt immer was.«

»Wie meinst du das?«, fragt Mom vorsichtig.

»Sie sind da … ich … Gott, das ist verdammt kompliziert!« Ich gebe einen verzweifelten Laut von mir und streiche ein paar Strähnen hinter die Ohren, damit sie mir nicht ins Gesicht fallen. »Da sind keine Gefühle«, gestehe ich und Mom schnappt nach Luft.

»Also, du erinnerst dich, aber du kannst nichts mehr fühlen?« Ihre Stimme klingt unnatürlich hoch.

»Nein, nein!«, beruhige ich sie sofort. »Ich fühle was. Ich kann fühlen. Ich habe auch eine Meinung. Es ist eben nur die von jetzt. Die nach dem Unfall, nicht davor. Das genau zu erklären ist wirklich schwer.« Ich reibe mir nachdenklich über die Stirn. »Es ist, als würde ich Bilder in meinem Kopf sehen und sie erzählen mir eine Geschichte, doch es ist irgendwie nicht meine, sondern die eines anderen. Als hätte sie jemand anderes gemalt und als wären sie Erinnerungen von einem fremden Menschen. Ich weiß ungefähr, was passiert ist, aber ich erinnere mich nicht daran, was ich dabei empfunden habe. Ob ich es gut fand oder schlecht. Meine Meinung dazu ist weg. Einfach weg.« Niemand reagiert. »Ich wollte es euch erst nicht erzählen und euch Sorgen bereiten, doch dann hab ich euch gestern durch Zufall gehört und belauscht. Nur einen Teil. Der hat mich zum Nachdenken gebracht. Vielleicht hilft es, mit euch darüber zu reden.«

Auch wenn es furchtbar schwer ist zuzugeben, dass bei einem etwas nicht richtig oder wie gewohnt funktioniert, ist es ein großer Schritt. Vor allem in einer Welt, in der man immerzu genau eins tun muss: funktionieren. Man korrigiert und korrigiert sich bis aufs Mark und am Ende fragt man sich, was jetzt eigentlich korrekt ist … Es ist verrückt. Und ich habe keine Ahnung, warum mich das so beschäftigt.

»Das klingt …«

»Kompliziert?«

»Ja. Aber ich kann dir trotzdem folgen.« Dad grinst mich an und ich atme erleichtert durch. Bisher hatte keiner von beiden einen Kollaps oder so. Das ist gut.

»Ich weiß nicht, was ich davon halten soll«, gesteht meine Mutter und ich kann das gut nachempfinden. Wird nicht besser, wenn es dabei um einen selbst geht.

»Du solltest das bei der Nachsorgeuntersuchung erwähnen.«

Ich nicke, als Dad das anspricht.

»Hat das Ganze irgendwas mit Sam zu tun?«

Ihm entgeht nichts. Erst jetzt greift er wieder nach seinem Brötchen und beißt hinein. Ganz so, als würden wir über das Wetter reden und nicht darüber, dass das Gehirn seiner Tochter irgendwie nicht mehr richtig rundläuft.

»Wenn ich mich heimlich rausgeschlichen habe, hast du es immer gewusst, oder?«

Er grinst mit vollem Mund, während meine Mom mich erschrocken ansieht.

»Du hast dich mal heimlich rausgeschlichen?«

Okay, emotional ist Mom ganz vorne mit dabei, vor Dad und seinem rationalen Spürsinn sollte ich mich jedoch wirklich in Acht nehmen.

»Und ja, irgendwie spielt Sam eine Rolle. Da sind so viele Erinnerungen von ihm. Er ist so präsent in meinem Kopf, aber ich bin mir nicht sicher, warum. Ich glaube, er kann mir dabei helfen, dass alles wieder besser wird. Klarer.«

»Du warst sehr lange mit Sam befreundet.«

»Können wir noch einmal auf dieses Rausschleichen zurückkommen?«, insistiert meine Mutter.

»Es war halb so schlimm. Glaub mir.«

Das beruhigt sie anscheinend kein Stück, so wie sie missmutig vor sich hin murmelt und die Arme verschränkt. In diesem Moment erkenne ich viel von Lu in ihr. Aber die Kombinationsgabe hat meine Schwester eindeutig von Dad.

»Dementsprechend hilft Sam dir, deine Lücken zu füllen.«

»Genau. Und ... ich fände es schön, wenn ihr mir auch helfen könntet.«

Dad nickt und beißt erneut in das Brötchen. Bis er den Mund wieder frei hat, sagt niemand ein weiteres Wort.

»Du bist ruhiger geworden«, beginnt er unvermittelt. »Du warst nie so aufbrausend wie Lu, aber immer sehr stur.«

»Sorry, es sind eure Gene.«

Mom schnaubt. »Die deines Vaters. Wäre ich bei der Geburt nicht dabei gewesen, würde ich mich fragen, ob ihr wirklich meine Kinder seid, so wenig habt ihr von mir.« Ein Lächeln zupft an ihren Lippen und lässt ihre Aussage sanfter klingen.

»Ich erinnere mich, dass wir uns auch früher gestritten haben. Aber ich glaube, in den letzten Jahren besonders oft.« Niemand widerspricht. »Wir haben nicht viel miteinander geredet?«, frage ich verzweifelt.

»Du hast die meiste Zeit mit deinen Freunden verbracht«, antwortet Mom.

»Und das war okay. Es ist nun mal eine verrückte und schwierige Zeit im Leben eines jungen Erwachsenen und das Abitur steht auch an«, versucht Dad, es abzumildern.

Junger Erwachsener. So fühle ich mich nicht. Eher wie ein kleines Kind, das nicht weiß, wo oben und unten ist. Absolut ahnungslos.

Ich trinke meinen Tee aus.

»Das ist mein Lieblingstee. Du findest diesen Tee eigentlich abscheulich«, murmelt Mom und beobachtet, wie ich die Tasse zurück auf den Tisch stelle.

»Hier, probiere das doch mal. Der Tee schmeckt wirklich gut. Weihnachtlich im Winter und abgekühlt mit etwas Zitrone passt er perfekt in den Sommer.«

Mom drückt mir einen Früchtetee in die Hand, der leicht nach Äpfeln und Zimt duftet. Missmutig verziehe ich das Gesicht. Eben habe ich meiner Mutter offenbart, dass ich morgens Kaffee mit in die Schule nehmen möchte und einen speziellen Thermobecher dafür brauche. Es gibt da einen, der total angesagt und nicht zu groß für die Schultasche ist, aber das interessiert sie überhaupt nicht. Sie versucht, mir wieder Tee oder Wasser anzudrehen. Dabei bin ich kein Kind mehr. Alle coolen Leute trinken Kaffee.

Ich probiere einen Schluck ihres dämlichen Tees, damit sie zufrieden ist, und obwohl er nicht schlecht schmeckt, will ich eben keinen Tee, sondern Kaffee.

»Das ist widerlich. Bah! Wer trinkt denn so einen Scheiß?«

Ein verletzter und kurz darauf wütender Ausdruck huscht über Moms Gesicht, bevor sie mir energisch die Tasse entzieht.

»Entweder Tee oder Saft. Wasser ist auch okay, ich kann dir sogar einen Smoothie machen.«

»Damit es aussieht, als würde ich grüne Kotze trinken?« Ist das ihr Ernst?

»Das oder nichts«, erwidert sie sehr energisch.

»Das ist so unfair! Die anderen bekommen auch Kaffee und diese Becher sind gerade so in.« Ich tobe vor Frustration und funkle sie zornig an.

»Es ist mir egal, was andere Kinder und andere Familien tun oder *lassen. Meine Tochter wird vor ihrem 16. Lebensjahr von mir keinen einzigen Schluck Kaffee bekommen. Ist das jetzt angekommen?«*

Ich schreie auf und stampfe wutentbrannt in mein Zimmer. Die Tür knallt laut, fällt scheppernd in den Rahmen.

Das war kurz nach meinem vierzehnten Geburtstag, glaube ich. Mom hatte eine andere Frisur und der neue Kühlschrank war noch nicht da.

»Ich wollte damals lieber Kaffee«, gebe ich zu und Mom lächelt unerwarteterweise.

»Ich weiß.«

12

Norah

Billie Eilish – Six Feet Under

Gelassen und verständnisvoll sind keine Attribute, die ich meinen Eltern vor wenigen Wochen zugeschrieben hätte. Wahrscheinlich war ich deshalb so überrascht, dass sie mein Geständnis bezüglich meines nicht richtig tickenden Gehirns so ruhig aufgefasst haben.

Es fühlt sich gut an.

Irgendwie leichter.

Gut, weil ich mir jetzt keine Sorgen mehr darum machen muss, wie ich mich verhalte oder was ich sage, und irgendwie leichter, weil ich meine Gedanken geteilt habe. Nicht nur mit meinen Eltern, sondern auch mit Sam. Schon da hat es sich richtig angefühlt. Jetzt noch richtiger. Mir ist bewusst, dass der Komparativ von richtig irgendwie seltsam klingt, aber es stimmt. Es ist wie ein Schritt nach vorne, aber noch nicht über die Ziellinie.

So fühlt sich das im Moment an.

Alles ist *richtiger*!

Ich lächle, als ich in meinem Zimmer ankomme. Manni ist nicht mehr da, das Bett ist leer. Vielleicht ist sie in Lus Zimmer gegangen oder hat sich woanders verkrochen.

Mir gehen viele Gedanken durch den Kopf.

Bis zur Nachsorge dauert es noch etwas. Allerdings läuft das zweite Schulhalbjahr längst, und wenn ich nicht vollkommen aufgeschmissen sein will, sollte ich mich erkundigen, was gerade durchgenommen wird.

Mir das Handy schnappend, schreibe ich Ella.

> Sorry, hab deinen Pulli nicht. Hast du ihn gefunden? Was nehmen wir eigentlich gerade in Deutsch und Englisch durch? Kannst du mir 'ne Liste der Themen und die Hausaufgaben schicken? Auch für Spanisch, Bio und Geschichte? Danke.

Ella und ich haben den gleichen Schwerpunkt gewählt und fast alle Fächer zusammen, auch Sport. Nur hat sie sich für Religion entschieden und ich mich für Philosophie. Den Kurs besuche ich dafür zusammen mit Jonas und Tim. Sam ist in keinem meiner Fächer. Ich glaube, er sitzt aber mit Ella im gleichen Religionskurs. Und sonst? Hm.

Welchen Schwerpunkt hat er? Naturwissenschaften? Oder doch den künstlerischen Zweig?

Das Vibrieren meines Handys reißt mich aus meinen Gedanken.

> Witzig, Nor. Sehr witzig.
> In Deutsch lesen wir irgendein Buch. Ich glaube, es heißt Die Physiker. Frag mich jetzt nicht, warum wir das tun. Englisch, keine Ahnung. Geschichte kannst du direkt da anfangen, wo wir letztes Halbjahr aufgehört haben. Spanisch fällt im Moment aus, weil die Schmitt sich das Bein gebrochen hat. Wir kriegen nächste Woche Ersatz. Jetzt hab ich Kopfschmerzen. Es ist Sonntag!

Okay. Außer dass ich *Die Physiker* bestellen und in Geschichte irgendwo in der Mitte des Buches zu lernen beginnen kann, weiß ich buchstäblich nichts. Ich hatte vergessen, wie Ella die Schule besteht: Sie schlängelt sich irgendwie durch. Und sie ist gar nicht mal schlecht darin. Ihre Noten sind in Ordnung. Vor allem, weil ich sie unterstütze und das meiste von ihrem Zeug mit erledige.

Seufzend starre ich auf mein Handy.

Ich sollte direkt in der Schule anrufen und fragen. Hat sich bisher ja niemand von meinen Mitschülern die Mühe gemacht, mir irgendetwas zu übermitteln.

> Danke, Ella. Viel Glück beim Suchen des Pullis.

Und während ich die Nachricht abschicke, die so klingt, als wäre in meinem Leben alles in bester Ordnung, als wäre nichts passiert und als hätte sich nichts geändert, frage ich mich, wie das sein kann. Wie kann meine beste Freundin mir so wenig zu sagen haben? Nein, schlimmer, wie kann es bei mir ebenso sein?

> Schule ist so ätzend. #nothingchanged
> Wird viel cooler, wenn wir morgen alle wieder vereint sind.

Nichts hat sich geändert ...
> *Alles* hat sich geändert!
> Nur merkt es niemand.

> Erst nächste Woche. Muss noch daheimbleiben und vorher zum Arzt.

> Oh Shit. Okay. Dann nächste Woche. Ich freu mich.

Das war's.

Ich frage mich, ob es verwerflich ist, dass ich mir *mehr* wünsche. Mehr Interesse, mehr Gespräche, mehr Tiefgang.

Einfach mehr.

Nachdenklich klopfe ich mit dem Smartphone ein paarmal gegen meine Handfläche, dann schlendere ich zu meinem Schreibtisch und lege es dort ab. Ich suche einen leeren Block oder ein Notizheft, schnappe mir einen Kugelschreiber und setze mich auf den Stuhl. Hier wird das Schreiben einfacher sein, im Bett würde ich bestimmt einen steifen Nacken oder so kriegen, was meine Kopfschmerzen noch verstärken würde.

Da bin ich mir sicher.

Der Stift liegt unsicher in meiner Hand, aber nach dem ersten, zu starken Drücken und dem Kratzen auf dem Papier wird es leichter.

Norahs Ausprobier-Liste prangt in krakeligen Buchstaben darauf.

Hm. Konzentriert lege ich den Kopf schief und denke nach. Was könnte alles auf so eine Liste? Es gibt mit Sicherheit vieles, das ich auch vorher nicht wusste und wozu ich keine Meinung hatte, weshalb ich mich womöglich zuerst auf die Dinge konzentrieren sollte, die ich bereits für mich entdeckt hatte.

Entschlossen schreibe ich den ersten Punkt auf.

Pizza.

Ich lache über mich selbst. Mir fällt gerade wirklich nur Essen ein und die Frage danach, ob es mir schmeckt. Die Pizza vorgestern war lecker, ich mag Käse. Und der Auflauf von Mom war auch perfekt.

Musik. Was ist mit Musik? *Lieblingsmusiker, -band oder -song? Farben. Welche gefallen mir besonders? Eis? Pommes?* Mist, ich bin wieder beim Essen. *Tiere. Mag ich bestimmte Tiere mehr als andere? Wetter und Temperaturen?* Okay, das kann runter. Ich hasse die Kälte. Das wusste ich schon, als ich das Krankenhaus verlassen habe. Wie sieht es mit Blumen und Gerüchen aus? *Ich mag Sams Geruch,* schießt es mir in den Kopf und ich spüre, wie meine Wangen warm werden. Das kann ich schlecht aufschreiben.

Filme und Serien? Da sollten wir genug Auswahl haben.

Im Moment notiere ich alles, was mir einfällt, auch wenn es noch rohe, unfertige Stichpunkte oder Kategorien sind. *Fahrrad fahren – ja oder nein? Spazieren gehen?*

Wie sieht es mit Klamotten aus? Den Punkt unterstreiche ich zweimal, weil mich der Gedanke an meinen Kleiderschrank nicht loslässt.

Ich hebe den Blick und sehe die Polaroids vor mir. Ich habe eine Polaroid-Kamera, nur wo? Habe ich damit gern Fotos gemacht? Ich füge *Fotografieren* als Punkt dazu. Ist das vielleicht ein Hobby von mir? Habe ich so etwas überhaupt? Das sollte ich Sam unbedingt fragen – oder meine Eltern.

Autsch. Meine Haare verheddern sich und ich klemme sie unter dem Arm ein. Sie sind unfassbar lang. Andauernd kommen sie mir in die Quere und hängen irgendwo, wo sie nicht sein sollen. Einen Zopf mache ich mir momentan eher ungern, weil meine Wunde freiliegen würde und ich das nicht möchte.

Haare? Veränderung?, landet sofort auf der Liste. Nein. Ich streiche es direkt wieder. Ich mag meine Haare.

Schule. Ein weiterer Punkt. Aber zu meiner Überraschung bereitet er mir kein Unbehagen. Ich kenne meine Fächer und Schwerpunkte und ich fühle mich wohl, wenn ich an sie denke. Trotzdem sollte ich sicher sein. *Interesse für Sprachen und Geschichte?*, wird also ergänzt.

»Was machst du da?«

»Heilige Scheiße.« Ich erschrecke mich so sehr, dass ich den Stift einmal quer über das Blatt ziehe und beinahe vom Stuhl falle. Memo an mich: Schreibtisch woanders hinstellen. Mit dem Rücken zur Tür zu sitzen ist keine Option.

Lus Blick liegt fragend auf mir. »›Scheiße‹ darf man nicht sagen, das weißt du doch«, belehrt sie mich leise.

»Was machst du denn hier?« Es ist eine einfache Frage, aber meine Schwester versteift sich sofort und nestelt an ihrem langen Shirt herum.

»Ich hab vergessen anzuklopfen«, gibt sie kleinlaut zu.

»Schon okay.«

»Wirklich?« Ihre Augen werden ganz groß, ihre Stimme piepsig.

»Ja.« Ist ja kein großes Ding, oder? »Das passiert manchmal.«

Jetzt watschelt sie ins Zimmer. »Also, was machst du? Hausaufgaben? Du sollst dich doch ausruhen.«

»Nein, Mama.« Das bringt sie zum Kichern. »Ich mache mir nur ein paar Notizen.«

»Was denn für welche?«

»Du bist ganz schön neugierig.«

»Und du eine Geheimniskramerin.«

»Du meinst *Krämerin*.«

»Kann sein, ich kann schließlich nicht alles wissen. Hör auf abzulenken.« Sie bedenkt mich mit einem tadelnden Blick.

»Hast du Manni gesehen? Sie hat bei mir geschlafen, aber jetzt ist sie verschwunden.«

»Hm. Ich glaube, sie liegt auf dem Schrank unter der Treppe. Das tut sie öfter. Hey! Du machst es schon wieder.«

Schuldig.

Aber soll ich Lu wirklich alles erzählen?

»Ist das eine Liste?«

Verdammt.

»Ja. Ich schreibe eine Liste.«

Sie beißt sich auf die Lippe und stellt sich direkt vor mich. »Vergisst du doch manchmal was? Papa hat im Krankenhaus erzählt, dass das passieren kann, aber dass alles gut wird und ich mir keine Sorgen machen soll.«

»Es ist etwas kompliziert, Lu. Ich kann es nicht gut in Worte fassen.«

»Versuch es.«

Ich seufze. Und dann erkläre ich es ihr. Vielleicht besser als ich es bei unseren Eltern konnte, doch lange nicht so gut, wie es bei Sam geklappt hat. Oder wie es sich da angefühlt hat. Ich hatte irgendwie den Eindruck, dass Sam es am ehesten begreift.

»Verstehe«, antwortet Lu gedehnt. »Deshalb schreibst du die Sachen auf. Du willst sie ausprobieren.«

»Genau. Findest du das nicht ... seltsam?«

»Nö, wieso? Es ist spannend.« Sie klatscht einmal in die Hände und ihre Augen leuchten. »Du kannst alles wieder zum ersten Mal erleben. Wie cool.«

»Das stimmt nicht ganz.«

»Du weißt, was ich meine. Du hast dann wieder eine neue Meinung, ein neues Gefühl. Empfindest es zum ersten Mal. Das ist so aufregend, Norah!«

Ein lautes Lachen entweicht mir und ich kann nicht fassen, dass ich dieses Gespräch mit meiner Schwester führe. Dass ich es überhaupt führe ...

Doch Lu wirkt auf einmal bekümmert. »Darf ich mitmachen?«, flüstert sie.

»Du möchtest ... mitmachen? Bei der Liste?«

Eifrig nickt sie. »Ich möchte mithelfen.«

Für einen Moment bin ich perplex. »Okay.«

Meine Antwort klingt eher nach einer Frage, aber nur, weil ich nicht mit ihrem Enthusiasmus bezüglich meiner anscheinend doch sehr offensichtlichen Lücken gerechnet habe. Zählt das, was ich habe, eigentlich zur Amnesie? Oder eher nicht?

Plötzlich springt Lu auf mich zu, umarmt mich fest, aber so schnell, dass sie, bevor ich etwas sagen kann, aus dem Zimmer geeilt ist und ruft, ich solle ihr Bescheid geben, wenn es mit dem Ausprobieren der einzelnen Punkte losgeht.

Oh nein.

Sam wollte, dass wir die Liste zusammen erstellen. Das habe ich fast vergessen.

»Mist.«

Hektisch räume ich die Liste samt Stift und Handy zusammen, hechte vom Schreibtisch zum Bett und lasse alles darauffallen, weil ich noch eine Tasche brauche.

»Wo bist du?«, murmle ich, während ich die vollgepackten Kleiderbügel hin und her schiebe, um freies Sichtfeld auf das chaotische Regalbrett darunter zu haben. »Ah da!«

Ein kleiner Lederrucksack kommt zum Vorschein, in den ich das einmal gefaltete Blatt und den Stift stecke. Außerdem den Regenschirm, der unten im Schrank liegt. Ein Blick nach draußen zeigt mir zwar, dass es noch nicht regnet, aber es jeden Moment beginnen könnte.

Unten an der Garderobe schnappe ich mir meinen Schal und meine dicke Jacke und ziehe meine Boots an, bevor ich den Rucksack aufsetze. In der Jackentasche verstaue ich das Handy und binde mir einen lockeren Zopf.

Als meine Finger den Griff der Tür umschließen, fällt mir ein, dass ich nicht einfach gehen sollte. Ich muss noch Bescheid geben, dass ich Sam besuche. Meine Familie würde sich sonst nur Sorgen machen.

»Äh, Mom? Dad? Seid ihr da?«, rufe ich ins Wohnzimmer. Ich habe die Schuhe wohl etwas zu früh angezogen.

Aber Mom kommt sofort um die Ecke. »Dein Vater ist kurz im Garten. Er schwört, er hat eine Ratte oder einen Biber gesehen.« Mom verdreht die Augen.

»Er weiß schon, dass die beiden unterschiedlich aussehen?« Und dass wir hier keine Biber haben, auch nicht unten am kleinsten Flusslauf.

»Ich hoffe es.« Sie seufzt. »Möchtest du weg?« Erst jetzt mustert sie mein Erscheinungsbild.

»Ja. Und ich dachte, ich frage vorher, ob das okay ist.«

»Du fragst, ob das okay ist«, wiederholt meine Mutter wie eine kaputte Schallplatte.

»Ich würde gern etwas spazieren gehen«, ergänze ich.

Mom blinzelt zwei-, dreimal schnell, bevor sie sich räuspert, nur um danach gekonnt die linke Augenbraue nach oben zu ziehen. »Ist es ein zwanzigminütiger Fußmarsch?«

»Könnte hinkommen, bin die Strecke lange nicht gegangen.«

»Mir wäre es lieber, dein Dad würde dich hinfahren. Bist du sicher, du schaffst das schon?«

»Ich hab mein Handy dabei. Und ein Spaziergang tut mir bestimmt gut.«

Sie nickt. »Grüß Sam von uns.«

Die Tür geht auf, die Tür geht zu. Frischer Wind weht mir um die Nase, und obwohl ich im ersten Moment fröstle und den Schal höher und fester um den Hals ziehe, genieße ich kurz darauf die saubere Luft und sauge sie tief in meine Lunge.

Dann setze ich einen Fuß vor den anderen, schlendere über Straßen und Wege, über Felder und Kies bis zu Sams Haus. Ich kenne den Weg auswendig, laufe ihn, ohne groß darüber nachzudenken. Unterwegs riecht es nach nassem Gras. Es ist schön hier, so still und friedlich. Ich genieße den Blick auf die Wiesen und Wälder am Horizont und frage mich, ob das immer so war.

Meine Nasenspitze ist ganz kalt, als ich ankomme, und ich gestehe, ich bin etwas außer Atem. Mein Körper schimpft mit mir über diesen plötzlichen Ausbruch von Bewegungsdrang, dem er noch nicht gewachsen ist.

Das Haus hat sich nicht verändert. Das kleine Holzhaus mit der roten Tür sieht immer noch gemütlich aus. Ich erklimme die schmale, steile Auffahrt und klingle.

Vollkommen ohne Ankündigung. Dabei hätte ich Sam auf dem Weg schreiben können. Vielleicht ist er nicht da, hat keine Zeit oder keine Lust. Oh nein. Ich habe mir wirklich keine genauen Gedanken darüber gemacht, sondern bin einfach losgelaufen. Jetzt stehe ich hier vor Sams Heim, ohne einen Plan, und warte, während irgendwo im Innern ein Hund bellt. Anscheinend lebt Chewi noch.

Es wird nicht besser, als statt Sam seine Mutter die Tür öffnet und mich zwei große graublaue Augen erschrocken anstarren. Erschrocken, überrascht, überrumpelt. Sie ist sprachlos und ich sehe vermutlich aus wie ein Idiot, als ich schwer atmend lächle und irgendwie dämlich die Hand hebe.

»Hallo, Laura«, grüße ich sie vorsichtig und werde immer nervöser. Dabei möchte ich nur Sam besuchen. Wir sind quasi zusammen aufgewachsen, da ist nichts dabei, oder? »Ist Sam da?«

»Oh, hallo. Entschuldige.« Sie ringt sich ein Lächeln ab. »Ich bin nur … Sam!« Sie ruft die Treppe hinauf. »Hier ist Besuch für dich.«

Jetzt ist sie es, die ungelenk winkt und weggeht. Ich bedanke mich noch schnell. Dann warte ich.

Ich wippe, vor und zurück, vor und zurück, bis ich die Tür aufgehen höre und Sams Schritte auf der Treppe. Ich lächle, als ich sein Gesicht erblicke, und lasse es abrupt sein, als er mich verwundert betrachtet.

Sam bleibt vor mir stehen. Seine Nase ist niedlich. Das ist mir schon letztes Mal aufgefallen. Er ist mittlerweile in sie hineingewachsen. Seine Augen zeigen mir noch immer, wie überrascht er ist, mich zu sehen.

Unwillkürlich frage ich mich, wie lange ich nicht mehr hier war. Warum? Warum war ich nicht hier? Wieso fehlen manche Erinnerungen und manche nicht? Und wie zum Teufel soll ich herausfinden, welche überhaupt fehlen und wie viele? Geht das? Und spielt es eine Rolle?

Bis eben habe ich mich irgendwie der Illusion hingegeben, alles wäre halb so wild und ich würde das schon wieder unter Kontrolle bringen. Ich dachte, ich wüsste, was und wie viel ich vergessen habe, aber so funktionieren Erinnerungen nun mal nicht. Und das Vergessen ebenso wenig.

»Norah.«

Jetzt schaut Sam mich freundlich an und mir wird warm. Er sieht mich. Mich, mich, mich. Ich will weinen und schreien und ich will lachen und ihn umarmen. Aber vor allem will ich verstehen, was passiert ist.

»Hey, Sam«, erwidere ich erstickt.

13

Sam

Sam Smith feat. YEBBA – No Peace

Norah ist hier.

Es dauert eine Weile, bis der Gedanke und die Erkenntnis, dass das tatsächlich passiert, in mein Gehirn sickern und ich sie begrüßen kann.

Dass Norah wieder in mein Leben gestolpert ist, dass ich es zugelassen habe, verändert alles. Ich weiß, Veränderung kann eine Chance sein, aber ... worauf? Auf einen Neubeginn?

Selbst wenn es so wäre, wüsste ich nicht, ob ich das kann. Ob es möglich ist und ich ihr verzeihen kann.

Dann lächelt sie wie das kluge, nette Mädchen von früher. Wie die beste Freundin, die ich je hatte. Wie der Mensch, der mich verstanden hat, auch ohne zu reden. Sie sieht mich an wie einen normalen Jungen, den sie gernhaben könnte, und ich denke, dass ich vielleicht gar keine Wahl habe.

Chance, Neubeginn – total egal. Veränderung kann vor allem eins: dein Leben vollkommen zum Einsturz bringen. Und genau davor habe ich Angst. Ich habe es nämlich gerade erst wieder aufgebaut ...

Es steht noch auf wackeligen Beinen.

»Ich hätte anrufen sollen. Es tut mir so leid. Ich hab nur vorhin angefangen, Dinge aufzuschreiben und mir Notizen zu machen zu der Liste, die du vorgeschlagen hast, und da ist mir eingefallen, dass du daran mitarbeiten wolltest.« Norahs Wangen sind gerötet, genau wie ihre Nasenspitze.

»Und dann bist du einfach losgelaufen?«

»Genau. Der Spaziergang hat gutgetan.« Sie strahlt mich an und ich stehe da wie ein Vollidiot.

»Komm rein.«

Zur Seite tretend lasse ich sie ins Haus und schließe die Tür hinter ihr, während ihr Blick durch unseren kleinen, eher viereckigen als länglichen Flur streift. Eine alte bunte Kommode mit einer Vase voller Rosen darauf, die langsam den Kopf hängen lassen, hat ihren Platz an der rechten Wand. Daneben ist die Garderobe.

»Sieht aus wie immer«, flüstert Norah und ich bin nicht sicher, ob ihr bewusst ist, dass sie laut gesprochen hat. Denn sie scheint nicht auf eine Antwort zu warten.

Ihren Schal stopft sie in die Jacke, die sie ordentlich aufhängt, die Schuhe stellt sie an die Seite. Nur mit dem Rucksack im Arm steht sie bereit und ich bedeute ihr, mir nach oben zu folgen.

Dass Norah zum ersten Mal seit Jahren hier ist, und zwar unangekündigt, macht mich nervös. Nicht, weil ich mein Zimmer nicht aufgeräumt hätte – ich bin eigentlich grundsätzlich ganz ordentlich –, sondern weil ich es nicht gewohnt bin. Weil Norah kein Teil mehr von mir und meinem Leben war und weil es sehr lange wehgetan hat.

Jetzt ist sie wieder da und mit ihr der Schmerz.

Fast automatisch reibe ich mir über das linke Handgelenk.

Vergangen. Das ist vergangen und sollte es auch bleiben.

Selbstsicherer als ich mich fühle, betrete ich mit ihr im Schlepptau mein Zimmer und mustere sie abwartend, während sie sich langsam im Kreis dreht und jeden Zentimeter in sich aufzunehmen scheint. Hier hat sich auch nicht besonders viel verändert. Es lohnt sich eigentlich nicht, sich alles so genau anzuschauen.

»Du hast mehr Bücher«, sagt sie plötzlich. »Früher waren es nur Comics. Und jetzt ... Biografien?« Neugierig beugt sie sich vor und betrachtet meine Literatur.

»Ja, finde ich spannend.«

Seit jenem einen Tag, an dem ich dachte, zu gehen wäre besser als zu bleiben, habe ich Gefallen an realen Geschichten über andere Menschen gefunden, egal aus welchem Lebens- und Altersbereich, egal welcher Herkunft. Es hat mir geholfen zu erkennen, dass nicht nur mein Leben schwer und verkorkst ist und nicht nur ich bestimmte Probleme habe, sondern auch andere Menschen. Das tat irgendwie gut. Hat mich weniger seltsam gemacht.

»Möchtest du etwas trinken?« Hätte ich unten schon fragen sollen.

»Ein Wasser wäre toll. Danke.« Man sieht ihr an, dass sie noch nicht ganz fit ist.

»Du solltest dich setzen. Bin gleich wieder da.«

Ich versuche mich an einem Lächeln. Zu behaupten, nicht glücklich zu sein, Norah wieder in meinem Zimmer stehen zu sehen, wäre gelogen. Trotz allem ist es komisch. Ungewohnt.

Nicht von Dauer.

Unten lehnt meine Mutter an der Küchentheke, als hätte sie auf mich gewartet. Wenn sie dieses Gespräch jetzt führen will, bitte. Aber dann soll sie auch damit anfangen. Ich habe gerade ganz andere Dinge im Kopf, als ihr zu erklären, warum Norah Frey auf meiner Couch sitzt. Zum Beispiel, warum ich mich so sehr darüber freue, dass sie es tut …

»Also.« Und so beginnt es. Das Wasser fließt ins Glas, gibt sprudelnde Geräusche von sich und meine Mutter atmet laut aus. »Norah ist hier.«

»Ja.«

»Seit wann …«

»Seit wann wir wieder miteinander reden?«

Sie nickt.

»Seit dem Tag im Krankenhaus.«

»Krankenhaus? Wieso hast du nichts erzählt? Geht es ihr gut?«

»Weil ich dieses Gespräch hier nicht führen wollte«, gebe ich kleinlaut zu und schnappe mir unsere Wassergläser.

»Verstehe.«

»Es geht ihr wieder besser. Sie hatte einen Unfall.«

Mom schaut nur selten Nachrichten und liest noch seltener Zeitung. Sie sagt, es macht sie zu oft traurig.

»Ich hab davon gehört, von diesem schlimmen Unfall an der Schnellstraße, wusste aber nicht, dass Norah im Auto saß. Da war sie doch dabei, oder?« Ich nicke. Seufzend fährt meine Mom sich mit der flachen Hand über die Stirn. »Ich mag Norah. Das habe ich immer getan. Aber ... pass auf dich auf Sam, okay?«

»Okay.«

»Ich habe es immer respektiert, wenn du gewisse Themen und Ängste nicht mit uns teilen wolltest. Dass du es manchmal nicht konntest. Dafür gab es die Therapie. Ich weiß nicht, was und ob Norah irgendetwas mit dieser Zeit zu tun hat, ich weiß nur, dass ihr sehr plötzlich keinen Kontakt mehr hattet, und das sehr lange. Und jetzt, Jahre später, taucht sie genauso plötzlich wieder auf. Ich mache mir Sorgen. Also, versprich es mir. Versprich mir, dass du auf dich aufpasst.«

»Versprochen.«

Meine Mutter weiß nichts Konkretes über diese Dinge, denn auch Therapeuten haben eine Schweigepflicht, und ich habe es nie übers Herz gebracht, ihr alles zu erzählen, auch wenn es vielleicht falsch war. Ihr ist demnach nicht ganz klar, was mir in der Schule so zu schaffen gemacht hat, aber sie kann gut kombinieren. Jeder Idiot könnte eins und eins zusammenzählen.

»Hat jemand meine Brille geklaut? Ach verflucht!«, ruft Opa aus dem Nebenraum und Mom verdreht die Augen.

»Ich sehe besser nach ihm. Die Brille sitzt bestimmt auf seinem Kopf.« Sie klopft mir kurz auf die Schulter, bevor sie die Küche verlässt.

Als ich in mein Zimmer zurückkomme, liegt Norah auf meiner Couch und schaut aus dem Fenster. Sie hat einen Teil davon ausgezogen, sodass man halb darauf liegen kann.

Keine Ahnung, ob es eine gute Idee war, meiner Mutter dieses Versprechen zu geben. Keine Ahnung, ob ich auf mich aufpassen kann, wenn mein ganz persönliches Kryptonit wieder den Weg in meine Umlaufbahn gefunden hat.

Sie setzt sich ein Stück auf, als ich ihr das Glas reiche, und trinkt einen großen Schluck.

»Hier haben wir immer gelegen und nachts die Sternbilder am Himmel gesucht und aufgezählt. Einmal haben wir eine Sternschnuppe entdeckt und uns ein Abenteuer gewünscht. Ein großes.«

Wie von selbst setze ich mich zu ihr und schaue raus. Ich habe lange Zeit nicht auf diese Art aus meinem Fenster gesehen.

»Ich erinnere mich. Du hast mit mir geschimpft«, fällt es mir ein und Norah lacht.

»Weil du deinen Wunsch laut ausgesprochen hast! Und jeder weiß, dass Wünsche sich dann nicht erfüllen.«

Unsere Blicke treffen sich und ein Kloß bildet sich in meinem Hals. Schön war Norah schon immer. Klassisch schön, trotzdem nicht perfekt. Aber wenn ich das Mädchen vor mir betrachtet habe, sah ich stets mehr als ihre kleine spitze Nase, die großen runden Augen und das Lächeln, das dich deinen Namen vergessen lässt. Zumindest hat es diese Wirkung auf mich gehabt. Nein, ich sah auch Norahs Träume, Wünsche, ihren Drang nach mehr, ihre Abenteuerlust und ihre Freude. Ich erkannte ihren Lebenshunger und ihren

Ehrgeiz, ihre Spontanität und ihr Temperament. Sie hat die Welt immer anders verstanden als ich, bunter, runder, zarter. Norah sah das Einfache im Komplizierten. Sie hat meinen Blickwinkel erweitert.

Jetzt schaue ich sie an und erinnere mich daran. Wir grinsen uns an, und als meine Hand zuckt, als ich kurz davor bin, nach ihrer zu greifen, ist das wie ein Eimer kaltes Wasser, der auf mein Gesicht trifft. Ich räuspere mich.

»Das stimmt.« Danach trinke ich einen Schluck, weil meine Stimme mich ansonsten verraten würde. »Also. Wo ist diese Liste?«

Das Grinsen auf Norahs Gesicht weicht einem aufgeregten Ausdruck. Sie stellt ihr Glas zur Seite, kramt in ihrem Rucksack und zieht ein geknicktes Blatt hervor.

»Ich hab noch nicht viel, und wenn ich ehrlich bin, gibt es kein richtiges Konzept.« Sie verzieht das Gesicht in der Sekunde, als ich ihr das Blatt wegnehme, um einen Blick darauf zu werfen.

Übertrieben hat sie jedenfalls nicht. Chaotisch und nicht viel.

»Du weißt wirklich nicht mehr alles, oder? Es sind nicht nur die Emotionen, nicht wahr?«

Norah kneift die Lippen zusammen, bevor sie seufzt. »Nein. Ich glaube, auch normale Erinnerungen sind weg. Vor allem welche …« Sie hält abrupt inne, schluckt schwer, bevor sie mich fixiert. Und obwohl sie das tut, werden ihre Züge weicher. »Vermutlich sind welche von uns verloren gegangen. Von dir. Du sagst, wir sind keine Freunde mehr, aber … das fühlt sich nicht so an. Das verstehe ich nicht.«

Den Kopf schüttelnd, nestelt sie am Saum ihres Pullis herum, während mein Magen rumort und meine Herzfrequenz sich erhöht.

Als ich Norah im Krankenhaus fragte, an was sie sich erinnert, war mir irgendwie schon klar, dass ihr etwas fehlt. Nur scheint es in diesem Moment so, als wäre es mehr, als sie sich selbst eingestehen will.

Norah weiß gar nichts mehr über uns aus dieser Zeit. Von den letzten drei Jahren. Gar nichts. Und ausgerechnet *ich* soll ihr jetzt helfen, diese Erinnerungen zu finden.

»Warum machst du dir so viele Gedanken um das Davor?«, murmle ich. »Schau doch auf das Heute. Schau nach vorn.«

»Weise Worte.«

Mir rauscht das Blut in den Ohren und ich weiß kaum, wohin mit mir. Manchmal lauert alles zu dicht unter der Oberfläche.

»Weil doch das Davor auch zu mir gehört. Ganz besonders das. Oder nicht?« Fragend schaut sie mich an, unsere Blicke verfangen sich und ich würde sie gerne in den Arm nehmen, so wie früher. Und ich würde sie gerne beschützen. Aber ich konnte mich ja nicht mal selbst beschützen.

Und ich denke: Was, wenn dir nicht gefällt, was du da siehst? In der Vergangenheit. Wenn du erst die Chance auf Leichtigkeit aufgegeben hast? Unwissenheit kann ein Segen sein …

Doch das spreche ich nicht aus.

»Weil wir im Davor Freunde waren«, fügt sie an, doch ich gehe nicht darauf ein. »Wer … wer ist jetzt dein Freund, Sam?«

Beinahe hätte ich aufgelacht, wäre aufgesprungen und hätte sie rausgeworfen. Sie legt ihre Finger in Wunden, ohne es zu merken, und drückt zu.

»Philipp. Ich kenne ihn seit einigen Monaten. Er ist nett, spielt ab und an mit mir am PC.« Ich erzähle ihr nicht, dass ich Philipp nie persönlich begegnet bin und ihn über ein Online-Game getroffen habe. Dass er am anderen Ende Deutschlands lebt und mit Sicherheit nicht richtig als »guter Freund« gewertet werden kann. Dafür reden wir zu selten und zu wenig.

Stattdessen konzentriere ich mich erneut auf die Liste und unterbreche Norah, die etwas auf meine Antwort erwidern möchte. »Vielleicht sollten wir Kategorien aufstellen? Oder die Begriffe anders aufdröseln. Die Liste sollte für den Anfang übersichtlich bleiben und einen Rahmen bilden für alle weiteren Dinge, die du danach ausprobieren möchtest.« Ich lasse das Blatt sinken. »Dir ist klar, dass dir das hier nichts über das verraten wird, was war, oder? Das Ergebnis wird dir nicht erzählen, wie es vor dem Unfall war, nur, was jetzt ist.«

»Ich weiß.« Sie zieht eine Grimasse und nickt. »Ich habe es meiner Familie gesagt, sie haben erstaunlich gelassen reagiert. Ich hoffe, sie erzählen mir, was ich vorher mochte und was nicht. Was ich gernhatte und was nicht. Und du ebenso.«

Bei Gott, wenn ich es vermeiden kann, werde ich es nicht tun.

»Na dann. Her mit dem Stift. Legen wir los.«

14

Norah

Justin Jesso – Getting Closer (Acoustic)

Norahs Ausprobierliste steht nun fein säuberlich auf einem neuen Blatt Papier, nachdem das alte mit unseren Stichpunkten und Gedanken vollgekritzelt war. Sams Schrift ist viel schöner als meine, deshalb habe ich ihm das Schreiben ohne Gegenwehr überlassen.

»Fertig?«, fragt Sam mich nachdenklich und je öfter er mich so betrachtet, wie er es gerade tut, still und sanft und irgendwie ganz anders als Jonas, umso mehr genieße ich es. Dann kribbelt es in meiner Magengegend und ein Gefühl von Aufregung und zugleich von Geborgenheit durchströmt mich. Bei Sam … Nicht bei meinem Freund.

Denn Jonas schreibt mir nicht. Ich schreibe ihm nicht. Er hat nicht auf meine Frage geantwortet, warum er nicht ins Krankenhaus kam, warum er mich nicht besucht hat.

Sind wir überhaupt noch ein Paar?

»Norah?« Sam reißt mich aus meinen Gedanken und ich zucke leicht zusammen.

»Ja. Ja, entschuldige. Ich denke, wir sind fertig. Mir fällt nichts mehr ein. Dir?«

Doch er schüttelt den Kopf. »Nein, nicht, wenn wir wollen, dass die Liste übersichtlich bleibt. Die Feinheiten kannst du danach immer noch für dich herausfinden.«

Das ist der Plan. Erst einmal brauche ich eine grobe Richtung, eine Orientierung. Oder wie Lu sagen würde: Irgendwo muss man ja anfangen. Ich lächle. Meine Schwester hatte schon immer einen sehr ausgeprägten Tatendrang.

»Übrigens würde Lu uns gerne helfen. Ist das okay?«

»Klar. Möchtest du sie denn dabeihaben?«

»Warum nicht?« Ich zucke mit den Schultern. »Nicht bei allem, aber bei manchen Dingen«, murmle ich und Sam nickt.

»Gut. Dann machen wir es so. Hier, die Liste.« Er reicht mir das Papier und ich überfliege die Punkte, die wir seit geschlagenen zwei Stunden besprechen und diskutieren.

Bei einigen davon sind wir vollkommen abgedriftet und haben uns an lustige Momente erinnert, manchmal kamen seltsame Fragen auf. So wie bei Punkt vier: *Im See schwimmen.*

»Kann ich schwimmen?«

»Natürlich kannst du das. Wir waren schon oft schwimmen. Hast du das vergessen?«

»Nein. Nur macht mich diese Vergessenssache ganz verrückt. Ich fange an, an meinen Erinnerungen zu zweifeln. Alles ist so unsicher. Ich meine, was passiert, wenn mir Pommes nicht schmecken?«

Die sind ganz nebenbei Punkt zwei auf der Liste. Doch Sam hat mich nur ausgelacht. Es war ein unaufgeregtes, tiefes Lachen. Ansteckend und echt.

»Wenn du Pommes nicht mehr magst, zweifle ich an allem, woran ich bisher geglaubt habe. Wir reden hier immerhin von Pommes. Jeder mag Pommes.«

»Bloß keinen Druck aufbauen.«

Noch ein Lachen. Es tut gut, ihn lachen zu sehen.

Mein Blick gleitet über Sams schön geschwungene und klare Handschrift. Wie Sam gesagt hat, die Liste ist erst der Anfang, ein kleiner noch dazu, und sie besteht aus einer Mischung aus Fragen, Sätzen oder einfach nur einem Wort.

Daneben notieren wir, ob ich die Dinge mochte oder eher nicht, und haben Platz für weitere Anmerkungen. Gerade im Bereich Film und Musik werden wir sie brauchen, das war uns beiden gleich zu Beginn klar. Genauso wie bei Büchern.

»Mag ich Bücher?«

»Du hast früher viel gelesen, aber eigentlich nur Mangas«, erklärte mir Sam.

»Wieso habe ich keine in meinem Zimmer?« Ich habe kein einziges Buch darin gesehen, keinen Manga oder sonst was. Höchstens eine Zeitschrift.

»Du hast sie alle der Schulbibliothek geschenkt, weil du sie nicht mehr wolltest. Ich habe beobachtet, wie du sie der Bibliothekarin überreicht hast, als ich dabei war, mir ein paar Bücher auszuleihen.«

»Wirklich?« Sam nickte nur. »Schreib Mangas dahinter«, forderte ich ihn auf und zeigte auf den Punkt neben den Büchern.

Die Vielfalt in diesen Bereichen ist so groß, dass wir zuerst nicht wussten, wie wir das Ganze angehen sollten. Bis wir beschlossen haben: Wir machen eine kleine Auswahl, um grundsätzlich ein paar Sachen festzustellen. Lese ich immer noch gerne Mangas oder auch Romane? Ich habe fast nur Zeitschriften und Magazine im Regal. Bin ich ein Film- oder ein Serientyp? Welche Genres und Themen mag ich?

Norahs Ausprobierliste	Ja oder nein? Bedingungen, Ergänzungen, Gedanken
1. Pizza mit mehr als nur Käse – mit Pilzen, Paprika, Zwiebeln, Peperoni	
2. Pommes (mit oder ohne Soße?)	
3. Röcke vs. Hosen	
4. Im See schwimmen gehen	
5. Musik – Tops und Flops?	
6. Fahrrad fahren	
7. Zelten	
8. Süß oder salzig?	
9. Duschen oder baden?	
10. Lieblingsdüfte und -farben	
11. Gesellschaftsspiele oder Gaming?	
12. Bücher lesen (jedes Genre/besonders Mangas)	
13. Sport ist Mord?	
14. Filmmarathon	
15. Macht joggen Spaß?	
16. Fotografieren?	

»Sieht gut aus, oder?«, unterbricht Sam meinen Gedankengang und ich hebe den Blick.

»Auf jeden Fall, aber ... Ist es komisch, dass ich nervös bin? Ich meine, es gibt kein Richtig oder Falsch bei dieser Liste, trotzdem ist da dieses Gefühl in mir, das ich nicht erklären kann.« Seufzend kräusle ich die Lippen. Ausgesprochen hört sich das wirklich bescheuert an. Manchmal ergeben Dinge nur Sinn, wenn man sie nicht in Worte packt.

»Nein, ich wäre es wohl auch.« Sam kratzt sich kurz am Kopf und dabei verrutscht sein Ärmel ein wenig. Darunter blitzt etwas hervor, etwas Dunkles.

Ich verenge die Augen zu Schlitzen und greife automatisch nach seiner Hand, nehme sie in meine und drehe das Gelenk.

»Hast du ein Tattoo?« Ich glaube nicht, dass ich es kenne.

Schnell und heftig entzieht Sam sich mir. Der Pulli wandert wieder über das Handgelenk. »Ja.«

»Hast du es schon lange? Ich meine, hab ich das schon mal gesehen? Bedeutet es etwas?« So viele Fragen sprudeln aus mir heraus wie aus einem zu vollen Glas und ich kann es nicht verhindern. Sam hat ein Tattoo. Ich habe immer gedacht, er mag so etwas nicht.

»Hab es mir letztes Jahr stechen lassen, ist nichts Besonderes.«

Ich bin zwar neugierig, aber bemerke, dass für Sam das Thema beendet ist. Er weicht mir aus und seine Züge wirken verkniffen. Ein Schatten fällt auf sein Gesicht, sein Blick senkt sich. Vielleicht bereut er das Tattoo und will deshalb nicht darüber reden. Oder vielleicht geht es mich auch einfach nichts an.

»Entschuldige. Ich wollte dir nicht zu nahe treten«, murmle ich, weil ich mich schlecht fühle. Weil es mir wirklich leidtut.

Sam antwortet nicht.

»Ich sollte gehen. Es ist schon spät.«

Ist es nicht. Nur denke ich, für heute hat Sam genug von mir. Entschlossen erhebe ich mich mit der Liste in der Hand, schnappe mir meinen Rucksack und verharre einen Moment an Ort und Stelle. Bis Sam es mir gleichtut und wir uns gegenüberstehen. Ich möchte Sam nicht wehtun und ihn nicht traurig sehen, selbst wenn ich nicht genau ergründen kann, wieso mir das so wichtig ist. Wieso dieses Gefühl so stark ist.

»Ich will nicht darüber reden«, murmelt Sam und eine leichte Röte zieht sich über seine Wangen.

»Schon okay.« Ich lächle. Und ich bin erleichtert, als er es auch tut. Schüchtern und langsam, aber er tut es.

»Womit wirst du anfangen? Direkt mit Punkt eins?«, fragt er plötzlich und deutet auf die Liste.

»Oh, ähm.« Ich werfe einen erneuten Blick darauf. »Vielleicht mit meinem Kleiderschrank. Heute Abend würde es sich anbieten, meine Sachen anzuprobieren und zu schauen, was ich mag und was nicht. Das schaffe ich allein.«

»Du hast früher immer nur Hosen getragen«, flüstert Sam. »Manchmal ein Sommerkleid, aber nie Röcke. Besonders keine kurzen. Die waren dir zu unpraktisch. Das hat sich vor ein paar Jahren geändert.«

Er hat mir etwas über mich verraten. Von allein, ohne dass ich fragen oder nachbohren musste. Sein Blick aus graublauen Augen, wie ein Sturm auf offener See, liegt auf mir und sorgt dafür, dass mein Atem stockt, bevor er sich beschleunigt. Ich glaube, das ist nicht alles. Da liegt etwas zwischen den Zeilen, das ich nicht zu fassen kriege, das mir wieder und wieder durch die Finger rutscht. Es ist ein Puzzleteil, das noch nicht passt, weil zu viele fehlen.

Zumindest fühlt es sich danach an. Oder ich verliere vollkommen den Verstand.

Ich blinzle ein paarmal, schlucke schwer.

»Okay. Danke. Ich schaue mal, wie es nachher sein wird.«

Wir stehen immer noch voreinander wie zwei Fremde, die sich nicht fremd genug sind …

»Wollen wir morgen einen der anderen Punkte abhaken?«

Sams Ausdruck wird weicher. »Welchen denn?«

»Den See?«

Verdutzt schaut er mich an, seine Augen werden immer größer, seine Brauen wandern nach oben, bevor er kurz raussieht und danach wieder zu mir.

»Es ist März. Es ist arschkalt.« Allein der Gedanke daran scheint ihn frösteln zu lassen.

»Das stimmt, aber ich warte nicht bis zum Sommer. So ein bisschen kaltes Wasser wird uns nicht umbringen.«

Nur zu deutlich kann ich erkennen, wie er mit sich ringt. Er wiegt den Kopf hin und her, legt die Stirn in Falten und zieht die Nase ein paar Sekunden kraus.

Doch schließlich seufzt er. »Na schön. Wenn ich erfriere, bist du schuld. Ich kann nicht glauben, dass ich das mache ...« Die letzten Worte nuschelt er, während er zum Tisch geht und nach seinem Handy greift.

»Was hast du vor?«

»Ich sehe nach, wie sehr ich morgen frieren werde.« Er lacht, dann flucht er. »Kein Regen, nur leicht bewölkt. Aber ... Elf Grad. Verfluchte elf Grad. Weißt du, wie kalt das Wasser sein wird?«

Ich lächle verzweifelt. »Elf Grad sind für März ganz okay. Vielleicht wird es ja wärmer.« Doch meine Überzeugungskunst lässt zu wünschen übrig. Denn er zeigt sich kein bisschen begeistert. »Sieh es als Abenteuer.«

»Ich hol dich ab. Nach der Schule. Gegen drei«, grummelt er und packt das Handy weg, schiebt es zurück auf den Tisch. Vor lauter Freude springe ich ihm jubelnd um den Hals und umarme ihn fest.

Das überrumpelt uns beide.

Meine Hände liegen auf Sams Schultern, sein Duft strömt in meine Nase und seine Wärme legt sich um mich – genau wie seine Arme das nach einem Moment des Zögerns tun. Das wohlige Gefühl in mir breitet sich in meinem ganzen Körper aus und die Stellen, an denen ich Sam berühre und er mich, kribbeln ungewohnt. Es ist ein angenehmes Kribbeln. Ein aufregendes.

Ich will nicht, dass es endet.

»Mir ist kalt, Nor. Lass uns heimgehen.«

»Ist der Wald nicht schön im Winter?«

»Ja. Schnee ist toll«, brummt er und ich schnaube enttäuscht.

»*Du gibst dir ja nicht mal Mühe, so zu tun, als wärst du begeistert! Dabei freue ich mich so. Das ist der erste Schnee seit zwei Jahren.*«

Dicke Flocken fallen seit gestern Abend vom Himmel und haben alles in Weiß getaucht. Wir sind bis zum Waldrand gelaufen, weil es dort am schönsten ist. Der Schnee hängt von den Tannen und knirscht unter den Füßen.

»*Ich bin begeistert.*« *Sam bibbert. Der Winter ist einfach nicht seine Jahreszeit. Meine auch nicht, es ist eindeutig zu kalt. Trotzdem liebe ich Schnee und den gibt es eben nicht ohne die Kälte.*

Lachend hüpfe ich durch den Schnee auf ihn zu, springe in seine Arme und drücke ihn.

»*Wa…as t…tust d…du da?*« *Er versteift sich für einen Moment.*

»*Dich aufwärmen, du Idiot.*«

Ich keuche leise. So schnell die Bilder gekommen sind, so schnell sind sie wieder verschwunden. Sam und ich, ich glaube, wir waren elf oder zwölf Jahre alt.

Was ist da nur passiert, Sam? Wie konnten wir uns verlieren?

Die Augen schließend, lasse ich mein Kinn an Sams Brust ruhen und lehne meinen Kopf leicht gegen seine Wange und Schläfe. Er ist nicht viel größer als ich, sein Körper ist nicht breit oder schwer und so einnehmend wie der von Jonas. Er ist kleiner, schmaler, unauffälliger, aber deshalb nicht weniger gut oder wert.

Er erdrückt mich nicht, er ergänzt mich.

Das ist verrückt. Das ist …

Unwillkürlich halte ich ihn fester, atme tief ein, spüre, wie Sams

Finger über meinen Rücken wandern, und höre seinen lauten Atem an meinem Ohr, der ein Lied komponiert zusammen mit meinem wild klopfenden Herzen.

Wie in Zeitlupe drehe ich mein Gesicht zu ihm, gehe ein wenig auf Abstand, ohne ihn loszulassen, und auf einmal finden wir uns Nasenspitze an Nasenspitze wieder.

»Also ... ich ... ich sollte ... du solltest ...«, stottert Sam leise und bringt mich damit zum Lächeln. Seine Stimme ist rau, etwas brüchig, und seine Worte wollen keinen Satz bilden.

»Danke, dass du da bist«, flüstere ich ihm zu und schaue ihn einfach nur an. Sein freundliches Gesicht, seine großen Augen und die Sommersprossen auf der Nase, seine unscheinbaren Lippen, die leicht zittern, wenn er stottert – so wie eben.

Als hätte er sich verbrannt, lässt er mich los, lässt von mir ab und räuspert sich. »Komm, ich bringe dich zur Tür.«

Und irgendwie ist der Sam der letzten Stunden plötzlich fort.

15

Sam

Lauren Daigle – You Say

Norah ist gegangen. Sie ist jetzt weg.

Ich gehe wieder hoch, bevor ich irgendjemandem begegne oder mich jemand ruft. Hechte die Treppen hinauf und schließe meine Zimmertür. Mein Atem überschlägt sich. Wegen Tausender Dinge. Ich kann nicht klar denken. Mein Kopf ist leer. Meine Gedanken aber so viele. Ist das überhaupt möglich? Nein, es ergibt keinen Sinn.

Ich gleite mit dem Rücken an der Tür hinab, bis ich wieder Boden unter mir habe. Irgendeinen Halt. Alles dreht sich.

Ich schiebe den Pulli zurück. Das Tattoo verdeckt die Narbe ganz gut, aber ich werde immer wissen, dass sie da ist. Immer. Der Fürsorge meiner Eltern und der Therapie danach habe ich es zu verdanken, dass ich sie ansehen kann, ohne durchzudrehen. Und mir nicht mehr wünsche, es hätte funktioniert.

Wenn ich an diesen Tag zurückdenke, ist es, als würde ich das Leben eines anderen betrachten. Als würde ich durch diese verrückten Dinger gucken, bei denen sich Muster bilden und Bilder verzerren und vieles mit Glitzer bestreut ist. Ich glaube, man nennt sie Kaleidoskop.

Es ist nicht mehr so allumfassend, wie es war. Trotzdem erinnere ich mich deutlich an das Gesicht meiner Eltern, als ich im Krankenhaus aufwachte. Das Erste, was ich mich gefragt habe, war nicht, warum ich es überlebt habe, sondern ob meine Mutter es schon geschafft hat, das Blut von den weißen Fliesen zu wischen und aus den alten champagnerfarbenen Badvorlegern zu bekommen. Zuerst hat meine Mutter geweint und mein Vater getobt, dann weinte er und sie tobte.

Und ich lag nur da.

Das Leben ist schon verrückt, dachte ich. *Manche Menschen dürfen nicht glücklich sein, aber sterben dürfen sie auch nicht.*

Ich habe es nie wieder versucht, aber ich habe daran gedacht. Es wäre gelogen zu behaupten, dass man das mal probiert und sich danach alle Probleme in Luft auflösen. Dass man sich danach gelassen sagt: »Hat nicht geklappt, dann mache ich halt weiter.« Oder dass es danach weitergehen kann, als hätte es diese atomare Katastrophe nicht in deinem Leben gegeben. Danach kann alles schlimm sein, der erste Moment oder das ganze Leben. Es ist immer furchtbar, nur ist es eben bei jedem anders furchtbar.

Das Aufwachen war für mich damals nicht schlimm. Es nicht geschafft zu haben auch nicht und das überraschte mich. Nein, am schlimmsten war für mich die Angst vor zwei Dingen: vor dem nächsten Tag und dem darauf und dem darauf und vor den ganzen Vorwürfen, die man mir mit Sicherheit machen würde. Vor all den

Sätzen, deren Worte wie Kugeln aus einer Pistole auf den Körper treffen und dabei deine Organe zerfetzen. Die dich verletzen, aber nicht erlösen. Doch die Vorwürfe kamen nicht. Nur eine Frage, die über zwei Jahre während der Therapie und auch danach aufkam, existierte: Warum?

Warum wolltest du das? Warum hast du es getan? Warum gab es keinen anderen Weg? Warum ist dein Leben so schlimm?

Und nach diesem Warum stand irgendwann die Frage nach dem Wer im Raum. Mein Therapeut kam darauf, meine Eltern zum Glück nicht. *Gab es jemanden, der dich dazu verleitet hat? Wer macht dein Leben unerträglich? Wer und warum?*

Wer und warum … Ich denke an diese Zeit zurück, an der das alles mich erdrückte, und auf einmal ist es nicht mehr vorbei und weit entfernt, sondern wieder ganz nah. Auf einmal sind die Schmerzen zurück.

Ich fange an zu weinen. Ich weine, weine, weine – wie ein kleiner Junge. Wie der Junge, der ich einmal war. Wie der Sam, der seine Norah verloren hat und damit sein altes Leben. So als wäre es gerade erst passiert. Vielleicht weint auch der Sam von morgen, der bereits weiß, dass es wieder passieren wird.

Es tut weh.

Wir waren Freunde. Wir waren gute Freunde.

Aber Norah war mehr für mich.

Sie ist es jetzt immer noch – und sie ist es irgendwie nicht. Weil ich gefangen bin zwischen dem Wunsch, ihr alles zu erzählen, ihr zu sagen, dass das, was sie tut, nicht fair ist, und das, was sie getan hat, noch weniger, und dem Wunsch, sie anzuflehen, die Vergangenheit zu vergessen. Weil sie zu schmerzhaft ist.

Ich schluchze und will damit aufhören, nur geht es nicht.

Alte Wunden brechen auf und ich wünschte, ich könnte sie mir rausreißen. So funktioniert das aber nicht. So hat es nie funktioniert. Nicht das Leben und noch viel weniger die Liebe …

Also weine ich.

Was bleibt sonst schon übrig?

16

Norah

Ray Dalton – In My Bones

Es ist Nachmittag, als ich wieder zu Hause ankomme.

Die Stunden bei Sam waren schön, dennoch anstrengend, genau wie der Hin- und Rückweg. Trotzdem ist es mir gut bekommen, auch wenn ich jetzt nichts lieber tun würde, als ins Bett zu gehen. Mein Körper fleht mich an, genau das zu machen, doch in mir sind Aufregung, Neugierde und Ehrgeiz zusammen mit dieser Liste und meinem Vorhaben, mich selbst wiederzufinden, zu einem berauschenden Gemisch geworden, das mich wach hält.

Keine neuen Nachrichten. Weder von meinen Freunden noch von meinem festen Freund.

Ist es schlimm, dass mir das egal ist?

Ich muss an Sam denken. An die Art, wie er mich angesehen hat, wie er meine Umarmung erwidert hat, die ich kein bisschen geplant hatte, und an diese eine Erinnerung.

Sie kommen immer unerwartet und überrollen mich. Wenn ich ehrlich bin, versuche ich, seit ich im Krankenhaus aufgewacht bin, zu verdrängen und zu vergessen, dass sich da mehr im Dunkeln verstecken könnte, als ich wahrhaben möchte. Dass da mehr Erinnerungen verborgen liegen, die ich nicht mehr kenne.

Ich schiebe es weg, weil es mir Angst macht.

Energisch den Kopf schüttelnd, lenke ich meine Gedanken in eine andere Richtung. Und zwar auf mein Ziel für heute, das direkt vor mir steht: der Kleiderschrank.

Ich möchte zumindest einen Punkt auf der Liste schon erledigen. Das wird mir das Gefühl geben, ein Stück von mir selbst zurückzubekommen, und dieses Erfolgserlebnis habe ich bitter nötig.

»Na, dann wollen wir mal«, murmle ich zu mir selbst und ziehe die ersten Klamotten heraus, um sie auf mein Bett zu schmeißen. Hm. So chaotisch wie es da drin aussah, dachte ich, es wären mehr. Aber es war wirklich einfach nur unordentlich. Jetzt liegt alles so durcheinander auf dem Bett wie zuvor in den Fächern und Schubladen.

Moment. Da oben ist doch noch etwas. Die Augen zusammenkneifend, fixiere ich das oberste Regalfach. Es ist superschmal, aber dort lugt etwas Stoff hervor. Graublauer. Nur leider bin ich zu klein, um dranzukommen. Mich in meinem Zimmer umschauend, entdecke ich nichts, das mir dabei helfen könnte. Nur meinen Schreibtischstuhl. Der mit den Rollen. Allein der Gedanke daran lässt eine Stimme in mir laut werden, dass das eine ganz bescheuerte Idee ist. Mal ehrlich, was soll schon groß passieren?

Deswegen rolle ich ihn herüber, direkt vor den Schrank, und steige etwas wackelig darauf. Ich habe ja nicht vor, eine Ewigkeit auf dem Ding zu verbringen, sondern nur kurz zu schauen, was sich da oben versteckt hat.

Langsam und vorsichtig richte ich mich aus der Hocke auf, stelle mich aufrecht hin und halte mich an der Lehne fest, während ich in das Fach spähe und hineingreife. Etwas fühlt sich weich an, ist aber aus dickem und definitiv keinem leichten Stoff. Ein Pullover? Mit zusammengezogenen Augenbrauen zerre ich daran, doch irgendetwas hängt fest. Ich rucke stärker daran, mit beiden Händen, und vergesse dabei, mich am Stuhl oder Schrank festzuhalten, um das Gleichgewicht nicht zu verlieren. Als der Stoff sich von der Stelle löst, an der er hing, bewegen sich die Rollen durch die Verlagerung meines Gewichts, ich schwanke und rutsche samt Stuhl weg. Mit einem lauten Schrei knalle ich auf den Boden auf, weil ich mich nicht rechtzeitig abfangen kann. Direkt auf das Steißbein. Verdammt, tut das weh! Leise stöhnend bleibe ich einen Moment vor dem Schrank und dem Stuhl aus der Hölle sitzen und warte, bis der leichte Schwindel nachgelassen hat. Der Ruck war wohl nicht das Beste für meinen Kopf.

Wenigstens habe ich dieses dämliche Teil aus dem Fach ziehen können. Der Pullover liegt unter meiner linken Hand auf dem Boden. Der Rand der Kapuze ist schon ein wenig ausgefranst und ein langer Faden geht daraus hervor. Vermutlich ist der irgendwo hängen geblieben.

Ich kenne den Pulli. Begeistert hebe ich ihn vor mein Gesicht. Eine alte verwaschene Mickey-Mouse-Zeichnung ist darauf abgebildet. Mein Lieblingspulli.

Ich lächle.

»Oh mein Gott, Norah! Ist alles okay?« Meine Mutter schreit beinahe und ich zucke erschrocken zusammen, als sie die Tür aufreißt und in mein Zimmer stürmt. Mit Lu im Schlepptau.

»Es hat furchtbar laut gerumst«, fügt meine Schwester vorwurfsvoll hinzu. Sie entdeckt mich auf dem Boden und verschränkt die Arme vor der Brust. »Was machst du da?«

Mom ist längst bei mir, nimmt mein Gesicht fürsorglich in die Hände und mustert mich.

»Es geht mir gut.«

Sie atmet erleichtert auf, torkelt ein, zwei Schritte zurück und lässt sich aufs Bett fallen, zwischen all meine Klamotten.

»Hast du eine Ahnung, wie sehr wir uns erschrocken haben?«, flüstert sie und schiebt sich zittrig ein paar Strähnen aus der Stirn.

»Mama wollte mir gerade ein Brot machen, da hat die Decke gewackelt.«

»Entschuldigung. Ich wollte euch keine Sorgen bereiten.«

Dass ich auf den Drehstuhl geklettert bin mit einem nicht ganz verheilten Loch im Kopf, verschweige ich lieber. Jetzt, wo ich so darüber nachdenke, klingt es noch bescheuerter als in der Sekunde, in der ich mich dazu entschlossen habe.

Mom atmet ein paarmal tief durch, bevor sie sich umsieht. »Was machst du da? Räumst du deinen Schrank aus?«

Nickend hebe ich den Pulli hoch. »Ja. Und schau mal, was ich gefunden habe.«

Zuerst schüttelt sie lächelnd den Kopf, dann fängt sie an zu lachen und nimmt mir den Pullover aus der Hand. »Den habe ich ewig nicht gesehen! Bestimmt drei Jahre, wenn nicht sogar vier. Früher musste ich das Ding alle zwei Tage waschen. Besonders im Winter, da hast du sogar darin geschlafen. Ich hab ihn gehasst.«

»Da ist ja Mickey Mouse drauf! Wie cool«, sagt Lu, kommt näher und setzt sich zu Mom aufs Bett.

»Ja. Dein Vater hat ihn deiner Schwester gekauft, als sie ungefähr neun war.« Während sie nachdenkt, legt sie die Stirn in Falten, zuckt dann aber nur mit den Schultern. So genau weiß ich es auch nicht mehr. »Ja, das kommt hin. Wir wollten ins *Disneyland* fahren, doch das hat nicht geklappt. Die Wehen haben nämlich etwas zu früh eingesetzt.«

Lus Augen weiten sich. »Wegen mir konnte Norah nicht zu Mickey Mouse?«, fragt meine Schwester entsetzt und traurig zugleich und das bringt mich zum Lachen.

»Das war schon okay. Wir haben uns alle auf dich gefreut«, beruhigt Mom sie und gibt ihr einen Kuss auf die Stirn.

»Das stimmt.«

»Du auch?« Lu mustert mich erstaunt.

»Ja, ich denke schon.« Ich verziehe die Lippen. »Ich weiß es nicht mehr«, gebe ich dann leiser zu und Lu nickt verständnisvoll. »Aber ich freue mich jetzt, dass du da bist.«

Und das zaubert meiner Schwester das schönste Lächeln ins Gesicht, das ich je gesehen habe. Das Leuchten in ihren Augen ist wundervoll.

Sie kuschelt sich an Mom und kichert.

Mom mustert den Pulli erneut. »Irgendwann hast du ihn nicht

mehr getragen. Du bist rausgewachsen. Aber du hast ihn immer auf deinem Bett liegen gehabt wie ein Maskottchen. Und eines Tages ... ist er nicht mehr da gewesen. Du hast ihn irgendwo verstaut.«

Wehmut klingt in ihrer Stimme mit und ich spüre sie in jeder Faser meines Körpers. Wenn ich nur wüsste, warum.

»Er war ganz oben im Schrank versteckt«, bringe ich hervor.

»Verstehe.« Sie lässt ihn sinken, legt ihn neben sich und betrachtet das Chaos auf dem Bett. »Und was genau war dein Plan?«

»Sieht aus, als hätte eine Bombe eingeschlagen«, bemerkt Lu tadelnd. Mom sagt das immer zu mir, wenn es Zeit ist aufzuräumen. Lu muss sich das nie anhören. Sie liebt es, Ordnung zu halten.

»Ich wollte ... Es ist so, dass ...«

Seufzend und ächzend stehe ich auf. Gott, tut mein Hintern weh! Das Steißbein ist bestimmt geprellt. Meine Füße tragen mich zu meinem Rucksack, in dem immer noch gut verwahrt die Liste liegt, die ich nun herausziehe und meiner Mutter in die Hand drücke.

»Sam und ich haben diese Liste geschrieben. Ich würde gerne alle Sachen ausprobieren und herausfinden, ob ich sie mag oder nicht. Und warum. Der Kleiderschrank gehört dazu.«

»Und ich darf helfen«, fügt Lu stolz an, was meiner Mutter einen erstaunten Ton entlockt.

»Wirklich?« Irgendwie nachdenklich studiert sie mein Gesicht.

Ich nicke.

»Du probierst jetzt alles an und guckst, ob es dir gefällt?«, fragt Lu.

»Nicht alles. Aber die meisten Sachen. Zumindest war das der Plan.«

»Die Liste ist … interessant.«

»Ein erster Versuch, etwas Ordnung zu schaffen«, gebe ich zu. »Morgen holt Sam mich nach der Schule ab. Wir fahren zum See.«

Der Kopf meiner Mutter ruckt hoch. »Nein.«

Das Wort klingt, als wäre es in Stein gemeißelt, während meine Schwester darum bittet, mitkommen zu dürfen. Ich denke, die Antwort ist dieselbe.

Flehend schaue ich Mom an. »Lass mich nicht betteln. Ich muss das tun.«

»Der See liegt eine halbe Stunde von hier entfernt und es ist nicht mal Frühling, Norah. Du bist gerade erst aus dem Krankenhaus entlassen worden. Nach einem schweren Unfall und einer Operation.« Ihre Stimme bricht, sie räuspert sich. »Ich kann das nicht erlauben.«

»Ich werde gehen, Mom. Ich muss.«

Wenn ich doch nur erklären könnte, wie sehr. Ich kann nicht auf den Sommer warten oder den richtigen Moment. Ich muss jetzt anfangen, mich wieder zusammenzusetzen, weil ich Angst habe, dass ich es sonst gar nicht mehr schaffe. Und ich hoffe, dass meine Mom das in meinem Gesicht erkennt. Ich sehe, wie sie zwischen ihren Sorgen und dem Wunsch, mir meinen zu erfüllen, schwankt.

»Sam ist dabei. Es wird nichts passieren.«

»Du könntest krank werden. Dir eine Lungenentzündung holen oder Schlimmeres.«

»Vielleicht. Aber ich werde nicht ewig im See sein.«

»Nein, das wirst du nicht. Du wirst dir ein dickes Handtuch mitnehmen und frische, sehr warme Klamotten samt Mütze für deine nassen Haare. Und bevor du gehst, wirst du eine heiße Zitrone trinken und viel schlafen. Du wirst da hinfahren, in den See springen, wieder rausstürmen und dich gut abtrocknen und sofort heimkommen, um heiß zu duschen. Verstanden?« Sie klingt wie ein Drill-Sergeant, trotzdem zupft ein Grinsen an meinen Lippen.

»Duschen oder baden«, ergänze ich. »Passt sogar sehr gut zu meiner Liste.«

»Werd nicht übermütig, Fräulein!«

»Genau. Solange du unter Papas Tisch bist, musst du nett sein.«

Wir lachen, weil Lu den Spruch vollkommen falsch wiedergegeben hat und wir sie dabei so wenig ernst nehmen wie Dad, wenn er das sagt. Dann schließe ich die Lücke zwischen meiner Mutter und mir und nehme sie in den Arm.

»Danke, Mama.«

»Ich mache mir nur Sorgen.«

»Ich weiß.« Fühlt sich gut an, dass da jemand ist, der sich um einen sorgt. Der an einen denkt.

»Also darf ich nicht mit?«

»Nein. Es reicht, wenn eines meiner Kinder tut, was es will.« Lu schmollt. »Komm, wir lassen deine Schwester jetzt wieder allein und machen dir dein Brot.«

Lu ist schon dabei, vom Bett zu rutschen, als sich meine Lippen teilen und die Worte beinahe von selbst meinen Mund verlassen. »Wollt ihr hierbleiben?«

Beide sehen mich an, als wäre ich ein sechsäugiges grünes Monster.

»Ihr könntet mir helfen zu entscheiden, was im Schrank bleiben soll und was nicht. Und mir sagen, was ich gern getragen habe«, füge ich nun ein wenig unsicherer an.

Sofort klatscht Lu in die Hände und freut sich. »Eine Modenschau. Juhu!«

»Okay. Dann ... dann schnappen wir uns Lus Abendbrot und kommen wieder her?« Es ist eine Frage und ich lächle.

»Das wäre schön.«

Meine Schwester hüpft freudig aus dem Zimmer, Mom hinterher, und während sie runtergehen, um das Essen zu holen, lege ich meinen früheren Lieblingspullover zusammen und danach auf meinem Kopfkissen ab. Da wird er vorerst bleiben, beschließe ich. Ich werde ihn nicht wieder in den Schrank verbannen. Gute Dinge und Erinnerungen sollte man nicht verschließen, oder?

Anschließend schiebe ich den Stuhl zurück an den Schreibtisch und widme mich den verschiedenen chaotischen Stapeln Wäsche. Die Hosen, egal ob Jeans, Shorts oder Hotpants, landen auf einem Haufen auf dem Teppich. Daneben entsteht je ein Hügel mit Kleidern und Röcken. Jetzt ist etwas mehr Platz auf dem Bett für Mom und Lu.

Ich bin gerade damit fertig geworden, alles zu sortieren, als die beiden zurückkommen. Mom trägt eine Tasse Tee, nein, zwei Tassen. Sie drückt mir eine davon in die Hand. Das Getränk duftet köstlich nach roten Früchten und ich bedanke mich, dass sie an mich gedacht hat. Lu balanciert gerade einen Teller mit belegten Broten und einem geschnittenen Apfel, den Mom kurz für sie hält, damit sie aufs Bett klettern und sich richtig hinsetzen kann. Während Mom ihr den Teller zurückgibt und selbst Platz nimmt, stelle ich meine Tasse auf den Nachttisch.

»So, womit fangen wir an?«, fragt sie und pustet, um ihren Tee abzukühlen.

»Mit dem Zeug auf dem Boden.« Ich zeige entschlossen auf einen der Stapel.

»Legen wir los!«, nuschelt Lu, die schon in ihr Brot gebissen hat.

Und das tue ich.

Es macht mehr Spaß als erwartet und es ist kein Problem, mich vor meiner Mom und meiner Schwester umzuziehen. Mindestens zwei Jeans passen nicht mehr, waren zu kurz oder zu eng. Ein Kleid gefiel mir nicht und eine Shorts hat leider einen Fleck, den man laut Mom wohl nicht mehr rausbekommt.

Gerade stehe ich vor dem Spiegel und hebe mein Top ein Stück nach oben, um den Saum des Rockes besser betrachten zu können. Es ist ein enger schwarzer Rock mit hohem Bund. Ein sehr enger, sehr kurzer Rock.

»Hm.« Ich drehe und wende mich und irgendwie ... bin ich nicht zufrieden.

»Ich finde ihn schön«, sagt Lu.

»Ja, das ist er«, stimme ich murmelnd zu.

»Er steht dir, auch wenn ich denke, dass er etwas knapp ist. Aber die Hauptsache ist, dass du dich wohlfühlst. Man sollte nie etwas tragen, in dem man sich nicht wohlfühlt.« Mom betont das beinahe inbrünstig.

»Geht das denn? Kann man etwas schön und trotzdem doof finden?« Lu sieht Mom nachdenklich und irgendwie skeptisch an.

»Manchmal. Man findet es ja nicht doof, sondern man fühlt sich nicht wohl. Das ist ein Unterschied, mein Schatz. Norah kann dieser Rock gefallen und sie kann ihn mögen, aber sie würde ihn vermutlich nie oder nur selten tragen, wenn sie sich nicht gut darin fühlt. Wohlbefinden bedeutet, dass einem etwas guttut, und man kann zuweilen gar nicht erklären, warum. Etwas fühlt sich einfach richtig an. Es ist nicht so leicht zu erklären.«

»Darüber muss ich nachdenken.«

»Tu das«, erwidert Mom lächelnd. Daraufhin mache ich das Gleiche wie Lu. Ich lasse mir ihre Worte durch den Kopf gehen.

Nein, ich fühle mich nicht gut in diesem Rock, egal, wie perfekt er sitzt, egal, wie weich und angenehm der Stoff ist und wie sehr er meiner Figur schmeichelt. Wenn ich mich bewege, bewegt er sich mit. Er rutscht dann etwas nach oben und ich denke an nichts anderes als an diesen Rock. Daran, dass er vielleicht zu weit oben endet, zu eng ist, reißt, wenn ich mich bücke, oder man mir drunterschauen kann. Nein. Dieses Kleidungsstück passt nicht zu mir. Wieso habe ich es gekauft? Wieso habe ich Erinnerungen daran, wie ich es trage? Viele sogar.

»Und?«, fragt Mom irgendwann neugierig und ich schüttle den Kopf.

Das Gleiche passiert danach mit weiteren kurzen Hosen oder Röcken und mit vielen Tops und Shirts.

Nach ein paar Stunden ist Lu auf Moms Schoß eingeschlafen, unser Tee ist leer und ich bin müde. Vor einer Stunde oder so kam Dad mal herein, um zu schauen, was wir machen, aber nachdem er das Desaster, das sich mein Zimmer nennt, erblickte, hat er augenblicklich die Flucht ergriffen.

Jetzt ist der Stapel an Klamotten, die ich mag und in denen ich mich wie ich selbst fühle – wohl und schön –, in denen ich nicht ständig darüber grüble, was ich anhabe und ob es gerade richtig sitzt, wesentlich kleiner als der mit den aussortierten Sachen.

»Fertig«, schnaufe ich.

»Allerdings«, stimmt Mom mir zu und gähnt. »Worüber denkst du gerade nach?«

»Ist es so offensichtlich?«

»Ein wenig. Was ist los?«

»Na, guck doch. Dieser Haufen war in meinem Schrank. Er ist riesig. Und ... und ich mag die Sachen überhaupt nicht. Ich mag sie kein bisschen oder sie fühlen sich einfach nicht gut an. Warum sind sie hier? Was machen sie in meinem Schrank? Ich verstehe das nicht«, gebe ich kleinlaut zu. »Ich meine, ich habe sie getragen. An die meisten davon erinnere ich mich. Aber ... wieso?«

Der Blick meiner Mutter liegt liebevoll, fast gelassen auf mir, während ich sie erwartungsvoll anstarre.

»Manchmal ändert sich unser Geschmack, manchmal ändern wir uns. Das kommt häufiger vor, als du denkst, und ist ganz natürlich.«

Ich bin kein bisschen überzeugt davon. Nicht dass das nicht stimmt. Mit Sicherheit passiert das ständig und mir genauso wie allen anderen ... nein. Das ist es nicht. Nicht allein.

»Ich bringe Lu ins Bett. Vielleicht schaffe ich es, ihr vorher irgendwie die Zähne zu putzen.«

»Du verschweigst mir was, oder?« Mom hält inne. »Ist es wie mit dem Tee und dem Kaffee? Wollte ich diese Sachen einfach nur, weil sie gerade cool waren?«

Eine Weile bleibt es stillt, bevor Mom sich unter Lu herausgewunden hat und sie auf den Arm nimmt. Der Kopf meiner Schwester ruht an ihrer Schulter.

»Bestimmt war das auch ein Teil davon und gehörte dazu. Ich bin nur der Meinung, dass es dir nicht helfen wird, mit Vermutungen überschüttet zu werden. Besonders wenn sie sich vielleicht nicht als wahr herausstellen.«

»Und was, wenn doch?«

Sie lächelt mich an. »Dann findest du es auch allein heraus.«

Ich habe heute ziemlich lange geschlafen, weil ich bis in die Nacht hinein über die Worte meiner Mutter gegrübelt habe. Darüber, dass ich es selbst herausfinden soll, oder nein, dass ich es schon herausfinden werde, wenn es so sein soll. Meine gestrigen Versuche, sie zu überzeugen, mir doch zu helfen, sind gescheitert. Sie hat mir nur eine gute Nacht gewünscht und ist mit Lu auf dem Arm hinausgegangen.

Mein Leben ist so chaotisch, wie es mein Kleiderschrank war, und ich habe das Gefühl, ich mache nichts anderes mehr, als mich zu fragen, ob mir das vorher nie aufgefallen ist. Oder ob es mir egal war. Ob ich es so mochte.

Doch jetzt treibt es mich eindeutig in den Wahnsinn.

Natürlich ist mein Kleiderschrank einfacher aufzuräumen als ein ganzes Leben. Trotzdem habe ich gestern ewig gebraucht, um all die Klamotten wieder zusammenzulegen und ordentlich einzusortieren. Die anderen Sachen habe ich in große Säcke gepackt, die Mom in den nächsten Tagen spenden oder verschenken möchte.

Jetzt stehen sie an der Wand neben der Zimmertür. Später werde ich Mom bitten, mir ein paar neue Sachen zu bestellen. Die wären in drei Tagen hier und sie müsste mit mir nicht eine halbe Weltreise in die Stadt machen.

Sam wird mich bald abholen. Mom hat mir einen etwas größeren Rucksack gegeben, damit alles reinpasst: Unterwäsche, ein großes flauschiges Handtuch und ein kleineres für die Haare, eine Bürste, eine Mütze für danach und eines dieser Wärmekissen zum Knicken, die richtig heiß werden können. Nicht zu vergessen: den Wintermantel, den Schal und die Handschuhe, die sie schon bereitgelegt hat.

Ihre Worte lauteten: »Das alles muss mit oder du kannst es vergessen.«

Dabei zeigt unser Thermometer unten an der Terrasse sogar 12,5 Grad an. Wärmer als wir dachten, aber für die Wassertemperatur wird es wohl keinen Unterschied machen.

Gerade sitze ich an meinem Schreibtisch und starre auf die Liste. Punkt drei habe ich definitiv erledigt und kann sagen, dass Röcke nicht mein Ding sind. Nur ein schlichter, weiter Maxirock hat es zurück in meinen Schrank geschafft. Dafür liebe ich Jeans, egal ob eng oder locker sitzend. Hosen sind generell klasse, solange der Bund nicht zu sehr drückt.

Die Punkte vier – im See schwimmen – und neun – baden oder duschen – werde ich heute abhaken. Ich bin etwas aufgeregt, was mir wohl davon gefallen wird. Selbstverständlich habe ich schon geduscht, seitdem ich wieder daheim bin, aber eigentlich hatte ich keine Zeit, es richtig zu genießen. Gebadet habe ich in den Tagen nach meinem Krankenhausaufenthalt noch nicht.

Vielleicht könnte ich danach mit Lu spielen oder wir machen einen Filmabend. Je nachdem wie müde ich bin.

Seufzend lasse ich den Kopf in die Hände sinken. Ob das alles überhaupt etwas bringt? In ein paar Tagen ist die Nachsorgeuntersuchung und ich hoffe, die Wunde ist gut verheilt und alles ist in Ordnung.

Ein schneller Blick auf mein Handy. Ich habe damit bisher nichts gemacht, außer mich mit Sam über Textnachrichten zu unterhalten. Und ich vermisse nichts. Kein Social Media, keine Nachrichten und nicht den Stress.

Nur an Jonas muss ich immer öfter denken. Besonders seit ich Sam umarmt habe. Ich wollte ihm schreiben, ihn einfach fragen, wie es ihm geht. Wie es Tim geht.

Doch ich habe es nicht getan. Irgendwie finde ich nicht die richtigen Worte und gleichzeitig ist da etwas in mir, das enttäuscht von ihm ist. Von dem Jungen, der mein Freund ist und angeblich etwas für mich empfindet, sich aber so wenig für mich interessiert. Oder für meine Gesundheit. Der es nicht geschafft hat, mal anzurufen oder mich zu besuchen. Und zu alldem kommt die Enttäuschung über mich selbst, weil das Bedürfnis, ihn zu sehen, mehr als gering ist und die Fragen in Bezug auf uns enorm groß sind. Weil ich mich so wohlgefühlt habe bei Sam und ihn als Erstes kontaktiert habe – nicht Jonas.

Ich bin keine gute Freundin. Vor allem, weil ich mich immer noch über diesen einen dämlichen Satz ärgere. *Ist halt scheiße gelaufen.*

Ich reibe mir die Augen und setze mich aufrecht hin. Vielleicht sollte ich ihm einfach schreiben.

> Hey.
> Hab nichts mehr von dir gehört und dachte, ich melde mich mal. Wie geht es Tim? Ist es schlimm?
> Du weißt schon. Ist bei dir alles okay?
> Ich hoffe es.

Nicht besonders eloquent, aber es ist eine WhatsApp-Nachricht, keine Doktorarbeit, daher ist es mir egal. Nur ist es mir nicht egal, wie belanglos sie klingt.

Daran kann ich jetzt nichts ändern. Nicht solange ich bin, wie ich bin.

Die Klingel reißt mich aus meinen Gedanken und ich springe vom Stuhl auf, eile samt Handy aus dem Zimmer und die Treppe hinab, gerade rechtzeitig, um zu sehen, wie Mom die Tür öffnet. Sam begrüßt sie höflich und sofort breitet sich auf meinem Gesicht ein Lächeln aus. Sams Blick findet meinen, hält ihn fest und ich muss dem Drang widerstehen, ihn wieder zu umarmen. Ich bleibe einfach strahlend vor ihm stehen.

»Hey, Sam.«

»Hey, Nor«, gibt er zurück und versucht, gegen das Grinsen anzukämpfen, das an seinen Lippen zupft.

»Bereit?«

»Du meinst, zu erfrieren? Nicht wirklich.«

»Ich werde dich schon beschützen, keine Sorge.«

Das ist der Moment, in dem er den Kampf verliert und breit lächelt. Seine Augen funkeln amüsiert und er schüttelt in gespielter Verzweiflung den Kopf.

Wir sind keine Freunde mehr, aber wir waren es, formt sich ein Gedanke in meinem Kopf. *Wer sagt, dass wir es nicht wieder werden können?*

17

Sam

James Bay – Break My Heart Right

Der Schein trügt. Gerade wollte er mir vorgaukeln, alles wäre wie früher. So als wäre es ein ganz normaler Tag, an dem ich eine Freundin besuche und sie mich freudig begrüßt.

Doch Norah ist jemand, den ich nicht mehr richtig kenne. Jemand, der sich nicht einmal mehr selbst kennt.

Aber sie bleibt das Mädchen, das mein Herz höherschlagen lässt und dem ich die Welt zu Füßen gelegt hätte, wenn sie mich gelassen hätte. Ich glaube, das hat sie nie gewusst.

Hätte vermutlich auch keinen Unterschied gemacht.

Sie wickelt sich einen dicken Schal um ihren Hals, während ihre Mutter ihr noch mal erklärt, unter welchen Bedingungen das Ganze stattfindet. Hätte nicht gedacht, dass Norah es ihr überhaupt erzählt. Vielleicht … vielleicht hat sich doch etwas geändert.

Hoffnung kommt in mir auf, die ich augenblicklich im Keim ersticke. Nein, das darf ich gar nicht erst denken.

»Hier, ein bisschen Geld.« Norah werden zwanzig Euro in die

Hand gedrückt. »Falls ihr Eintritt zahlen müsst oder so. Oder für den Sprit.« Jetzt schaut sie mich an und lächelt.

»Das ist schon in Ordnung«, sage ich nur, aber sie winkt ab.

»Passt auf euch auf, ja?«

Norah schnappt sich ihren Rucksack und die Handschuhe und seufzt. »Es wird nichts passieren. Sam ist doch dabei«, gibt sie zurück und ich spüre, wie mir die Hitze in die Wangen steigt und mir unter meiner dicken Jacke warm wird.

»Ich pass schon auf Norah auf«, stimme ich ihr zu, deren Gesicht ausdrückt: Siehst du? Alles okay.

»Ich würde euch ja viel Spaß wünschen, aber ich vermute, es wird die Hölle«, erwidert Norahs Mom plötzlich und das bringt mich zum Lachen. Wahrscheinlich wird es das.

Norah winkt noch einmal und beteuert, dass wir auf uns achtgeben werden, dann schließt sich die Tür hinter uns.

Die Sonne scheint, blendet uns, und der Himmel ist fast ganz blau. Es weht kaum Wind, trotzdem ist es frisch. Zwar nicht so kühl wie gedacht, doch immer noch genug, um mich bei dem Gedanken an den See und das Schwimmen frösteln zu lassen.

Beim Roller angekommen, hole ich einen zweiten Helm aus dem Fach unter dem Sitz hervor und reiche ihn Norah. Danach hebe ich meinen Rucksack wieder auf, aber dieses Mal platziere ich ihn vor der Brust. Er ist deutlich kleiner als Norahs und stört mich vorne nicht.

»Du setzt ihn falsch herum auf?«

Norah deutet auf meine Brust, dann zieht sie ihren Helm vorsichtig über den Kopf. Sie hat die Haare extra offen gelassen, vermutlich, damit der Zopf keinen unnötigen Druck auf die Wunde ausübt. Sie schiebt noch einmal das Visier hoch, um meine Antwort zu hören.

»Klar. Sonst wird es für dich nicht so bequem, hinter mir Platz zu nehmen, wenn der Rucksack gegen deine Brust drückt. Außerdem ist es bei der Strecke angenehmer, wenn du dich an mir festhältst statt an der Halterung hinter dir.«

Ich zucke mit den Schultern und versuche zu überspielen, dass ich mir über diesen Punkt schon seit ich wach bin Gedanken mache. Norah wird eine halbe Stunde an mich gelehnt hinter mir sitzen und mich dabei berühren. Beinahe hätte ich laut aufgestöhnt vor Verzweiflung. Ich bin auch nur ein Mensch. Und es prallt eben nicht einfach an mir ab, sosehr ich es mir wünschte ...

»Oh«, murmelt sie nur, dann schnappe ich mir meinen Helm, nehme schon mal auf dem Roller Platz und stütze ihn, während Norah es sich hinter mir gemütlich macht. Selbst durch die dicke Jacke ist die Berührung ihrer Finger an meiner Taille wie Feuer, das mich verbrennt – und es wird nicht besser, sobald sich ihre Beine an meine drücken und sie sich an mich klammert, als gäbe es sonst keinen Halt in ihrem Leben.

Verdammt, Norah.

Leise fluchend starte ich den Motor und gebe Gas.

Und während der Fahrt über Land- und Schnellstraßen bin ich mir jede Sekunde bewusst, wer da hinter mir sitzt. Doch deswegen kann ich ihr keinen Vorwurf machen. Dafür trägt sie keine Schuld. Diese Entscheidung habe ich getroffen. Nicht heute und auch nicht gestern, als sie mich bat mitzukommen, sondern schon vor Tagen, als ich beschlossen habe, zu ihr ins Krankenhaus zu fahren. Diese Entscheidung war die einzige, die zählte.

Ich bin freiwillig zurück in den Sturm, der mich zerriss, und es gibt nur zwei Wege, wie das Ganze ausgehen wird: mit Norah an meiner Seite oder ohne sie. Nur wird es dieses Mal so oder so wehtun. Es wird ein Kampf, von dem das Mädchen hinter mir noch nichts weiß.

Nein, sie ahnt noch nicht, dass sie auch eine Entscheidung wird treffen müssen. Eine, die ihr keiner abnehmen kann ...

Aber das Schlimmste ist, dass ich mit jeder Minute, die ich länger mit ihr verbringe, die Hoffnung habe, dass sie bleibt. Dass sie wieder die Nor ist, die gerne von Herzen lachte, die Geschichten erzählte und mutig war. Die neugierig war auf das Leben und freundlich zu allen, die auch zu ihr freundlich waren.

Gibt es dieses Mädchen noch?

Der Kloß, der sich in meiner Kehle festsetzt, verharrt da, bis wir am See ankommen. Mir ist ein wenig schlecht, als ich den Roller am Parkplatz abstelle und den Motor ausmache.

Ich sollte diese Gedanken zur Seite schieben. Keiner von uns kann sie in diesem Moment gebrauchen.

In stillem Einvernehmen steigen wir herunter, setzen die Helme ab und ich verstaue Norahs wieder, während ich meinen mitnehme. Zum See gehört ein riesiger Campingplatz, doch um diese Jahreszeit ist es meist ruhig dort. Vor allem unter der Woche – am See sollte nichts los sein, besonders da man Eintritt zahlen muss.

Wir halten direkt auf das Kassenhäuschen zu.

»Hallo«, begrüßt Norah den älteren Herrn mit der dicken Brille und der Zigarre im Mund freundlich. »Wir würden gerne zum See.«

Er nuschelt irgendwas, das keiner von uns versteht, weshalb wir uns fragend anblicken.

»Wie bitte?«, hake ich nach und ernte ein genervtes Grunzen, dann nimmt er endlich das Ding aus dem Mund.

»Schwimmen ist verboten, aber wenn ihr aufs Gelände wollt, kostet das drei Euro für jeden.«

»Okay«, sagt Norah breit lächelnd, bevor ich dazu komme, etwas zu entgegnen.

Okay? Hat sie nicht aufgepasst?

Doch sie hat längst den Schein ihrer Mom hervorgekramt, schiebt ihn über die Theke und steckt das Rückgeld wieder ein.

»Danke!«, ruft sie, während sie mich wegzieht, aber der Typ hört schon nicht mehr zu. Wir gehen durch das Drehkreuz und in Richtung See.

»Schade, wir können uns den See heute wohl nur ansehen. Nicht dass ich mir nicht gerne die Gliedmaßen abgefroren hätte.«

Lachend hakt sie sich bei mir unter. »Ach, Sam. Wir wissen beide, dass wir trotzdem reinspringen werden.«

Verdutzt betrachte ich sie von der Seite. »Ja?«

»Klar. Wir sind doch nicht umsonst hergefahren.«

»Und wenn wir erwischt werden?«

»Du meinst, wenn sie sehen, wie zwei Jugendliche zitternd aus dem Wasser gerannt kommen, um sich wieder anzuziehen? Ich denke, das werden sie verstehen.« Ich rolle mit den Augen, obwohl ich lachen muss. »Dann schauen wir, was passiert. So macht man das, oder? Verantwortung übernehmen und die Konsequenzen akzeptieren, wenn man etwas tut, von dem man vorher weiß, dass es verboten oder falsch ist.«

Beinahe wäre ich gestolpert, so sehr treffen mich ihre Worte. Sie setzen sich auf meine Brust und lassen mich schwerer atmen. Das klang so sehr nach dem Mädchen von früher, dass es wehtut.

Die paar Minuten bis zum See kriege ich kein einziges Wort mehr heraus, aber das muss ich auch nicht. Norah schaut sich um, genießt das Wetter und den kleinen Spaziergang und macht nicht den Anschein, als wäre ihr langweilig. Oder als würde sie das Schweigen stören.

Die Wiese ist gleich zu Ende, dann fängt der angelegte Sandstrand an. Der See ist ziemlich groß und ich hatte recht, es ist nichts los. Keine Menschenseele zu sehen.

»Aufgeregt?«, fragt Norah mich, während sie von mir ablässt und den Rucksack von ihren Schultern schiebt. Sie lächelt nervös.

»Du schon, oder?«

»Total«, erwidert sie jetzt lachend. »Ich hoffe, schwimmen im See ist so toll, dass es sich lohnt, diese Kälte in Kauf zu nehmen.«

»Hey, damit das klar ist: Es ist deine verkorkste Idee.«

»Das stimmt. Aber niemand hat dich dazu gezwungen mitzumachen. So wie ich das sehe, bist du freiwillig hier.«

Ich seufze. Da kann ich ihr nicht widersprechen, auch wenn ich mich selbst ständig darüber ärgere. »Komm, lass uns noch näher an den See ran und dann nach rechts. Dahinten sind die Umkleiden. Dort sind wir schneller aus dem Wasser und in den trockenen Sachen.«

Norah folgt mir, und als wir an der Stelle ankommen, legen wir die Rucksäcke in den Sand. Es sind keine fünf Meter bis ins Wasser und ein paar Bäume hinter uns schützen uns vor neugierigen Blicken.

»Ist das jetzt der Zeitpunkt, an dem wir uns ausziehen?« Meine Augen weiten sich, als ich realisiere, was ich da gerade gesagt habe. Oh Mann. Erschrocken schaue ich Norah an, die mich amüsiert mustert, und hebe die Hände. »So war das nicht gemeint ... Ich meine, ich ...«, stottere ich vor mich hin und sie prustet los.

»Ja, so falsch ist das nicht. Runter mit den Klamotten.«

Mit schnellen Bewegungen schält sie sich aus der Jacke, dem Schal und den Handschuhen, lässt sie auf den Rucksack fallen. Danach schlüpft sie aus den Boots und streift den Pullover über den Kopf. Ich stehe da wie ein Idiot – oder ein Spanner.

»Sam!«, ruft sie und reißt mich aus meinen Gedanken.

»Sorry«, murmle ich und werde mit Sicherheit knallrot. Ich tue es ihr nach und ziehe mich aus, bis ich nur noch Badeshorts, die ich unter der Jeans trug, und das langärmlige Shirt, das unter dem Pullover war, anhabe.

»Wir hätten ins Hallenbad gehen können«, murre ich.

»Nein, wir brauchen einen See. Ein Hallenbad wäre nicht dasselbe gewesen.«

»Stimmt. Da wäre es nämlich warm, Nor. Warm!«

Lachend tänzelt Norah in Bikinihose und -top neben mir, während sie die Arme um ihre Mitte schlingt.

Ich schlucke schwer. Nicht nur, weil wir jetzt älter sind und Norah noch immer wunderschön ist, sondern weil da überall Hämatome auf ihrer Haut sind. Nur noch blass, aber sichtbar genug. Dieser Unfall ... Ich beiße die Zähne zusammen.

»Gott ist das kalt!«, bringt sie bibbernd hervor. »Sam, zieh das Shirt aus, das macht es im Wasser und danach nur schlimmer.« Sie geht ein paar Schritte Richtung See, bis sie innehält und die Stirn in Falten legt. Ihr Kopf ist leicht zur Seite gelehnt, sie hat sich die Haare jetzt locker zusammengebunden. Vermutlich damit sie, wenn möglich, nicht nass werden. »Ist alles okay?«

Ich zögere.

»Ja.« Nein. Wenn ich mache, was sie verlangt, sieht Norah mein Tattoo. Aber das wäre halb so wild, die Narbe darunter ist gut versteckt. Es ist nur ...

»Sam«, flüstert sie und ihr Ausdruck wird ganz weich. Ich kann die Gänsehaut, die ihre Haut überzieht, erkennen und schäme mich, dass sie wegen mir so lange frieren muss.

»Vielleicht warte ich hier.«

»Auf keinen Fall. Wir machen das zusammen.« Sie kommt zu mir, stellt sich vor mich und greift nach meiner Hand. Ihr Blick fällt auf das jetzt freigelegte Handgelenk.

»Tannen. Ein kleiner Wald. Es sieht schön aus.« Sie dreht meine Hand vorsichtig. »Was bedeutet es?«

»Nichts Besonderes. Ich mag Wälder und die Ruhe. Es erinnert mich daran, die kleinen Dinge nicht aus den Augen zu verlieren«, erwidere ich ausweichend mit rauer Stimme. Es erinnert mich daran, vor lauter Sorgen und Ängsten nicht die schönen Dinge in meinem Leben zu vergessen.

Norah zieht an meinem Ärmel.

»Sag mir, was los ist.«

Sie bittet so ehrlich darum, dass es mir durch Mark und Bein geht. Dass ich nicht drum herumreden oder sie anlügen kann. Letzteres konnte ich noch nie.

»Ich ... Ich habe keine Muskeln«, presse ich hervor und weiche ihrem forschenden Blick aus. »Ich habe keine Muskeln wie Jonas. Oder die anderen *coolen* Typen.«

Ich muss mich anstrengen, es nicht voller Spott und mit einem Hauch von Eifersucht zu sagen. Doch als Norah meine Hand ganz unerwartet drückt und meinen Blick sucht, als sie mich ehrlich anlächelt, da bröckelt etwas in mir, der Druck wird weniger und auf einmal ist dieser Gedanke halb so schlimm. Die Angst, dass ich nicht genug bin, dass ich ihr nicht gefallen könnte, lässt nach.

»Red keinen Unsinn, Sam«, erwidert sie ruhig. »Jeder Mensch hat Muskeln.«

»Du weißt, was ich meine.«

»Ja. Und ich denke nicht, dass es eine Rolle spielt.« Sie zuckt mit den Schultern. »Die einen haben mehr, die anderen weniger Muskeln. Das ändert doch nichts. Zumindest nichts am Menschen selbst. Oder?« Ihr Lächeln verblasst. »Wieso glaubst du so was, Sam? Wieso glaubst du, dass du nicht gut wärst, so wie du bist?«, flüstert sie so nachdenklich und mehr zu sich selbst als zu mir, dass es mir beinahe den Boden unter den Füßen wegzieht.

Erinnerungen. Schmerz.

Ich muss meine Atmung kontrollieren. Meine Wut. Meine Trauer. Meine Gedanken.

Alles, was war, kriecht aus seinen Ecken hervor.

Und etwas in mir will ihre Hand wegschlagen und sie anschreien, dass sie das ganz genau weiß. Dass sie ein Teil von alldem war und vielleicht noch ist.

Dass sie danebenstand, während ich jeden Tag etwas mehr zerbrochen bin – aus Angst, mit mir zu zerbrechen.

Ich spüre die Panik. Spüre das Brennen in meinen Augen. Aber ich gebe nicht nach. Stattdessen atme ich tief durch.

»Vielleicht hast du recht, wir sollten wieder gehen.« Sie möchte ihre Hand wegnehmen, doch ich halte sie fest und schüttle den Kopf.

»Nein. Nein, schon okay. Lass uns schwimmen.«

»Bist du sicher?«

Ich nicke. »Ja.«

Erst jetzt lasse ich von ihr ab, ziehe mir das Shirt über den Kopf und erzittere, als es fort ist. Als Norahs Blick über meinen Oberkörper gleitet.

Sie steht immer noch direkt vor mir. Und als sie ihre kalte Hand hebt und auf meine Brust legt, keuche ich auf. Nicht wegen der Kälte.

»Danke, Sam«, wispert sie und in diesem Augenblick wird mir klar, dass auch schöne Dinge dein Herz brechen können.

Unwillkürlich erinnere ich mich an all die wertvollen Momente mit Norah. Die Nächte, in denen wir wach geblieben sind, um zu reden. Einmal haben wir einen Eisbecher mit zwölf Kugeln inklusive Sahne gegessen und mussten uns dann auf dem Weg nach Hause übergeben. Immer wenn ich mein Frühstück vergessen habe oder es mir nicht schmeckte, hat Norah ihres mit mir geteilt. Wir haben zusammen Hausaufgaben gemacht, sind zusammen zur Schule und es gab selten Tage, an denen wir uns nicht gesehen haben. An denen wir keine Zeit oder Lust hatten. Ich war es, der Norah beigebracht hat, Noten zu lesen, und sie war es, die mir gezeigt hat, wie man mutig ist. Zumindest bis sie kein Teil meines Lebens mehr sein wollte und ich vergessen habe, wie das mit dem Mutigsein funktioniert.

Ich weiß nicht, wie ich es ihr sagen oder erklären soll. Ich will sie nicht verletzen, egal, wie sehr sie mich verletzt hat. Weil sie wieder die Norah von früher ist und dieser Norah wird es verdammt wehtun zu erfahren, was aus ihr geworden ist. Was sie getan hat – und noch mehr, was sie nicht getan hat.

Und das ist der Moment, in dem ich erkenne, dass ich nie eine andere Wahl hatte, als es noch einmal mit ihr in meinem Leben zu versuchen. Dass man sich so verhält, wenn man Menschen liebt. Man gibt ihnen eine zweite Chance. Besonders, wenn sie sich bemühen, es anders zu machen. Besser.

Wenn sie dir wieder guttun und nicht weh …

18

Norah

Jess Glynne – Take Me Home

Mit meiner Hand auf Sams warmer Haut ist die kalte Luft nur noch halb so schlimm. Mit ihm in meiner Nähe ist *alles* nur halb so schlimm …

Trotzdem merke ich mit jeder Minute, die ich mit ihm verbringe, dass egal, was uns verbindet oder verbunden hat, da auch etwas ist, das uns trennt und das ich noch nicht greifen kann. Sam ist noch stiller als früher. Noch nachdenklicher. Menschen verändern sich, das ist mir klar. Deshalb ist es umso schöner, dass ich Sam *wiedererkenne*. Und das nicht nur auf die typische Art. Er ist wie ein Duft, den man mag und der einen an etwas erinnert. Der Erinnerungen nach sich zieht.

Sam ist wie ein Anker.

»Komm«, sagt er ruhig und nimmt meine Hand in seine. So wie ich es zuvor gemacht habe. »Bevor ich es mir doch noch anders überlege.«

Wir rennen zusammen in Richtung See, und als das Wasser an

meine Füße schwappt, schreie ich auf. Ich höre Sam keuchen und fluchen.

»Oh mein Gott«, wispere ich und mit jedem Schritt ins kalte Nass werden wir langsamer. Als das Wasser bis zu meiner Hüfte reicht, stelle ich mich auf die Zehenspitzen, weil ich insgeheim nicht möchte, dass es meinen Bauch berührt.

»Es ist noch viel eisiger, als ich dachte«, bricht es aus Sam hervor, der am ganzen Körper schlottert. Ich kann es ihm nicht verübeln, mir geht es genauso, und die Sonne, die auf uns herabscheint, ist um diese Jahreszeit leider keine große Hilfe, so schön sie auch ist.

Ich fröstle, jeder Zentimeter von mir ist am Frieren und von einer Gänsehaut überzogen. Sogar meine Wangen, ich spüre es deutlich.

Jetzt bedeckt das Wasser meinen Bauch und ich stöhne leise auf. Das ist Folter.

»Norah, ich sage es nur ungern«, beginnt Sam, »aber wir müssen das machen wie mit einem Pflaster. Schnell und schmerzfrei.«

»Du glaubst doch nicht, dass das etwas ändert?«, gebe ich zurück und will am liebsten schreiend aus dem See rennen. Doch Sam ignoriert meine Frage.

»Darf Wasser an deine Wunde kommen?«

»Ja, die Klammern sind draußen und irgendwie muss ich ja meine Haare waschen. Wieso fragst du das?«

»Auf drei tauchen wir. Eins ...«

»Warte, was?«

»Zwei ...«

»Sam, bitte nicht!«, flehe ich. »Ich hab es mir anders überlegt. Ich bin total für das Hallenbad. Wirklich.«

»Drei.«

Und während er das sagt, taucht er unter und zieht mich mit sich. Mein Körper reagiert instinktiv, wie auf Kommando. Als das Wasser über mir zusammenschwappt, ist es so ruhig, dass ich es genießen könnte, würde mir die Kälte nicht die Luft aus der Lunge treiben.

Ruckartig komme ich wieder an die Oberfläche, reibe mir über die Augen und höre Sam husten und fluchen.

»Scheiße! Ich hasse Seen. Die sind so gruselig.«

»Was?«, frage ich lachend und mit zitterndem Kinn.

»Ja, es ist dunkel. Überall können komische Tiere lauern. Das ist supergruselig.«

»Okay, du hast recht. Raus hier.«

»Heißt das, du magst im See schwimmen nicht?«

»Doch. Ich finde es wirklich toll. Aber ich spüre meine Zehen nicht mehr und bekomme bestimmt eine Blasenentzündung, wenn ich länger hier drin bleibe.«

Das Wasser perlt von seiner Nase ab und einzelne Tropfen laufen über seine Stirn und seine Wangen bis zu seinem Kinn oder bleiben an seinen Lippen hängen.

»Immerhin magst du es, dann hat sich das hier wenigstens gelohnt.« Er lächelt.

Ich mag dich, will ich antworten. Doch ich behalte es für mich, schlucke die Worte gleich einem Geheimnis herunter. So als dürfte sie niemand erfahren.

Sam nickt gen Strand und wir schwimmen ein Stück. Man gewöhnt sich an die Kälte. Nicht dass es wärmer wird, aber irgendwann werden die Gliedmaßen so taub, dass es auch nicht mehr kälter wird. Wasser ist toll. *Ich finde Wasser toll*, schießt es mir durch den Kopf und ich lächle so breit, dass es in meinen Wangen schmerzt.

Als der zarte Wind auf meine unterkühlte, nasse Haut trifft, kann ich nicht aufhören zu zittern. Alles in mir feuert meine Muskeln an, damit sie meinen Körper aufwärmen.

Sam und ich schnappen uns ein Handtuch aus unseren Rucksäcken, wickeln es schnell um und ich war nie dankbarer für ein flauschiges Handtuch wie in diesem Moment.

»Damit das klar ist, das mache ich nie wieder«, grummelt Sam, aber ich erkenne den Schalk in seinen Augen.

»Es war trotzdem schön. Ich wette, wenn wir vergessen haben, wie kalt es war, würden wir es wieder tun.«

»Das wird sehr lange dauern. Glaub mir.« Er schlingt sein Handtuch noch fester um sich, dann greift er nach seinen Schuhen und dem Rucksack und ich nach meinem eigenen Zeug und wir marschieren zügig in Richtung Umkleiden.

Bitte, mach, dass das nicht wahr ist! Ich rüttle erneut an einer der Türen, aber …

»Sie sind abgeschlossen«, murmle ich und Sams Gesicht sieht so erschrocken aus, wie ich mich fühle. Wir klappern eine nach der anderen ab, doch jede einzelne ist verschlossen.

»Scheiße!«, flucht Sam. »Ergibt Sinn, wenn man nicht baden

darf.« Mit zu Schlitzen verengten Augen schaut er zu mir und ich verziehe entschuldigend den Mund.

Mich umsehend, überlege ich, was wir nun tun können. Irgendwie müssen wir unsere nassen Sachen loswerden.

»Da um die Ecke könnten wir uns umziehen. Hinter den Kabinen, zwischen den Bäumen.« Ich zeige auf die Stelle, die ich meine, aber Sam bleibt skeptisch.

»Du willst im Freien die Sachen wechseln?«

»Hier ist gerade niemand. Und wir müssen dringend ins Warme oder zumindest trockene Kleidung anziehen. Also ja. Früher haben wir das auch so gemacht.«

Sams Blick zeigt ziemlich deutlich, was er darüber denkt. Früher waren wir Kinder, die nackt zusammen gebadet haben.

Doch was soll ich tun? Wenn einem Alternativen fehlen, muss man nach jedem Strohhalm greifen.

Ich gehe vor, Sam kommt nach. Seine Schritte sind klar zu hören. Und die Wand der Umkleiden samt ein paar Bäumen sind wirklich das Beste, was wir im Moment zur Verfügung haben.

Ich stelle mich in die am besten geschützte Ecke, ziehe das kleine Handtuch hervor und danach meine Unterwäsche, die ich auf den Rucksack lege.

»Und jetzt?«

»Jetzt hältst du mein Handtuch vor mich, damit ich mich umziehen kann.«

»W…was?« Sam wird rot und ich glaube, ich auch.

»Du hältst das Handtuch vor mich«, wiederhole ich leise und unsicher. Doch bevor ich es mir anders überlegen kann, drehe ich mich um und falte es auseinander, sodass Sam danach greifen kann. Und als seine Finger meine berühren, atme ich zitternd ein.

»Nicht gucken«, murmle ich und grinse, weil ich mir sicher bin, dass Sam das nie tun würde.

»Hab die Augen schon zu«, nuschelt er.

Daher wende ich meinen Kopf, schaue über die Schulter. Mit geschlossenen Augen und rotem Kopf steht er da und hebt das Handtuch vor mich. Sam ist wundervoll. Damit er das nicht ewig tun muss, trockne ich mich mit dem kleinen Handtuch ab und reibe damit ein wenig über die Haare, dann schlüpfe ich in meine Sachen. In alle bis auf den Pulli und die Socken, das kann ich ohne Sams Hilfe und den Sichtschutz.

»Du kannst die Augen wieder aufmachen.« Sobald er merkt, dass ich angezogen bin, lässt er das Handtuch sinken und faltet es sogar für mich zusammen.

»Danke. Bin sofort so weit. Ich ziehe nur noch den Pulli über.« Ich bücke mich danach, streiche die Haare nach hinten, und als ich mich aufrichte, liegt Sams Blick auf mir.

»Du hast wieder gesummt.«

»Wirklich?«

»Ja.«

Dann summt er eine Melodie, die mir so bekannt vorkommt, dass sich meine Augen mit Tränen füllen. Jetzt summe ich mit. Sie ist einfach und eingängig, hat nur wenige Töne, aber sie klingt in meinen Ohren wie das schönste Geräusch der Welt.

»Du musst es mir versprechen. Und du darfst nicht lügen, Sam.« *Während ich den Sand durch meine Finger rieseln lasse, verschränkt er die Hände vor der Brust und verzieht das Gesicht.*

»Du wirst nur traurig sein, wenn es anders kommen sollte. Ich will nicht, dass du traurig bist.«

»Du glaubst also nicht daran?«, frage ich schockiert.

»Ich weiß es nicht«, gibt er zerknirscht zu. »Ich will nicht, dass du weinst. Ich will, dass du glücklich bist.«

»Dann versprich mir, dass wir immer Freunde sein werden.«

Sam zögert und ich werde traurig. Er spielt auf seiner Gitarre, aber selbst das Lied, die Melodie, die er für uns komponiert hat, macht es nicht wieder gut. Sam glaubt nicht an ein für immer.

»Ich verspreche es dir. Wir werden immer Freunde sein«, murmle ich an seiner statt und er lächelt nachdenklich, während er weiterspielt.

»Norah? Alles okay?«

Sams Hand liegt auf meiner Schulter, sein besorgter Blick auf meinem Gesicht und meine Augen können die Tränen nicht mehr zurückhalten. Ich wische sie schnell weg, blinzle ein-, zweimal.

»Ja.« Meine Stimme ist kratzig.

»Das sieht aber nicht so aus.«

»Doch. Alles gut. Ich … hab mich nur gerade an die Melodie erinnert.«

»Verstehe.« Seine Hand lässt von mir ab.

»Ich konnte mein Versprechen nicht halten«, flüstere ich betrübt.

Selbst wenn Sam hätte antworten wollen, gebe ich ihm keine Zeit oder Gelegenheit dazu.

»Reich mir dein Handtuch, du solltest dich umziehen.«

Was ist passiert? Was ist nur passiert …?

Sam hat mich sogar bis zur Tür gebracht, dabei steht sein Roller keine fünf Meter weiter. Jetzt befinden wir uns direkt voreinander, abwartend, ohne einen Ton von uns zu geben. Nicht, dass es nichts zu sagen gäbe, aber manchmal können Worte nicht das einfangen, was wir ausdrücken möchten. Manchmal sind Worte zu wenig. Manchmal sind die Momente des Schweigens die, in denen wir am meisten zu sagen hätten.

Also tue ich einfach das, wonach mir ist. Das, was sich gerade richtig anfühlt. Ich klingle, dann beuge ich mich vor, küsse Sam auf die Wange und atme seinen Duft ein. Heute riecht er nach dem See, in dem wir geschwommen sind, und ein wenig nach dem Benzin des Rollers.

»Es war schön. Danke dafür.«

Es sind einfache, simple Worte. Nicht besonders imposant oder so, aber sie kommen von Herzen.

Ich erkenne, wie Sam schwer schluckt, wie ein Muskel in seiner Wange zuckt und … für einen Moment denke ich, dass er meine Geste erwidern möchte. Da öffnet sich die Tür und wir schrecken voreinander zurück, als hätten wir einen Stromschlag bekommen.

»Okay. Ich fahre dann mal heim.« Sam grüßt meine Mom, nur um sich direkt wieder zu verabschieden, und ich beiße mir auf die Lippen, um nicht zu auffällig zu lächeln.

Die Tür schließt sich hinter mir.

»Bist du eigentlich noch mit Jonas zusammen?«

Während ich meine Schuhe ausziehe, betrachte ich erstaunt meine Mutter. »Wieso fragst du das?«

»Nur so.«

Dieses Mal bin ich diejenige, die nur eine Augenbraue hochzieht, um zu sagen: als ob. Meine Mom ist nicht die Einzige, die das gut kann.

Sie wedelt mit der Hand in der Luft herum. »Weil es so wirkt, als würdet ihr euch mögen. Sam und du.«

»Tun wir auch. Vermute ich. Aber … wir sind nur …« Was sind wir eigentlich?

»Freunde?«, ergänzt Mom und ich nicke, weil es viel schwieriger wäre, ihr etwas zu erklären, das ich selbst gar nicht verstehe.

»Okay.« Sie hilft mir aus der Jacke. »Wie war es denn? Auf einer Skala von eins bis unendlich kalt?«

»Unbeschreiblich kalt«, antworte ich lachend. »Ich denke, ich bade gleich.«

»Gute Idee. Lass den Rucksack hier, ich kümmere mich um die nassen Sachen.«

»Danke. Wo sind Lu und Dad?«

»Lu wollte ihre Hausaufgaben erledigen.« Noch während Mom das ausspricht, fällt mir ein, dass ich meine nicht ganz erledigt habe oder eher den Stoff noch nachholen muss. »Und dein Vater reinigt das Auto. Er ist damit in die Waschstraße gefahren. Heute hat er irgendwie einen Putzfimmel.«

»Du beklagst dich nicht, oder?«

»Ich bin die Letzte, die ihn aufhält«, erwidert sie schelmisch grinsend.

Bevor ich hochgehe, schnappe ich mir mein Handy. Lus Zimmertür ist zu, das heißt, sie lernt wirklich. Sie hat richtigen Spaß daran und ich hoffe, der bleibt ihr lange erhalten.

Dieses Mal merke ich, dass ich leise vor mich hin summe, während ich Wasser in die Wanne einlasse und etwas Badeöl, das nach Oliven duftet und das gesamte Bad mit dem Geruch erfüllt.

Das erste Mal, seit ich mit Sam fort war, schaue ich auf mein Handy.

Eine Nachricht von Jonas.

> Alles gut bei uns. Tims Dad hat ihn aus dem Gröbsten rausgeholt, nur sein Auto ist Schrott und der Führerschein erst mal weg. Aber das ist kein Ding.
> Wann sehen wir uns wieder? Vermisse dich.

Mir geht es nicht gut, danke der Nachfrage. Vielleicht ist er einfach nicht der Typ, der über so was sprechen kann. Ich seufze. Er vermisst mich. Tue ich das auch? Keine Ahnung. Womöglich lässt sich das nur auf eine Art herausfinden.

> Komm doch morgen vorbei. Dann sehen wir uns.

Er schreibt sofort zurück.

> Oder du kommst zu mir?

Ich muss diesen einen simplen Satz mehrmals lesen, um ihn zu begreifen. Er will wirklich, dass ich ihn besuche, nachdem ich ihm geschrieben habe, dass er herkommen kann? Und gerade als ich anfange, wütend zu werden, trudelt eine neue Nachricht ein.

> Nein, warte. Ich komme zu dir. Ist 17 Uhr okay?

> Das ist perfekt. Freue mich.

Und das ist nicht mal gelogen. Ich freue mich, ihn zu sehen, mit ihm über den Unfall und über uns zu reden und vielleicht ein Stück mehr zu mir zurückzufinden.

Keine halbe Stunde nachdem ich in die Wanne gestiegen bin, war ich wieder draußen, habe mir meinen Pyjama angezogen und meine Haare geföhnt. Ich gebe zu, das Badewasser hat mich durch und durch aufgewärmt, und ich fühle mich pudelwohl, aber es war auch langweilig. Richtig entspannen konnte ich mich nicht, was womöglich daran liegt, dass mir gerade zu viel durch den Kopf geht. Die arme Badewanne kann wahrscheinlich gar nichts dafür.

Unten finde ich Mom und Dad auf unserer großen braunen Couch sitzend vor, Manni schläft auf der Wolldecke in einer der Ecken zwischen zwei Kissen. Sie unterhalten sich und schauen beide zu mir, als ich den Raum betrete.

»Wieder warm?«, fragt Mom und ich nicke.

»Ist sonst alles okay?«, will Dad wissen. Wieder nicke ich.

»Habt ihr heute Abend schon was vor?«

»Dein Dad guckt nachher wie immer Nachrichten, mehr ist nicht geplant. Vielleicht lese ich in meinem Buch weiter. Ein Krimi. Eigentlich weniger meins, aber er soll richtig gut sein.« Sonst liest Mom lieber Dramen und Klassiker.

»Wieso fragst du?«

»Habt ihr Lust auf einen Filmabend?«

»Steht das auf deiner Liste?« Dad grinst.

»Erwischt.«

»Wenn ich den Film aussuchen darf.« Mom klatscht in die Hände und Dad stöhnt.

»Auf keinen Fall. Ich habe für den Rest meines Lebens genug von Quentin Tarantino.«

»Banause«, murmelt Mom, doch Dad geht nicht darauf ein. »Nach den Nachrichten können wir gerne anfangen. Ich nehme an, deine Schwester darf mitgucken?«

»Wenn sie das möchte.«

»Frag sie doch. Sie ist noch in ihrem Zimmer.«

Daher gehe ich wieder hoch und klopfe an Lus Tür.

»Herein«, dringt ihre Stimme zu mir in den Flur. Sie klingt konzentriert und kurz nachdem ich im Zimmer stehe und meine Schwester in ihrem Sitzsack entdecke, flucht sie.

»Verdammt! Das ist nicht fair.« Sie dreht sich zu mir und schmollt. »Jetzt hab ich verloren, weil du mich abgelenkt hast.«

»Das tut mir leid, Lu. Die nächste Runde gewinnst du bestimmt bei …« Keine Ahnung, was sie da auf ihrem kleinen Fernseher über die Nintendo Switch spielt.

»*Garfield Kart*«, ergänzt sie. »Der Kater im Spiel sieht aus wie Manni. Nur kleiner und dicker. Das gefällt mir.« Sie kichert leise.

»Darf ich mitspielen?«

Lu starrt mich mit großen Augen an, ihr Mund steht offen. »Du möchtest hier in meinem Zimmer sein?«

»Bin ich das sonst nie?«, frage ich leise und Lu schüttelt traurig den Kopf. Dann hält sie mir den Controller hin und rutscht ein Stück auf dem gigantischen Sitzsack zur Seite, damit ich Platz habe.

Ich versinke fast ganz darin. »Uff, ist der weich.«

»Toll, oder? Hier. Darauf musst du drücken, um Gas zu geben, so lenkst du und das hier ist die Bremse.«

Lu zeigt mir, was ich tun muss, und erklärt mir alles. Ist fast wie *Mario Kart*, nur mit einer Katze.

Es geht los – und ich verliere Runde um Runde. Ich kann nicht fassen, dass ich verloren habe. Bei einem Spiel, das quasi ab null Jahren ist. Lu lacht mich auch dementsprechend aus.

»Ich glaube, das ist nichts für dich.«

Wir sitzen Schulter an Schulter und ich schiele zu ihr rüber. »Was du nicht sagst. Hier, zeig mir mal, wie man es richtig macht.«

Sie nimmt den Controller von mir entgegen und setzt sich aufrechter hin.

»Übrigens veranstalten wir später einen Filmabend. Kommst du runter und guckst mit?«

Lu hält mitten in der Bewegung inne. »Sehen wir uns *Ice Age* an? Du hast ihn noch nie mit mir zusammen geschaut.«

Ich rümpfe die Nase, weil ich nicht glaube, dass mir dieser Animationsfilm gefallen wird, aber Lu bittet so lieb darum, dass ich kaum Nein sagen kann.

»Na gut. Aber nur Teil eins.«

Ich dachte, Lu würde sich darüber freuen, stattdessen höre ich sie plötzlich schniefen. Ich nehme sie in den Arm, drücke sie an mich und weiß gar nicht, was ich tun soll, als es immer schlimmer wird. Als die Tränen unaufhörlich fließen und die Schluchzer den kleinen Körper neben mir erschüttern.

»Lu«, flüstere ich und mache mir wirklich Sorgen.

»Du wolltest mich nie«, sagt sie erstickt und bekommt einen Schluckauf. »Ich hab immer gedacht, du wolltest mich nie dabeihaben. Oder du hast mich nicht lieb.«

Mehr kriegt sie nicht raus, weil sie wieder anfängt zu weinen. Sie lässt den Controller fallen und schließt die Arme um mich, versteckt ihren Kopf an meiner Schulter. Und ich schlucke schwer, kämpfe selbst gegen die Tränen an und das Gefühl von Schuld und Scham.

Ich habe meine Schwester glauben lassen, dass ich sie nicht mag. Ich habe keine Ahnung, ob ich noch herausfinden möchte, was für ein Mensch ich war …

Wer bin ich, wer bin ich, wer bin ich?

Und wer will ich sein?

19

Norah

Amber Leigh Irish – Don't Give Up On Me (Acoustic)

Ich zerreiße die Liste in meiner Hand. Zerfetze sie in einzelne kleine Stücke, ziehe die schönen, von Sam geschrieben Buchstaben auseinander und lasse das kaputte Papier auf meinen Schreibtisch gleiten.

Diese Entscheidung kam wie ein Blitzeinschlag. Doch wenn ich ehrlich bin, war sie nur das Ergebnis eines schleichenden Prozesses, der begonnen hat, seit wir diese Liste erstellt haben.

Ich weiß jetzt, dass ich lieber dusche als bade, dass ich Süßes und Salziges mag, weil wir beides eben beim Filmabend gegessen haben. Ich weiß, dass ich nicht zu alt bin, um mit meiner Familie *Ice Age* zu gucken, und dass der Film mir – entgegen meiner Erwartung – gefällt. Ich habe gelacht. Sehr sogar.

Ich mag den See und Sam und …

Schwer schluckend stehe ich da. Und mir ist klar, dass ich es nicht mehr wissen will. Das Davor. Weil ich in diesem Davor nicht mehr mit Sam befreundet war, obwohl er mir viel bedeutet. Weil ich meiner Schwester das Gefühl gab, sie nicht zu lieben. Dass sie weniger wert ist und ich sie nicht will. Was auch immer da noch in meiner Vergangenheit lauern mag, ich will es nicht länger herausfinden …

Trotzdem ist da dieser Riss in mir. Dieses dunkle Loch. Dieser Schatten. Diese Stimme, die mir Dinge zuflüstert, die ich manchmal nicht verstehe. Dieser Druck, der mir auf der Brust sitzt und mir sagt, dass es da etwas gibt, an das ich mich erinnern müsste.

Vielleicht später. Vielleicht muss ich mich gar nicht so sehr anstrengen. Vielleicht brauche ich einfach nur Zeit.

Es ist gleich halb zwölf. Lu liegt längst im Bett, meine Eltern mit Sicherheit auch. Die Tür zu meinem Zimmer ist geschlossen und ich starre auf die Liste, die keine mehr ist. Einer der Fetzen liegt ganz oben mit einem Wort, das mir sofort entgegenspringt: Musik.

Sofort habe ich die Melodie im Kopf, die Sam komponiert hat. Er liebt Musik, er erschafft sie. Und obwohl ich das Papier eben energisch zerrissen habe und ich mir vor einer Minute noch einredete, dass ich es sein lassen will, dass ich nur Zeit brauche, zieht mich etwas zurück zu diesem einen Punkt auf der Liste. Meine Hände greifen nach dem Smartphone, ich lege mich aufs Bett und öffne wahllos Musikvideos auf YouTube. Leise prasseln die Lieder auf mich ein. Einige finde ich klasse, andere eher nicht. Schnell merke ich, dass ich keine Musikrichtung präferiere, sondern von Song zu Song entscheide.

Was Sam wohl besonders mag?

Plötzlich prangt sein Name auf dem Display. Ich bin in den Kontakten, nicht mehr auf YouTube – und ich rufe ihn an.

Es tutet viermal, bevor er abhebt.

»Hallo?« Seine Stimme klingt belegt.

»Ich habe dich geweckt, oder?« Ein schlechtes Gewissen überrollt mich. Das hätte warten können. »Es tut mir leid. Ich rufe morgen wieder an.«

»Nein.« Er räuspert sich. »Nein, schon okay. Geht es dir gut?«

Das bringt mich zum Lächeln.

»Ja, und dir?«

»Nur müde«, nuschelt er und ich lache leise.

»Was ist deine Lieblingsmusik, Sam?«

»Sitzt du an der Liste?«

»Mehr oder weniger.« Ich verrate ihm nicht, dass ich sie in kleine Stücke zerrissen habe.

»Ähm. Ich weiß nicht ... ich mag klassische Musik, aber auch Rock und Pop, einzelne Country-Lieder.« Er seufzt. »Die Frage ist komplizierter, als du denkst.«

»Verstehe. Verrätst du mir, was du an Musik liebst?«

»Willst du die ganze Nacht wach bleiben?« Ich höre das Lächeln in seiner Stimme.

»Wenn du so lange dafür brauchst, wieso nicht?«

»Musik ist Kunst, sie ist Ausdruck. Musik ist Gefühl. Es ist ziemlich schwer zu beschreiben, aber wenn ich auf meiner Gitarre spiele, erzähle ich eine Geschichte. Man sieht sie nicht, wie bei einem Buch oder einem Bild, man hört sie. Selbst wenn es nur eine Melodie ist ohne Worte. Es hilft mir, Dinge loszulassen – oder einzufangen.«

Und während Sam mir erklärt, was Musik für ihn besonders

macht und was sie ihm bedeutet, schließe ich die Augen. Weil seine Stimme mein neues Lieblingslied ist.

Ich habe nur wenig geschlafen und von verrückten Sachen geträumt, an die ich mich nur verschwommen und zusammenhanglos erinnere, nachdem Sam und ich die halbe Nacht wach waren. Den Tag heute habe ich langsam angehen lassen, trotzdem ist er beinahe rasend an mir vorbeigezogen.

Es ist schon halb sechs. Jonas ist zu spät und ich lerne, dass ich es nicht mag, auf etwas zu warten, das längst da sein sollte. Ich mag es nicht, wenn jemand sich verspätet.

Genervt sitze ich auf der Couch, während Mom mit Lu im Garten ist und sich anschaut, was demnächst alles gemacht werden muss, damit im Frühling alles schön aussieht. Die meisten Blumen hat sie längst angezüchtet oder bereits gesät.

Dad ist noch auf der Arbeit, aber bestimmt bald daheim.

Meine Eltern waren nicht sonderlich begeistert, als ich gestern vor dem Film aus dem Nichts meinte, dass mein Freund mich besuchen kommt. Dad hat sich wenigstens ein wenig Mühe gegeben, seine Abneigung nicht so offensichtlich zur Schau zu stellen, doch Mom hat kläglich versagt. Nicht dass ich es nicht verstehe, schließlich war Jonas beim Unfall dabei, hat wie ich zugelassen, dass wir zu einem betrunkenen Fahrer ins Auto steigen. Wir haben uns alle nicht darum geschert, auch wenn ich bis heute nicht begreife, warum. Trotzdem trage ich nicht weniger Schuld als die anderen. Ich bin nicht betrunken gefahren, aber ich habe mich freiwillig ins Auto gesetzt. Dass ich dabei am schlimmsten verletzt wurde, hat sich niemand ausgesucht.

Am Ende war es Dad, der Mom gut zuredete.

Es klingelt und ich springe wie von der Tarantel gestochen auf, rutsche mit den Socken um die Ecke und öffne schnell die Tür. Mein Herz schlägt mir bis zum Hals vor Nervosität, weil ich nicht genau weiß, was mich erwartet. Was ich fühlen und denken werde.

Jonas steht vor mir mit einem angedeuteten Lächeln. Sein lockiges blondes Haar sitzt perfekt, er ist wesentlich größer und breiter als Sam und sein Blick ist anders. Weniger offen und weniger …

Unmerklich schüttle ich den Kopf, um diesen Gedanken zu vertreiben. Wieso vergleiche ich ihn mit Sam?

»Hey.«

Er überbrückt den Abstand zwischen uns, sodass ich den Kopf etwas in den Nacken legen muss, um ihn anzusehen, und küsst mich ohne Vorwarnung. Seine kühlen schmalen Lippen liegen auf meinen, sein herber Geruch dringt in meine Nase und ich spüre seine Hände auf meinen Schultern. Sie sind warm.

Wir küssen uns. Es ist, als würde mein Körper sich ohne mein Zutun erinnern, wie es geht, als wäre es etwas, das man ausführt wie einen Befehl.

Ich fühle nichts. Und das ist der einzige Grund, warum mein Herz schneller klopft und meine Lunge nach mehr Sauerstoff verlangt.

Ich fühle nichts Schönes oder Berauschendes, während ich meinen Freund küsse.

Gerade als mich Panik zu überkommen droht, löst Jonas sich von mir. Er lächelt breiter als bei seiner Begrüßung und ich muss dem Drang widerstehen, mir über die Lippen zu wischen.

»Hab dich wirklich vermisst.«

Ich dich auch, wäre wohl die passende Erwiderung, aber … ich bin mir nicht sicher, ob das stimmt. In mir ist so ein Durcheinander.

»Komm doch rein.« Ich mache einen Schritt zur Seite, sodass Jonas durch die Tür treten und ich sie hinter ihm schließen kann.

»Sorry, dass ich zu spät bin. Die Busverbindungen hierher sind grauenhaft.«

»Das stimmt.«

Das sind sie. Und ich hatte vergessen, dass Jonas noch nie bei mir war. Nicht mit dem Bus und erst recht nicht in unserem Haus. Er war nie drinnen. Ich war immer nur bei ihm. Weil er dieses Kaff schrecklich findet und ich genau wie er empfunden habe. Weil ich von daheim wegwollte, daran erinnere ich mich.

Jetzt bin ich gern hier.

»Schick«, murmelt er, während er die Jacke über das Geländer schmeißt und sich umsieht. Ich schnappe sie mir und hänge sie richtig auf. Mom gibt sich immer solche Mühe, da muss er sein Zeug nicht so unordentlich herumliegen lassen.

Ich atme tief durch. Ich bin heute irgendwie gereizt, ich muss mich entspannen und nicht alles so eng sehen. Doch Jonas macht es mir nicht leicht mit dem, was er als Nächstes sagt.

»Ganz schön eng und klein hier.«

Am liebsten würde ich ihm seine Jacke in die Hand drücken und ihn wieder aus der Tür schieben. Weil er mir das Gefühl gibt, das Haus wäre nicht gut genug. Nur weil seine Eltern sich eines leisten können, in dem der Flur größer ist als mein Zimmer.

Stattdessen gehe ich vor, die Treppe hinauf und bedeute ihm, mir zu folgen. In meinem Zimmer angekommen, mustert er es genauso wie zuvor unseren Flur. Dann entdeckt er unsere Bilder an der Pinnwand.

»Die Fotos sind der Hammer. Ich erinnere mich an jeden Moment. Hat Spaß gemacht.«

Beinahe hätte ich geantwortet, dass ich mich nicht erinnere. Aber ich will nicht, dass er das weiß.

Wenn Jonas lächelt wie jetzt, kann man ihm ziemlich viel verzeihen, merke ich. Auch die Bemerkung von eben über das Haus meiner Eltern, die er vermutlich nicht einmal so meinte, wie ich es aufgefasst habe.

»Ist bei dir alles in Ordnung? Auch daheim?«, frage ich, weil ich das Bedürfnis habe, darüber zu reden. Und zwar richtig, nicht nur über das Handy.

Er schlendert auf mich zu, während ich mitten im Zimmer stehe und an meinem Longshirt herumfummele.

»Ja, alles bestens. Meine Eltern haben sich beruhigt, die Schule und das Training haben wieder angefangen.« Er zuckt mit den Schultern. »Alles wie immer«, sagt er und dann küsst er mich erneut und seine Worte kreisen in meinem Kopf wie Planeten, die man aus der Umlaufbahn geschossen hat und die nicht wissen, wo sie hinsollen.

Seine Lippen drücken sich auf meine, der Kuss ist drängender als der von eben und ich wünschte, ich könnte ihn genießen, aber … es geht nicht. Ich versuche es, aber es geht nicht.

Als seine Hand sich auf meinen Hinterkopf legt, zu meinem Nacken wandert, zucke ich zurück und gebe einen Schmerzenslaut von mir. Es war ein Reflex. Es hat nicht richtig geschmerzt, doch ich bin so erschrocken, als er meine Narbe berührt hat, dass ich die Reaktion nicht kontrollieren konnte.

Und Jonas lässt sofort von mir ab, schaut mich so erstaunt an wie ich ihn.

»Scheiße, Nor. Was ist los? Alles okay?« Ehrliche Sorge schwingt in seiner Stimme mit und ich nicke schwer atmend.

»Sorry. Da ist … Du warst an meiner Wunde. Vom Unfall.«

»Verdammt. Das wollte ich nicht. Zeig mal her.«

Ich drehe mich ein wenig, hebe die Haare an, und als ich ein Zischen vernehme, ist mir klar, dass Jonas die Narbe entdeckt haben muss. Wie sie wohl aussieht? Gerade ich müsste das wissen, aber ich habe mich noch nicht getraut, sie mir im Spiegel anzusehen.

»Die ist krass, Nor.«

»War auch ein krasser Unfall.«

Ich wende mich ihm wieder zu, doch auf einmal ist da etwas zwischen uns, das uns trennt. So unsichtbar wie die Luft, so hart wie Stein. Keiner von uns redet, dabei hätten wir wohl mehr zu besprechen, als uns lieb ist. Ich lache leise in mich hinein. Wie kann man sich so viel zu sagen haben und gleichzeitig nichts?

Wir brauchen Zeit. Wie alles andere im Leben.

Es dauert nicht lange, bis die Stille so unangenehm wird, dass Jonas die Flucht ergreift. Er wolle mir etwas Ruhe gönnen, und wenn er ehrlich sei, hat ihn die Narbe ganz schön erschreckt. Witzig. Er hat nicht einmal danach gefragt, wie sehr mich das Ganze erschreckt. Ein Kuss zum Abschied, ein paar geflüsterte Worte, die nicht richtig bei mir ankommen, und ein: »Wir sehen uns in der Schule. Bis dahin geht's dir bestimmt besser.«

Danach ist er weg und ich fühle mich furchtbar.

Noch schlimmer wird es, weil ich sofort den Drang verspüre, mit Sam darüber zu reden. Mit dem Handy lege ich mich bäuchlings aufs Bett und beginne zu tippen.

> Waren Jonas und ich ein glückliches Paar?

Sam schreibt ...

> Dir auch hallo, Nor. Und ich denke ... da bin ich der falsche Ansprechpartner.

Verzweifelt stöhne ich auf, schließe einen Moment die Augen. Der Junge, mit dem ich zusammen bin, hat mich gerade besucht. Wir haben uns nach diesem schlimmen Abend das erste Mal gesehen und es war so anders, als ich gedacht hatte. Es hat sich nicht natürlich angefühlt. Nicht rund. Als hätten wir es zu sehr gewollt. Aber das kann auch total normal sein. Ich war nervös, er bestimmt auch, und es war kein normales Treffen. Doch dann denke ich an den Kuss und vermisse etwas. Ein Kribbeln. Den Wunsch in mir, das zu wiederholen.

Ich öffne die Augen, meine Finger fliegen über das Display.

> Jonas war gerade hier und … es ist nicht so, dass ich ihn nicht mag. Ich hab mich nicht unwohl gefühlt. Aber etwas hat gefehlt. Ergibt das irgendwie Sinn?

> Jedes Gefühl ergibt Sinn.

> Du bist wirklich keine Hilfe.

> Das habe ich dir gesagt, gib mir nicht die Schuld.

Das bringt mich zum Lächeln. Ich würde ihm gern schreiben, dass ich ihm sehr dankbar bin für das, was er tut. Dafür, dass er da ist. Einfach so. Doch meine Nachricht wird eine andere.

> War ich glücklich, Sam?

Keine Ahnung, warum ich ausgerechnet diese Frage stelle.

> Das hoffe ich.

> Warst du es?

Ich warte. Minute um Minute. Aber ich bekomme keine Antwort.

20

Norah

Jessie J – Who You Are

Meine Eltern haben sofort gemerkt, wie es mir geht. War auch nicht schwer zu erkennen. Im Spiegel hat mich heute Morgen ein blasses und ängstliches Mädchen angeblickt, das ich kaum wiedererkannt habe. Dad hat sich ein paar Tage freigenommen und Mom sich vorgenommen, mich die ganze nächste Woche zur Schule zu fahren und abzuholen. Egal, wie sehr ich beteuerte, dass das nicht nötig ist, sie hat abgeblockt. Insgeheim bin ich unheimlich dankbar dafür.

Wir sind im Wartezimmer, ich befinde mich geschützt zwischen meinen Eltern, als wäre ich etwas Zerbrechliches. Lu ist nicht bei uns, sie sitzt in der Schule. Ich würde gern mit ihr tauschen, denn die Nachsorgeuntersuchung steht an und wir sind alle nervös deswegen.

Wartezimmerromantik. Das Wort schießt mir in den Kopf und ich hasse es. Keine Ahnung, ob es schon immer so war, aber heute tue ich es. Genau jetzt, in dieser Sekunde. Ich finde, es ist ein albernes Wort. Vermutlich soll es witzig sein, weil nichts unromantischer ist als die kargen kalten Wände eines Wartezimmers, und jeder kann sich bessere Arten vorstellen, seine Zeit zu verbringen. Ich finde es bescheuert. Wartezimmer sollten uns Ehrfurcht lehren und keinen Sarkasmus.

Ich sitze nämlich hier mit schweißnassen Händen und habe Angst. Wenn ich genau erklären könnte, wovor, wäre sie wohl nur halb so schlimm. Und sie wäre gar nicht da, wäre das irgendeine Routineuntersuchung. Aber das ist es nicht. Ich bin noch nicht wieder gesund und ja, ich hasse das Wort »Wartezimmerromantik«.

»Norah Frey«, hallt es durch den Lautsprecher, und als wir uns erheben, greift Mom nach meiner klatschnassen Hand. Ich möchte sie ihr entziehen, das kann unmöglich angenehm für sie sein, doch sie drückt sie nur fester. Hält sie einfach weiter.

Eine Arzthelferin kommt uns entgegen, begrüßt uns freundlich und geleitet uns in eines der Behandlungszimmer. Bilder von Wäldern, Wüsten und Bergen hängen gerahmt an den Wänden. Ein verblichener blauer Teppich liegt quer über dem Boden. Wir nehmen auf den schwarzen Stühlen vor dem hellen Schreibtisch Platz und warten.

Die Stille macht mich fertig. Die Sorgen jeder einzelnen Person in diesem Raum sind greifbar, dabei sollten wir keine haben, oder? Schließlich habe ich keine Schmerzen, keinen Schwindel. Bisher ist alles gut gegangen.

Die Tür schwingt auf und ein Mann tritt ein: Dr. Bach. Schwarzes kurzes Haar, kantiges Kinn, ernster Blick, der etwas weicher wird, als er auf meinen trifft.

Seine Begrüßung ist förmlich, aber freundlich. Er setzt sich uns gegenüber.

»Wie geht es dir, Norah?«

Das wurde ich in den letzten zwei Wochen häufiger als je zuvor gefragt und ich verzweifle noch daran.

»Ich schätze gut.« Ich zucke mit den Schultern.

»Den Daten, die mir dein behandelnder Arzt im Krankenhaus hat zukommen lassen, entnehme ich, dass die Operation optimal verlaufen ist. Keine Komplikationen. Ich schaue mir heute deine Narbe an, um zu sehen, ob alles gut verheilt.« Er steht wieder auf und bittet mich, auf der Liege in der Ecke des Raumes Platz zu nehmen. Meine Eltern beobachten alles genau.

Dr. Bachs Finger sind kühl. Sie fühlen sich gut an auf meiner erhitzten Haut, beruhigen meine Nerven, die so wild flattern wie die Flügel eines Kolibris. Ich lehne den Kopf etwas von ihm weg, damit er besser an die Wunde kommt, dann hebt er mein Haar, schiebt es zur Seite. Die Berührung an der Narbe ist kaum wahrnehmbar, es tut auch nicht weh. Es kribbelt nur ein wenig.

»Spürst du das?« Ein sanfter Druck.

»Ja.«

»Schmerzt es? Zieht es?«

»Nein.«

»Okay.« Er lässt von mir ab und nickt. »Setz dich ruhig wieder gerade hin.« Vor mir stehend lächelt er zuerst meine Eltern, danach mich an. »Die Wundheilung verläuft wirklich unproblematisch, darüber musst du dir keinerlei Gedanken machen. Keine übermäßig geröteten Stellen oder Schwellungen, keine Entzündung. Das ist gut.«

Meine Eltern atmen erleichtert durch, Mom greift nach Dads Hand.

»Hast du sonst irgendwelche Beschwerden? Starke Kopfschmerzen? Ein stechendes Gefühl am Hinterkopf oder hinter der Stirn? Ein Engegefühl?«

Ich schüttle den Kopf.

»Übelkeit, Schwindel?«, fährt er fort und holt eine kleine Lampe aus seiner Brusttasche. Daraufhin beugt er sich zu mir herunter und leuchtet mir in die Augen, zuerst ins linke, dann ins rechte.

»Nein. Es geht mir gut«, bringe ich heraus.

Er nickt. »Sehr schön.«

»Norah«, murmelt meine Mom und schaut mich flehend an. *Sag es ihm*, schwingt da mit und Dads Blick bedeutet mir das Gleiche.

Natürlich entgeht das Dr. Bach nicht. Seine Augen verengen sich ein wenig und er fixiert mich. »Gibt es sonst etwas, worüber du reden möchtest, Norah?« Er zieht sich einen Hocker heran und nimmt vor mir Platz. Wartet geduldig und lässt mir den Raum, den ich brauche.

Plötzlich schwitze ich mehr und mehr – und höre ein Ticken. Irgendwo hier im Zimmer ist eine Uhr.

Tick, Tack, Tick, Tack ...

Das Blut rauscht in meinen Ohren, während meine Fingernägel sich in das Leder der Liege krallen.

Und dann bricht es aus mir heraus wie aus einer Wasserflasche, die unter Druck stand. Die Worte, die Fragen, die Vermutungen und die Gefühle. Die Tränen.

»Ich erinnere mich nicht an alles. Ich erinnere mich an kein einziges Gefühl richtig. Und am meisten fehlen mir Erinnerungen aus den letzten drei Jahren«, beginne ich.

Als ich fertig bin, fühle ich mich so leer und erschöpft, dass meine Arme, mit denen ich mich seitlich auf der Liege abgestützt habe, zu zittern anfangen und mein Mund ganz trocken wird.

Der Arzt bleibt still, aber sein Blick bohrt sich in meinen. Seine Finger fahren nachdenklich über sein Kinn.

»Wann hast du es zum ersten Mal bemerkt?«, fragt er fast sanft, seine Stimme ist wie ein Wiegenlied.

»Kurz nachdem ich aufgewacht bin. Im Krankenhaus.« Ich sammle die restliche verbliebene Spucke und schlucke sie herunter, befeuchte meine Lippen. »Da wusste ich noch nicht, was passiert ist. Alles war verwirrend und ich war ein wenig überfordert.«

»Warum hast du nichts gesagt?« Es ist kein Vorwurf. Nur ehrliche Neugierde.

»Weil man mir erklärt hat, dass Amnesie eine Nebenwirkung der OP sein kann. Ich hab mir nichts dabei gedacht.«

»Verstehe.«

»Dr. Alvarez hat es erwähnt«, ergänzt mein Vater. »Er meinte aber auch, dass wir den Erinnerungslücken nachgehen sollen, wenn es nicht von alleine besser wird.«

»Und das wird es nicht«, stellt Dr. Bach überflüssigerweise fest.

»Nein.«

Er holt tief Luft, verschränkt die Arme vor der Brust. »Das, was du beschreibst, nennt sich Dissoziative Amnesie. In der Medizin ist Amnesie ohnehin ein breites Feld und diese Art gehört zu den komplexeren Phänomenen. Um es vereinfacht zu sagen: Es ist vielfältig.« Wir hören aufmerksam zu. Ich glaube, meine Mom versucht sogar, leiser zu atmen. »Kennst du den Unterschied zwischen Symptom und Ursache, Norah?«

Ich denke über seine Frage nach. »Ich bin mir nicht sicher. Eine Ursache ist ein Auslöser, oder? Ein Grund für etwas.« Er nickt und ermutigt mich damit fortzufahren. »Ein Symptom ist ... hm. Macht ein Symptom die Ursache sichtbar?« Ich kann nicht sonderlich gut erklären, was ich meine, aber Dr. Bach stimmt mir zu.

»Das ist richtig. Deine Amnesie ist ein Symptom. Sie ist demnach die Reaktion deines Körpers auf eine Ursache und zeigt, dass etwas nicht stimmt. Die Ursache, oder auch der Auslöser, ist das, was für uns interessant ist. Und davon kann es viele geben.«

»Auslöser«, wiederhole ich und krame unwillkürlich in den Fetzen meiner Erinnerungen, in all den Bildern, die da sind.

»In deinem Fall würde ich den Unfall aus Auslöser sehen. Der Unfall und das Trauma, das damit einherging, haben deine Amnesie ausgelöst. Aber ich glaube, dass es da noch mehr gibt. Du sagst, deine Erinnerungen sind nicht alle weg? Nur die meisten der letzten drei Jahre, richtig?«

»Ja«, murmle ich.

»Vielleicht ist da etwas passiert, das dich sehr beschäftigt hat und sich durch die letzten Jahre zog – bis zu deinem Unfall.«

»Das verstehe ich nicht. Wieso erinnere ich mich nicht? Wieso ...« Ich stocke. Spüre Verzweiflung in mir aufkommen.

»Norah«, lenkt er meine Aufmerksamkeit wieder auf sich. »Viele Menschen erleben das. Jedes einschneidende Ereignis, jedes Trauma ist für jeden Menschen unterschiedlich stark und schlimm. Die Amnesie ist nicht nur ein Symptom, sie ist auch ein Schutzmechanismus. Es gibt also irgendwo einen Zeitpunkt oder eine -spanne, die dich so belastet hat, dass sie zu einem Trauma wurde. Einen Konflikt oder Vorfall, der dich aus dem Gleichgewicht gerissen hat, um es ein wenig zu vereinfachen. Die Amnesie sorgt dafür, dass du dieses Gleichgewicht zurückerhältst, indem sie dieses Trauma löscht. Deshalb erinnerst du dich nicht daran. Jedoch kann es Situationen geben, in denen du dich unwohl fühlst, ohne zu wissen, warum. Es können Fragen oder Gedanken an Personen auftreten ohne ersichtlichen Grund. Manches kann dich besonders intensiv beschäftigen. Meist deuten diese Dinge in die Richtung des Problems, der Ursache.«

Das ist zu viel für mich. Ich finde keine Worte.

»Das heißt, der Unfall war eine Art Zwischenauslöser für eine ganz andere Ursache, die nun zu Norahs Amnesie führte?«, fragt Dad mit ruhiger Stimme.

»Das wäre meine momentane Diagnose aufgrund von Norahs Beschreibungen und Erzählungen. Vor allem die Zeitspanne, die spezifischen punktuellen Verluste von Erinnerungen deuten darauf hin.«

»Und ... was soll ich jetzt tun?«, wispere ich und starre auf meine Hände, die in meinem Schoß liegen.

»Ich würde dir raten, mit jemandem darüber zu reden, um den Auslöser nicht nur zu finden, sondern ihn auch zu verarbeiten.«

Er erhebt sich, geht zielstrebig zurück an seinen Schreibtisch und tippt etwas in seinen Computer.

An meine Eltern gerichtet, fährt er fort: »Norah braucht noch viel Ruhe. Vorne wird man Ihnen eine Überweisung zu einer bekannten Jugendpsychologin aushändigen. Ein Erstgespräch sollte zügig stattfinden können, bei weiteren Terminen sind längere Wartezeiten möglich. Allerdings rate ich dringend dazu, diese in Kauf zu nehmen. Es könnte Norah während ihrer Genesung und auch danach sehr zugutekommen.«

Meine Eltern sagen zu.

»Norah wollte Montag wieder in die Schule, vielleicht behalten wir sie doch noch daheim«, bringt meine Mutter an.

»Wenn Norah sich fit fühlt und sie meinte ja, dass es ihr so weit gut gehe, habe ich diesbezüglich keinerlei Bedenken. Von Sport sollte sie noch ein paar Wochen absehen, ansonsten könnte die Schule eine gute Ablenkung sein. Vielleicht hilft es ihr sogar, sich wieder in ihrem gewohnten Umfeld zu bewegen.«

Mom und Dad unterhalten sich weiter mit Dr. Bach, klären irgendwelche Dinge, aber das alles entgleitet mir. Ich sitze nur da und wiederhole stumm all die Worte, die ich gesagt habe, und jene, die der Arzt gesagt hat. Es gab einen Konflikt in meinem Leben, der mich so belastete, dass ich ihn vergessen habe. Und dieser muss etwas mit meinen Gefühlen zu tun haben.

Es hat etwas mit Sam zu tun.

Diese Erkenntnis trifft mich wie ein Vorschlaghammer. Sam … war der Erste, an den ich nach dem Unfall dachte und den ich sehen wollte. Ich fühle mich wohl bei ihm. Wir sind keine Freunde mehr, aber wir waren es einmal. Sam. Davor, als noch alles in Ordnung war mit uns, sind so viele Erinnerungen von uns beiden in meinem Kopf.

Wollte er vielleicht nicht mehr mit mir befreundet sein? Und hilft mir jetzt aus Mitleid?

Ich hatte gehofft, dieser Besuch würde mir Klarheit bringen, und auch wenn mein Problem nun einen Namen hat, ist es alles geworden, nur nicht klarer.

Die Fragen wurden mehr, nicht weniger.

Im Wagen riecht es frisch, ein wenig nach Glasreiniger. Dad macht die Heizung an und Mom holt ihr Smartphone heraus.

»Ich rufe direkt bei der Psychologin an«, verkündet sie und hält das Handy ans Ohr.

Dad wartet, bis er den Wagen startet – und ich? Ich sitze da, schnalle mich an und bin so müde, wie lange nicht mehr. Das Gespräch hat mich geschlaucht.

Wovor sollte mich diese Amnesie schon schützen?

Vor ein paar Tagen habe ich die Liste, die mir helfen sollte, mich wiederzufinden, energisch zerrissen, und jetzt bin ich zurück an dem Punkt, an dem ich mich mit meinem alten Ich befassen muss.

»Guten Tag, mein Name ist Anna Frey. Ich würde gerne einen

Erstgesprächstermin vereinbaren für unsere Tochter Norah. Wir haben eine Überweisung von Dr. Bach.« Stille. »Ja, genau.« Das Murmeln der Dame am anderen Ende ist zu vernehmen. »Okay.« Meine Mutter schaut meinen Vater überrascht an. »Schon? Das wäre fantastisch. Danke. Morgens um halb zehn. Mhm.« Wieder Gemurmel. »So lange?«, flüstert Mom. »Ja. Okay. Danke. Auf Wiederhören.«

»Und?« Dad startet den Motor.

»Donnerstagfrüh hat sie das Gespräch. Wir hatten wohl Glück, ein Patient hat vorhin abgesagt. Allerdings hat man mich sehr deutlich darauf hingewiesen, dass dies lediglich ein Erstgespräch über neunzig Minuten ist. Falls eine Therapie und weitere Maßnahmen sinnvoll erscheinen oder notwendig sind, muss Norah mindestens vier Monate warten.«

»Vier Monate!«, spottet Dad. »Das ist ein Witz. Wenn es wirklich nötig ist, muss jemand so lange ausharren und auf Hilfe verzichten?« Ungläubig schüttelt er den Kopf, meine Mom antwortet nicht. Wahrscheinlich denkt sie das Gleiche.

Der Wagen biegt ab, ich beobachte, wie Dad in den dritten Gang schaltet, und jetzt bin ich diejenige, die ihr Handy zückt. Die es anstarrt wie einen Fremdkörper.

Amnesie. Trauma. Konflikt. Auslöser.

Dieser Unfall. Jonas, Tim, Ella.

Sam.

Wie passt das alles zusammen?

Mein Leben ist ein kaputtes Puzzle, von dem niemand mehr weiß, wie die Teile zusammengehören.

Ich öffne WhatsApp und zögere. Aber es ist wie ein Sog. Ich möchte Sam schreiben und ihm alles erzählen.

In drei Tagen gehe ich das erste Mal wieder zur Schule und ich fürchte mich davor. Der Gedanke daran beschert mir Übelkeit.

> Ich hab Angst, Sam.

21

Sam

Lewis Capaldi – Bruises

Die große Pause hat gerade begonnen. Ich schlängle mich geübt und so unauffällig wie möglich aus dem Klassenraum, an den Spinden vorbei und durch die Glastür. Weiter Richtung Bibliothek und Aula, die ich leider durchqueren muss, um in den Musiktrakt zu gelangen. Hier tummeln sich in der Pause die meisten Schüler, wenn sie nicht gerade draußen sind und heimlich rauchen oder so.

Mittlerweile könnte ich den Weg mit geschlossenen Augen gehen und die Tür zum Musikraum 2b öffnen. Niemand sieht mich mehr.

Das war nicht immer so.

Gesehen zu werden ist nicht immer gut.

Ich schaffe es noch rechtzeitig, sodass Herr Brühl mir das Nebenzimmer aufschließen kann, bevor er sich auf den Weg ins Lehrerzimmer macht. Er ist jetzt fast zweieinhalb Jahre lang mein Musiklehrer und erlaubt es mir, seit mehr als einem Schuljahr, die Pausen in den Musikräumen oder Nebenzimmern zu verbringen. Der einzige Grund, wieso ich die Schule irgendwie aushalte.

Hier habe ich meine Ruhe. Hier kann ich Musik machen oder hören. Hier muss ich mit niemandem reden und mich nicht rechtfertigen, dass ich so bin, wie ich bin.

Bisher hat sich niemand beschwert.

Ich stelle meinen Rucksack ab und kreise mit den Schultern. Noch eine Stunde, dann kann ich heim. Zusammen mit meinem Pausenbrot ziehe ich mein Handy hervor. Seit Norah wieder in meinem Leben ist, schaffe ich es keine Stunde lang, nicht darauf zu starren. Ziemlich armselig.

Ich beiße von meinem Käsebrot ab, setze mich auf den Stuhl vor dem Keyboard, das hier steht, und öffne die neue Nachricht. Beinahe hätte ich mich an dem Bissen in meinem Mund verschluckt. Sofort lege ich das Essen weg und schreibe zurück. Die Nachricht kam erst vor drei Minuten.

> Was ist passiert? Wo bist du?

Sie hat Angst, schießt es mir durch den Kopf und ich mache mir mehr Sorgen, als ich möchte. Die Häkchen werden blau, Norah antwortet, aber das beruhigt mich kein Stück.

> Im Auto mit meinen Eltern. Auf dem Heimweg. Wollte dir keine Sorgen bereiten. Ich war bei der Nachsorgeuntersuchung und … Ich habe wirklich Amnesie, Sam. Amnesie.

> Der Arzt sagt, sie sei nur ein Symptom für etwas, das tiefer verborgen liegt. Ein Schutzmechanismus meines Körpers. Das klingt so verrückt. Er meint, da wäre etwas in meiner Vergangenheit, das mich so stark belastet und negativ geprägt hat, dass ich es jetzt vergessen habe. Alles, was damit zusammenhängt. Als Schutz. Kannst du das glauben?

Mir wird schlecht. Mir wird schwindelig. Mir wird kalt und heiß zugleich.

Norah ist näher dran, als sie denkt, und sosehr ich sie beschützen möchte, so sehr wird mir klar, dass ich das nicht kann. Mich konnte auch niemand beschützen.

Sie hat Angst.

Ich habe Angst.

Das alles ist so beschissen Furcht einflößend, dass ich kurz davor bin, mich zu übergeben. Seit dem Tag, an dem sie Ella kennenlernte und sich mit ihr anfreundete, ging alles bergab. Meine beste Freundin wurde zu einem anderen Menschen und mein Leben wurde zu einer Horrorshow. Ich wollte das alles nicht mehr, konnte es nicht mehr ertragen und dachte nicht, dass ich die Kraft finden würde weiterzumachen. Dass es besser werden würde. Aber das tat ich und es wurde besser.

Ich wurde wieder unsichtbar.

Der Unfall. Norah. Die Liste. Die Nachrichten.

Es ist nur eine Frage der Zeit, bis Norah die Wahrheit herausfindet. Ihr wieder klar wird, wer sie war.

Es gibt nur eine Sache, die sie nicht wusste – niemand weiß es. Und das ist das, was unter meinem Tattoo liegt. Meine Eltern wissen es und mein ehemaliger Therapeut. Die Schule hat kaum etwas davon mitbekommen und meine Eltern haben nichts gesagt, weil ich sie angefleht habe. Weil es das schlimmer gemacht hätte. Da bin ich mir sicher.

> Also geht es dir gut?

Ich muss das fragen, ich muss die Antwort hören.

> Ja. So gut es eben geht.

Ich atme auf. Es geht ihr gut.

> Was soll ich nur tun, Sam?

Wenn ich das nur wüsste. Ein fetter Kloß sitzt in meinem Hals, mein Hunger ist vergangen, die Übelkeit ist geblieben.

Ich dachte immer, ich würde Norah hassen. Dafür, dass sie nicht für mich da war, als ich sie brauchte. Dafür, dass sie mich nicht verteidigt hat. Aber heute mit etwas Abstand frage ich mich, ob das überhaupt ihre Aufgabe war.

Ich rede das alles nicht schön. Sie hat mitbekommen, wie man mich ausgelacht hat. Wie man mich gedemütigt hat.

Doch ich glaube, ich verstehe es jetzt.

Sie hatte Angst. Wie ich.

Bei Gott, was ist nur aus uns geworden?

22

Norah

Bishop Briggs – Water

Nach dem Termin beim Arzt habe ich fast nur geschlafen, danach zog das Wochenende an mir vorbei wie die Wolken vor meinem Fenster. Ich habe ein paarmal mit Sam geschrieben, nicht viel, aber es hat mir gutgetan. Ella hat mir gestern eine Nachricht geschickt, in der sie fragte, ob ich wirklich wieder zurück in die Schule komme, Jonas hingegen hat sich nicht gemeldet.

»Wenn irgendwas ist, ruf an, okay? Dann hole ich dich sofort ab.«

Meine Mom nimmt eine Hand vom Lenkrad und legt sie auf meine. Wir stehen auf dem Schulparkplatz. Es ist Montagfrüh, halb acht. Gleich fängt die erste Stunde an und dieses furchtbare flaue Gefühl in meinem Magen ist zurück. Etwas in mir will sich in diesen Sitz festkrallen und den Wagen nicht verlassen.

Doch ich schnalle mich ab, versuche mich an einem Lächeln, um meine Mom zu beruhigen, und atme dabei tief ein.

»Werde ich.«

»Um eins bin ich wieder hier.«

»Ich kann mit dem Bus fahren. Das habe ich früher auch immer gemacht.«

»Das sind vierzig Minuten. Lass mich das diese Woche bitte noch für dich tun, ja?«

Ich beuge mich vor, umarme sie und flüstere ihr »Danke« ins Ohr, während sie mir über den Rücken streicht.

Ein Schwall kühle Luft schwappt mir entgegen, als ich es schaffe, die Beifahrertür zu öffnen, und mit meinem Rucksack aussteige. Ich schließe schnell die Jacke, weil mir der Wind darunterzieht, und winke meiner Mom, die davonfährt. Auf dem Parkplatz stehend, auf dem die Mütter ihre Kinder absetzen oder die Schüler des Abi-Jahrgangs ihre Autos parken sowie unsere Lehrer, die gerade die ersten Schüler verwarnen, weil sie an der Bushaltestelle rauchen, fühle ich mich fremd.

Eigenartiges Gefühl.

Nur schwerfällig setze ich mich in Bewegung in Richtung Nebeneingang, der direkt zum Oberstufentrakt führt, und in dem Moment, in dem die Tür in Sicht kommt, erkenne ich Tim, Ella und Jonas zusammen mit Fiona und Kai. Sie sitzen auf der Bank in dem kleinen überdachten Holzhüttchen keine fünf Meter vor dem Gebäude, lachen und quatschen. Fiona und Kai sind ein Paar und gut mit Ella befreundet.

»Ahhh, Norah!«

Ella brüllt über den ganzen Schulhof, sodass sich alle im Umkreis umdrehen und mich noch mehr anstarren, als sie das bisher schon getan haben, seit ich aus Moms Auto gestiegen bin. Ich will, dass sie damit aufhören. Dass sie aufhören zu glotzen, zu tuscheln und mich zu beobachten. Egal, was sie denken, ich bin ein Mensch mit Gefühlen und keine Schlagzeile, über die man sich das Maul zerreißt.

»Nor ist wieder da!«, ruft Ella, während sie mit ausgebreiteten Armen auf mich zurennt und mich stürmisch umarmt. Ich hatte vergessen, wie viel Kraft sie hat.

»Morgen, Ella«, murmle ich halb lachend. »Schön, dich zu sehen.«

Sie strahlt mich an, nachdem sie es aufgegeben hat, mich wie eine Würgeschlange zu erdrosseln. Im Augenwinkel erkenne ich, dass die anderen sich zu uns gesellen.

»Ist das ein neuer Look? Ein bisschen … trostlos, oder? Na ja … Ich bin auf jeden Fall so froh, dass du wieder da bist.«

Die anderen kommen bei uns an, während ich Ellas Kommentar zu meiner Jeans, den Boots und dem lockeren schlichten Kapuzenpullover einfach überhöre.

»Hey.« Jonas und sein schiefes Lächeln. Er gibt mir einen schnellen und doch innigen Kuss, bei dem mir aus irgendeinem Grund die Hitze in die Wangen schießt. Vielleicht, weil ich keine Gelegenheit hatte, auszuweichen und Nein zu sagen. Weil mir nicht klar ist, ob ich diesen Kuss wollte …

»Wie süß, sie wird ganz rot. Als hättet ihr euch noch nie geküsst.« Ella kichert und Jonas' Grinsen wird breiter, als er einen Arm um mich legt und mich an sich zieht. Dadurch gibt er den Blick auf Tim frei, der noch keinen Ton von sich gegeben hat.

Wir schauen uns an und mir ist nicht ganz klar, was ich tun soll. Deshalb sage ich einfach nur: »Hallo.«

Tim wirkt irgendwie schüchtern. Ich glaube, das ist das erste Mal, dass ich ihn so sehe.

»Hey, Nor. Alles fit?«

»Mir geht es gut.«

Jetzt lächelt er richtig und Jonas boxt ihn in die Seite.

»Hab dir doch versprochen, dass alles okay ist. Nor ist cool. Die Sache ist abgehakt, Mann.«

Abgehakt? Was?

»Alle sprechen noch darüber«, wirft Ella ein und schüttelt gespielt gequält den Kopf. »Jetzt wo Nor wieder da ist, wird sich alles um sie drehen. Du Glückliche.« Das Letzte sagt sie direkt an mich gewandt, aber ich verstehe nicht, worauf sie hinauswill. Ist sie etwa eifersüchtig, weil die Leute hinter meinem Rücken über mich lästern oder tuscheln? Das ist nichts Erstrebenswertes.

»Der Unfall soll voll krass gewesen sein. Hab die Zeitungsartikel gelesen.« Kai lacht, Fiona kuschelt sich an ihn.

»Das hatten wir doch schon, Leute.« Tim klingt genervt, auch wenn er bemüht ist, das zu überspielen.

Reden die gerade wirklich über unseren Unfall, als wäre er ein cooles Event gewesen? Mir fehlen die Worte.

»Leute, ich muss noch mal ans Fach. Bevor ich es vergesse: Sehen wir uns am Freitag bei mir? Kleine gemütliche Runde? Hab sturmfrei.« Kai zwinkert uns zu.

»Klar sind wir dabei«, erwidert Jonas und Ella nickt voller Vorfreude.

»Super. Bis dann!«

Fiona und Kai verabschieden sich und gehen ins Schulgebäude. Ich betrachte die Menschen, mit denen ich hier stehe und mich unterhalte, und stelle fest ... ich kenne sie nicht. Nein, ich kenne sie irgendwie nicht.

Es klingelt.

»Lasst uns reingehen. Ich muss vorher noch zum Sekretariat.«

Niemand widerspricht Jonas, er zieht mich mit sich, und während Ella auf die Toilette verschwindet, schlendern wir zum Lehrerzimmer. Nahezu schweigend. Dort küsst mich Jonas wieder. Nicht nur unerwartet, sondern inniger, als es sein müsste, hier vor den Lehrern – und wieder entgegne ich nichts. Drehe mich nur leicht weg. Er merkt es nicht. Jonas merkt nicht, dass ich es nicht wollte. Ich hätte was sagen sollen ... Ich bin nicht dazu verpflichtet, ihn zu küssen, wann immer oder weil er das möchte.

Tim wartet mit mir vor dem Sekretariat, er hat gleich mit Jonas zusammen Unterricht.

»Geht es dir gut?«, frage ich und er nickt, sein Lächeln ist nicht wie sonst. Es ist offener und ehrlicher.

»Es wird schon.« Er legt die Stirn in Falten, sieht dabei richtig ernst aus, während er bemüht ist, meinem Blick standzuhalten. »Es tut mir leid, Nor. Wirklich.«

Und das erste Mal erkenne ich Unsicherheit bei Tim und irgendwie den Jungen, der er hinter der Fassade ist. Ich spüre, wie aufrichtig er es meint, und auch wenn das den Unfall und die Tatsache, dass er betrunken gefahren ist, nicht ungeschehen macht, glaube ich ihm. Verzeihe ihm. Im Gegensatz zu den anderen war es für ihn wohl ähnlich heftig wie für mich und garantiert nichts, worüber man Witze reißt.

»Ich weiß. Mir auch.« Ich nehme ihn in den Arm. Das habe ich noch nie auf diese Art getan, aber es fühlt sich richtig an und ich gebe dem Impuls nach. Nur kurz. »Mach das nie wieder, verstanden? Fahr nie wieder, wenn du vorher Alkohol getrunken hast, egal, was andere sagen oder denken. Das ist es nicht wert.«

»Versprochen.« Tim räuspert sich, nachdem ich von ihm abgelassen habe.

Es klingelt zum zweiten Mal. Ich verabschiede mich und will ins Klassenzimmer gehen, doch Tims verwirrter Blick lässt mich innehalten.

»Wir warten sonst immer auf Jonas«, bringt er nur hervor.

»Aber die Stunde beginnt«, entgegne ich.

»Ja, nur …«

Ich zucke mit den Schultern. »Er wird den Weg schon allein finden.« Und aus irgendeinem Grund bringt das Tim zum Lachen.

»Bis später, Nor.«

Fühlt sich doch irgendwie alles besser an als befürchtet.

Dachte ich.

Denn eine Sache fehlt: Sam.

Ich habe ihn nicht ein einziges Mal gesehen. Nicht zwischen den Stunden, in den großen Pausen und nicht danach.

Auch nicht am Tag darauf.

Seit dem Wochenende habe ich nichts von Sam gehört, heute ist Mittwoch. Wir haben nach dem Arzttermin noch etwas geredet, aber seitdem ist Funkstille.

Ich habe nicht gezählt, wie oft ich mich bei ihm melden wollte und es letztendlich nicht getan habe. Es war zu oft. Ich wollte ihn nicht nerven oder unnötig belasten.

Die Stimmen auf dem Flur sind beinahe ohrenbetäubend. Manchmal glaube ich, die zweite Pause ist stets lauter als die erste. Ist irgendwie so ein Gefühl.

Aber der Lärm geht unter bei all den Gedanken, die ich mir mache: die um meine Erinnerungen, den Unfall, mein Leben wie es einmal war, wie es gerade ist – und über das, was vielleicht noch kommt. Meine Vergangenheit, meine Zukunft. Das Abi.

Ich bin nicht schlecht in der Schule, aber die Auszeit hat mich, zusammen mit all den Sorgen und Fragen, gewaltig zurückgeworfen und mir einen Nachteil verschafft. Bis ich den ganzen Stoff aufgeholt habe – ich schüttle den Kopf. Das wird dauern. Ich werde viel lernen müssen.

Mit dem Blick gen Boden und den Gedanken in den Wolken versuche ich, mich an den Leuten vorbeizudrängen, weil ich das Starren und die Aufmerksamkeit nicht mehr ertrage. Weil ich einfach nur Norah bin, kein Außerirdischer. Ich will diesen Neid und diesen Unmut nicht. Oder was auch immer meine Mitschüler für mich empfinden mögen. Ich will nicht wissen, was sie über mich tuscheln. Am liebsten wäre mir, sie würden es ganz lassen. Dabei ist es egal, ob ich mit Jonas und den anderen zusammen bin oder allein. Ich fühle mich wie ein Ausstellungsstück in einem Museum, das niemand berühren darf und niemand versteht. Es wird ausgegrenzt und zur Schau gestellt und jeder fragt sich nur, warum und was daran schon besonders sein soll …

Für ein paar lausige Meter funktioniert das mit dem Ausblenden der Menschen sogar ganz gut.

Bis ich in jemanden hineinlaufe.

»Entschuldigung, ich hab nicht … Sam?«

Erschrocken schaue ich in das Gesicht des Jungen, den ich seit zwei Tagen suche, und er wirkt nicht weniger verwundert. Wir stehen am Anfang der offenen Aula, die mitten in die Schule integriert wurde, an einer dicken Säule, und in diesem Moment bekomme ich den Trubel um mich herum kaum noch mit. Dafür muss ich mich nicht einmal anstrengen. Dieses Mal nicht …

Denn Sam ist da.

Ich kann das Lächeln, das sich auf meinen Lippen ausbreitet, nicht stoppen.

»Hallo.«

Jetzt lächelt er auch. »Hallo«, redet er mir nach und ich bin ziemlich froh darüber, nicht aufgepasst zu haben, wo ich hinlaufe. Sonst wäre ich ihm nicht begegnet.

»Hast du gerade ein wenig Zeit?«

»Eigentlich wollte ich …«, beginnt er und sofort macht sich Enttäuschung in mir breit. »Ich wollte zu den Musikräumen.«

»Übst du in den Pausen?«

»Manchmal.«

»Sam, ich wollte ...« Mitten im Satz werde ich unterbrochen. Jemand ruft meinen Namen.

»Nor, da bist du ja!«

Jonas.

Sam will gehen, aber Jonas versperrt ihm den Weg – und all die anderen Jugendlichen, die sich gerade hier aufhalten oder an der Säule vorbeiquetschen.

»Schau an, wer da ist. Lange nicht gesehen. Hast du vergessen, dass du Norah in Ruhe lassen sollst?«

Was? Wie meint er das denn? Ich keuche auf, schaue verwirrt zwischen Jonas und Sam hin und her und habe keine Ahnung, was hier los ist.

Sam beißt die Zähne zusammen und reckt das Kinn. »Als ob sie dir etwas bedeuten würde.«

Mein Atem geht immer schneller, mein Herz trommelt in meiner Brust. Ich verstehe nicht, was Jonas meint oder Sam. Verstehe Sams eisernen, wütenden Blick nicht und erst recht nicht den abschätzigen von Jonas.

»Du solltest verschwinden«, zischt Jonas und ich erkenne ihn nicht wieder.

Sam wird noch wütender. »Warst du überhaupt im Krankenhaus? Hast du ein Mal ernsthaft nachgefragt, wie es Norah geht? Wolltest du es ein Mal *wirklich* wissen? Hat dich auch nur ein einziges Mal interessiert, was sie durchgemacht hat?«

Jonas baut sich vor Sam auf und mir kriecht die Angst den Nacken hoch. Ich will etwas sagen, will einschreiten, aber meine Kehle ist wie zugeschnürt. Jonas antwortet ihm nicht – und Sam weicht nicht zurück.

»Nor ist dir doch egal. Du kannst nichts, als dumme Sprüche zu klopfen.«

»Hey!«, *ruft Jonas durch den großen Flur in Richtung Wohnzimmer.* »Bin daheim und hab Norah mitgebracht.«

Ich war vorher noch nie bei Jonas. Wir sind erst zwei Wochen zusammen und er wollte mir gerne sein Haus zeigen. Es ist groß und geräumig, stilvoll eingerichtet. Die Decken sind bestimmt vier Meter hoch. Es ist klar und schlicht gehalten, doch mir fehlt die Wärme.

»Dad ist vermutlich hinten in seinem Büro, Mom arbeitet bestimmt auch und …«

»Erzähl keinen Blödsinn, Junge. Deine Mutter hat noch nie richtig gearbeitet.« *Ein Mann mittleren Alters, mit schickem Hemd und Anzughose tritt zu uns. Man könnte meinen, es war ein Scherz, aber sein Tonfall und Ausdruck zeigen, dass es keiner war. Das macht ihn nicht sonderlich sympathisch.*

Er reicht mir die Hand. »Und du bist die Freundin meines Sohnes?« *Keine Ahnung, ob es neugierig klingen soll. Der Blick, mit dem er mich mustert, lässt mich denken, er schätzt gerade meinen Wert.*

Unsicher schüttle ich seine Hand. »Ja, mein Name ist Norah. Schön, Sie kennenzulernen.«

»Vielleicht bringst du meinem Sohn bei, dass er mehr lernen muss und er es nur mit dummen Sprüchen und einem hübschen Lächeln nicht durchs Leben schaffen wird.«

»*Dad*«, *mahnt Jonas.*
Ihm muss das Ganze noch weitaus unangenehmer sein als mir.
»*Eine Vier in Mathe? Wirklich?*«
»*Müssen wir das jetzt besprechen?*«
»*Du sollst dein Bestes geben und aufhören, Scheiße zu bauen. Und wenn eine Vier dein Bestes ist, würde ich mir mal ernsthaft Gedanken machen.*«
Ich möchte im Erdboden versinken. Es tut mir so leid, dass Jonas' Vater ihm diese Predigt vor mir hält.
»*Ich dachte, die Zwei minus in Deutsch wäre schlimm, aber das? Gott, habe ich einen Idioten erzogen? Kannst du wirklich nicht mehr, als dumme Sprüche zu klopfen?*«
»*Komm, Norah. Wir gehen nach oben.*« *Er nimmt meine Hand und ich folge ihm, während der Blick seines Dads auf uns liegt.*

»Halt deine Klappe! Du hast doch keine Ahnung, du Loser.«

Ich keuche erneut auf, mein Blick huscht hin und her. Die Erinnerung klebt an mir und lässt mich nicht los, es ist, als würde ich die Orientierung verlieren.

»Jonas«, mahne ich ihn erstickt und schockiert und will ihn am Arm von Sam wegzerren, doch mit einem Ruck entzieht er sich mir. Ich bin wie gelähmt. Mein Magen dreht sich.

»Niemand interessiert sich für deine Meinung.«

Jonas schubst Sam. So heftig, dass er über den Fuß eines anderen Mitschülers stolpert und hinfällt. Um uns herum fangen die Schüler an zu glotzen, zu tuscheln und zu lachen. Sie lachen über Sam. Eine kleine Traube bildet sich, und während Jonas sich lächelnd vor Sam aufbaut und auf ihn herunterblickt, bekommt dieser ein hochrotes Gesicht.

»Guck ihn dir an. Er kann nicht mal richtig laufen.«

Jonas lacht Sam aus, der auf dem Asphalt draußen auf dem Hof liegt. Er hat ihm ein Bein gestellt. Nicht das erste Mal. Tim stimmt mit ein und klatscht Jonas ab. Ein paar andere kichern hinter vorgehaltener Hand.

Sam muss allein, während alle ihn anstarren und über ihn lachen, seine Sachen zusammensuchen. Die Hefte, die aus dem Rucksack gefallen sind, seine Brotdose, die jemand wegkickt, sodass Sam sie nicht aufheben kann.

»Hoppla. Sorry, mein Fehler.«

Das ist falsch. Ich weiß es. Trotzdem rühre ich mich nicht. Ella ist plötzlich neben mir und stupst mich an. Wir kennen uns jetzt ungefähr zwei, drei Monate.

»Und mit dem warst du befreundet?«, fragt sie abwertend und ich schlucke schwer.

»Ja, verrückt, oder?«, bringe ich hervor und schaffe es sogar, dass es glaubhaft wirkt. Ich weiche Sams Blick aus.

»Total. Auch dass er dich nicht in Ruhe lassen wollte. Ich meine, er hat Fotos von dir in seinem Spind und dir einen Song geschrieben. So ein Freak. Aber jetzt hast du ja uns. So toll, dass wir uns kennengelernt haben und Freunde geworden sind, Nor. Ohne dich wäre ich in Geschichte und Deutsch echt aufgeschmissen.«

Ella legt ihren Arm um mich und führt mich weg. Und ich gehe. Ich gehe, Schritt um Schritt, und schaue nicht zurück.

»Kommt schon, Jungs. Ich hab Hunger!«, ruft sie den beiden zu, bevor sie mir zuflüstert: »Wie findest du eigentlich Jonas?«

Nein.

Keuchend halte ich mich an der Wand neben mir fest, mein Kopf droht zu explodieren, meine Sicht verschwimmt. Nein, das kann nicht sein. Das … das kann nicht passiert sein. Zu viele Bilder, zu viele Erinnerungen und Gefühle. Zu viel auf einmal.

Mein Blick findet Sams, der sich in dieser Sekunde aufrappelt. Ich will zu ihm, will ihm helfen, aber sein Ausdruck hält mich auf Abstand.

Darin ist so viel Zorn. So viel Abscheu.

Da liegt auf einmal eine ganze Welt zwischen uns.

Und ich? Ich stehe da … ich stehe einfach nur da wie ein Idiot.

Ein Lehrer bahnt sich seinen Weg zu uns. »Was ist hier los?«

»Nichts, Herr Wolff. Sam ist nur gestolpert«, gibt Jonas freundlich zurück.

»So, so.« Er rückt seine Brille zurecht, schaut sich das Ganze an. »Jemand meinte, hier wird sich geprügelt.«

»Nein. Da müssen Sie etwas missverstanden haben. Wenn überhaupt war es eine Meinungsverschiedenheit. Nicht mehr.«

Lehrerliebling. Mädchenschwarm. Sport-Ass. Jonas, der Held der Oberstufe.

Und da bemerke ich es: Herr Wolff erliegt seinem Charme und

seiner Überzeugungskraft. Er bohrt nicht weiter nach. »Dann ist ja alles gut.«

Lehrer machen es sich so einfach. Genau wie wir.

Meine Widerworte bleiben im Hals stecken, ich bekomme kaum Luft. Sam beißt die Lippen zusammen, sein Gesicht ist vor Schmerz verzogen.

Um mich dreht sich alles.

Ella kommt auf einmal zu uns, sie redet mit Jonas und ruft mich. Wir sollen ihr folgen, die Pause sei sonst gleich rum, aber …

Eine Hand greift nach meiner, meine Füße bewegen sich. Ich sehe Sam plötzlich nicht mehr.

Ich gehe mit. Ich gehe weg. Schon wieder.

Ich weiß jetzt, was ich war und was ich bin.

Ich bin ein Feigling.

23

Sam

Harry Styles – Falling

Es ist wie ein Déjà-vu.

Weg. Norah geht weg.

Während ich auf dem Boden liege. Mitten in der Schule.

Wie konnte ich so ein Idiot sein? So blind? Wie konnte ich glauben oder hoffen, dass sie sich wieder verändert und zu dem Mädchen wird, das ich kannte. Das ich gerne in meinem Leben hatte. Nicht nur als eine gute Freundin …

Die Traube um mich herum löst sich auf, die Leute vergessen wieder, dass es mich gibt, und ich drücke mich mühselig vom Boden ab, um aufzustehen. Ich verziehe das Gesicht. Der Aufprall tat ganz schön weh, meine Hüfte und der Rücken schmerzen. Wäre es nur das Einzige, was in diesem Moment wehtut … Nur mein Körper und nicht mein Herz.

Ich fluche leise, dabei sammle ich mein Zeug ein, das heruntergefallen ist.

Die Pause ist gleich vorbei, es lohnt sich nicht mehr, zum Musikraum zu gehen. Also bleibe ich einfach weiter hier stehen und starre in die Luft. Ich möchte Norah fragen, warum sie es wieder getan hat. Nichts. Wieso sie …

Ach, verdammt. Tief durchatmend fahre ich mir durchs Haar. Ist der Grund wichtig? Für mich schon. Ich glaube, sie wollte etwas tun, doch dann … Sie wirkte geschockt und irgendwie erstarrt. Hat sie sich erinnert? Macht es das besser oder schlechter?

Es klingelt. Ich begebe mich zum Klassenraum und zerbreche mir den Kopf, ob ich Norah weiter in mein Leben lassen sollte. Ob der zweite Versuch gescheitert ist und ihre zweite Chance vorbei.

Ich weiß es nicht.

24

Norah

Lord Huron – The Night We Met

»Gibt es etwas, womit du anfangen möchtest, Norah? Gibt es ein Thema oder eine Frage, die dich seit dem Unfall besonders umtreiben?«

Vor mir sitzt eine Frau Anfang vierzig mit übereinandergeschlagenen Beinen, rot gefärbten Haaren, die zu einem ordentlichen Zopf geflochten sind, und länglichem Gesicht. Ihr roter Nagellack passt zu ihrem Haar und ihre Stimme ist ruhig, angenehm. Kontrolliert und weich. Sie schenkt uns etwas Wasser nach in die Gläser, die zwischen uns auf dem Tisch stehen.

Der Raum, in dem ich auf einer bequemen hellen Couch Platz genommen habe, wirkt freundlich, aber nicht vollgestellt. Es ist ein Gesprächszimmer, kein Zuhause, und das merkt man.

Dr. Marten bleibt entspannt und gelassen. Sie strahlt Ruhe aus, scheint kompetent zu sein und kein bisschen ungeduldig. Und das, obwohl wir keine zwei Stunden Zeit haben zum Reden.

Trotzdem nehme ich mir einen Moment, um über ihre Frage

nachzudenken, damit ich wirklich mit dem anfangen kann, was mich bis auf den Grund beschäftigt.

Wie ich es drehe und wende, die Antwort lautet immer Sam.

Das gestern, das war ... Das sitzt so tief in mir, dass ich Angst habe, es nie wieder loszuwerden. Wie ein sich ausbreitender Tumor.

Ich habe Sam geschrieben. Nach der Schule. Mindestens ein Dutzend Nachrichten und in den meisten stand nur, dass es mir leidtut. Dass ich das nicht begreife oder verstehe. Ob das schon mal passiert ist. Er hat nicht geantwortet, aber das musste er auch nicht.

Denn es war nicht das erste Mal.

Also beginne ich zu erzählen. Ich erzähle der fremden Frau vor mir von dem Unfall, den Gedanken und Gefühlen danach, von meinem Drang, Sam zu sehen – einen Jungen, der in meinem Kopf und meinem Herzen so präsent ist, dass ich es kaum in Worte fassen kann, aber der mir sagte, dass wir keine Freunde mehr sind –, und von der Nachsorgeuntersuchung. Sie nickt ab und an, stellt hier und da eine kleine Frage und macht sich Notizen.

Dann komme ich zu gestern und plötzlich bin ich nicht mehr ich. Es ist, als würde da jemand anderes meine Geschichte mit ihr teilen.

»Das klingt verrückt, nicht wahr?«, frage ich, am Ende angelangt, und knete nervös meine Finger, bevor ich einen Schluck von dem Wasser nehme und das Glas wieder wegstelle.

»Nein, Norah. Das tut es nicht. Ich bin nur erstaunt, wie gut du das verkraftest. Denn das, was du mir gerade anvertraut hast, ist ganz schön viel.«

Ich lache auf. »Ich verkrafte das nicht«, gebe ich zu und plötzlich zittern meine Hände. Ich kann nicht glauben, das laut gesagt zu haben.

»Du trägst da ein ziemlich großes Päckchen mit dir herum und ich denke, der erste Schritt war, es auszusprechen und dir einzugestehen. Dass du dich nicht an alles erinnerst, ist das eine, aber noch wichtiger ist, dass dir klar ist, dass da etwas ist, das dich belastet.«

»Ich weiß nicht, ob ich es wissen will«, wispere ich und das ist der Moment, in dem ich anfange zu weinen. »Ich verstehe mich selbst nicht mehr. Ich erkenne mich nicht wieder. Nicht heute, nicht gestern und erst recht nicht in den Erinnerungen, die immerzu hochkommen und mich überrennen. Keine Ahnung, wer ich einmal war.«

Sie reicht mir eine Packung Taschentücher und ich greife danach. Hole mir eins heraus und putze meine Nase. Laut und heftig.

»Es kann sein, dass der Konflikt, der dich belastet, nie ganz zum Vorschein kommt. Momentan ist dein Körper in einer Abwehrhaltung, bei der alle Schutzschilde hochgefahren sind. Aber du merkst selbst, dass sich bereits Risse bilden und die ein oder andere Erinnerung sich ihren Weg an die Oberfläche bahnt.« Sie schaut mich ermutigend an. »Hast du das Gefühl, der Mensch, der du jetzt bist, ist Norah?«

»Sie meinen, ob ich mich verstelle?«

»Genau. Fühlst du dich wohl?«

»Ich denke schon, ja.« Zumindest dann, wenn ich nicht tatenlos dabei zusehe, wie jemand einen anderen Menschen demütigt.

»Dann solltest du dich danach richten und nicht nach den Entscheidungen, die du vorher getroffen hast.«

»Das ist nicht so einfach, wenn man die alten Entscheidungen nicht einmal kennt.«

»Im Gegenteil. Ich sage nicht, dass du dich verschließen oder die Dinge, die geschehen sind, abtun sollst. Aber ich bin der Überzeugung, in deiner jetzigen Situation wird es dir guttun, dich auf die Gegenwart zu konzentrieren. Du solltest nicht zu viel auf einmal von dir verlangen, Norah. Dir nicht zu viel zumuten.«

»Was ist mit Sam?«, entgegne ich beinahe aufbrausend. »Was ist da passiert? Wieso ... wieso ist alles so kompliziert?«

Zwei, drei Sekunden lang mustert sie mich, dann legt sie den Kopf ein wenig zur Seite. »Weißt du, was Mobbing bedeutet?«

»Ich denke schon.«

»Kannst du es mir erklären?«

Schniefend suche ich nach den passenden Worten, aber ich kann sie nicht finden.

»Darf ich es dir erklären?«

Ich nicke.

»Wenn Menschen andere Menschen mehrmals beleidigen, über sie lachen, sie isolieren, ihnen Streiche spielen oder gegen sie intrigieren, wenn Menschen andere gezielt verbal oder körperlich angreifen, dann nennt man das Mobbing. In einem klassischen Szenario gibt es drei Gruppen: die Opfer, die Täter und die Zuschauer beziehungsweise die Mitläufer. Und obwohl uns diese Begriffe glauben machen wollen, dass die Grenzen eindeutig gezogen werden können, ist es nie so einfach. Wie bei Jonas. Wenn ich das richtig verstehe, wird er von seinem Vater selbst heruntergemacht und kompensiert dies nun durch eigenes Mobbing. Mobbing bedeutet Kontrolle. Mobbing bedeutet, sich über jemanden zu stellen.

Letztlich sind alle in gewisser Weise Opfer. Damit möchte ich schlechtes Verhalten nicht schön- oder gar kleinreden, aber aufzeigen, dass das Grundproblem tiefer gehend ist, als die Definition uns weismachen möchte. Täter sind meist eine Gruppe oder suchen sich eine, Opfer oft allein. Und allein haben sie kaum eine Chance.«

Die Worte, die ihren Mund verlassen, und deren Inhalt stehen in hartem Kontrast zu der Feinfühligkeit, mit der sie davon erzählt. Ich würde mir gern die Ohren zuhalten.

»Menschen, die mobben, sind nicht gleich böse Menschen. Oft sind sie selbst getrieben von Unsicherheit, Angst und dem Wunsch, beachtet und gesehen zu werden. Und die Opfer sind die, auf deren Kosten es geht. Oft fragen andere: Warum tut niemand etwas? Weshalb sagt niemand etwas? Wieso schauen alle zu oder werden ein Teil davon? Die Antwort ist simpel: Angst. Angst davor, selbst zur Zielscheibe zu werden. Angst, nicht mehr dazuzugehören.«

»Aber sie wissen, dass es falsch ist. Wie geht das? Wie können sie das ertragen?«

»Sag du es mir, Norah.« Kein Vorwurf. Kein Mitleid. Keine Verurteilung. Nur ein ehrlicher Blick.

»Ich weiß es nicht. Gestern … Ich war wie gelähmt.« Jonas, der Sam schubst. Ich, die danebensteht und nichts tut.

»Du hattest Angst.«

Eine neue Welle überrollt mich, Tränen fluten mein Gesicht. *Ja, ja, ja*, will ich schreien.

Ich habe einfach weggesehen, weil ich vor Unverständnis wie paralysiert war. Tief in mir drin wartet die Angst nur darauf, aus ihrem Schatten zu springen, sich an mir festzukrallen und mich in die Knie zu zwingen.

Ich habe Angst, dass ich es nicht schaffe, ich selbst zu sein. Dass ich mich verliere.

Dass ich mich längst verloren habe.

Und damit auch die Menschen, die mir wirklich etwas bedeuten.

25

Norah

Aidan Martin – Hurting You

Wenn weinen alles besser machen würde, müsste ich mir keine Sorgen mehr machen, denn ich habe wirklich viel geweint.

Bei dem Gespräch, auf der Autofahrt nach Hause, in meinem Bett. Und weil ich nicht mehr aufhören konnte, hat sich Lu irgendwann zu mir gelegt. Ich hätte meine Schwester gern gebeten zu gehen. Hätte ihr am liebsten mitgeteilt, dass ich ihre Sorge nicht verdient habe. Dass ich dem Jungen, der ein Leben lang für mich da war und den ich verdammt gerne mag, nicht aufgeholfen habe, als er am Boden lag. Zwei Mal. Nicht ein Mal, nein, zwei Mal. Dass die Ärztin und ich über Mobbing gesprochen haben und ich mir eingestehen muss, dass es dieses fiese Wort irgendwie in mein Leben geschafft hat. Dass es sich dort eingenistet hat wie ein Virus, der mein System lahmgelegt hat.

Und dass ich mich nicht daran erinnern kann.

Ich war nicht in der Schule. Nicht heute, nicht gestern nach dem Termin. Meine Eltern haben das nicht kommentiert, sie haben mich weder gedrängt noch mit mir geschimpft. Statt Jonas oder Ella hat mir überraschenderweise Tim geschrieben und mich gefragt, ob alles in Ordnung ist. Ich habe ihm nicht geantwortet.

Die Psychologin meinte, sie würde gern weiter mit mir arbeiten und mir helfen, allerdings seien ihre Kapazitäten die nächsten Monate ausgeschöpft. Ich habe mich auf die Warteliste setzen lassen. Bis dahin muss ich allein mit mir und meinen Gedanken klarkommen. Allein.

Lu fand, wenn man traurig ist, sollte man nie allein sein. Aber auch das hat mich zum Weinen gebracht. Sie liegt jetzt neben mir und schläft, nachdem sie auf meinem Laptop *Ice Age 2* geguckt hat. Sie wollte, dass ich lache, und für sie habe ich es auch getan.

Es ist kurz vor neun. Unsere Eltern sitzen vermutlich gerade auf der Couch im Wohnzimmer und schauen einen Krimi. Freitags ist Krimiabend.

Ich werfe einen Blick auf mein Handy. Keine Nachrichten. Nur die unzähligen, die ich Sam geschrieben habe. Und gleich werden es noch mehr.

> Es tut mir so leid. Ich kann nicht fassen, dass Jonas das gemacht hat. Dass ich nichts getan habe ...
> Bitte, rede mit mir, Sam.

Bitte, Sam. Bitte. Still und leise flehe ich mein Handy an, es möge mir eine Nachricht von ihm anzeigen. Doch das passiert nicht.

> Habe ich dich früher oft verletzt?

Ich wollte es nicht wissen, aber ... Die Unwissenheit erspart einem keine Schmerzen. Nicht wirklich. Manchmal tut sie sogar noch mehr weh. Das hätte ich ahnen müssen.

> Du hast mich nie verprügelt, falls das die Frage war.

Beinahe hätte ich gelacht vor Erleichterung. Ich schlage mir die Hand vor den Mund, weil ich Lu nicht wecken will.

> Du hast geantwortet.

> Sieht ganz so aus.

Diese eine Sache hinterfrage ich nicht, ich bin nur dankbar.

Ich seufze laut. So kann es nicht weitergehen. Ich muss mit Jonas reden. Über das, was vorgestern passiert ist, und über uns.

> Ich habe dich oft verletzt, nicht wahr?

> Es bringt keinem von uns beiden etwas, das aufzuwärmen.

> Es bringt auch nichts, es nicht zu tun.

> Ja. Du hast mir oft wehgetan. Aber das ist schon eine Weile her. Ich bin darüber hinweg, Nor.

Ich schüttle den Kopf, presse die Lippen beinahe schmerzhaft zusammen.

> Nein. Es war erst vorgestern.

> Ich hab dir gesagt, dass wir keine Freunde mehr sind. Wir haben uns verändert.

> Was, wenn ich das nicht will, Sam?

Ich warte seine Antwort nicht ab, sondern schiebe mich langsam und bedächtig aus dem Bett, in dem Versuch, Lu nicht zu wecken. Danach schnappe ich mir eine Jeans und irgendein Shirt, das gerade rumliegt, und ziehe mich im Bad um. Es ist mir egal, ob es zueinanderpasst oder wie ich aussehe. Bei der Gelegenheit binde ich mir einen ordentlichen Zopf und putze mir die Zähne. Während ich nach unten gehe, schreibe ich Jonas.

> Können wir reden? Kann ich vorbeikommen?

> Du willst noch herkommen? Supergern. Haben schon gedacht, du bist raus. Sind bei Kai.

Shit. Ich habe vergessen, dass heute Abend irgendwas bei Kai zu Hause ist. Einen Vorteil hat es, der Weg ist kürzer. Mit dem Auto sind es keine zehn Minuten zu ihm.

Ich werde jetzt keinen Rückzieher machen.

»Mom, Dad? Könnt ihr mich wohin fahren?«

Beide schauen zu mir, sie liegen nebeneinander auf der Couch. Dad noch angezogen, Mom längst im Pyjama. Die Katze hat sich neben ihnen breitgemacht.

»Um diese Zeit? Ist etwas passiert?« Mom setzt sich aufrecht hin, Dad stellt den Fernseher lautlos.

»Es ist kompliziert, reicht wohl nicht, oder?«

Mein Vater grinst, aber meine Mutter bleibt hart.

»Junge Dame, du bist seit gestern in deinem Bett am Weinen, hast kaum etwas gegessen und jetzt willst du, dass wir dich irgendwo hinfahren, und die einzige Erklärung, die du hast, ist: Es ist kompliziert? Versuch es noch mal.«

»Bitte. Ich muss mit Jonas reden und etwas sehr Wichtiges klären.«

»Kann das nicht bis morgen warten?«

»Ich muss nur zu Kai, das ist …«

»Nicht weit. Ich weiß.«

Verzweifelt blicke ich von meiner Mutter zu meinem Vater, der bereits aufsteht. »Ich fahre sie. Schau du den Film zu Ende und sag mir dann, wer den Priester umgebracht hat.«

Mom seufzt, sie will widersprechen, aber schließlich entscheidet sie sich um und gibt nach. »Sollen wir dich später abholen?«

»Vielleicht schlafe ich bei Ella. Wenn nicht …«

»Kannst du anrufen.«

Ich bin froh, dass sie das anbietet, weil ich ehrlich nicht weiß, ob das mit Ella eine gute Idee wäre. Ich habe keine Ahnung, ob wir noch Freunde sind – ob ich das überhaupt weiterhin möchte.

Ich nicke Mom zu und folge Dad in den Flur, wo er sich seine Jacke überzieht.

»Ist Lu in deinem Zimmer?«

Ich schlüpfe in meine Boots. »Ja, sie schläft in meinem Bett. Wenn sie möchte, kann sie da bleiben.«

Dad lächelt mich an. Er sieht stolz aus.

Dazu gibt es keinen Grund. Oder?

»Was ist?«, frage ich, doch er bedeutet mir nur, zum Auto zu gehen. Zum Glück regnet es nicht.

Die kurze Fahrt verbringen wir schweigend. Ich schaue aus dem Fenster, erkenne kaum etwas, aber als plötzlich ein Licht von einem abbiegenden Auto aufflackert, zucke ich zusammen. Bilder des Unfalls blitzen vor meinem inneren Auge auf und ich fange an, schwerer zu atmen.

Ist gleich wieder vorbei, ist gleich wieder vorbei. Ich bin im Auto meines Vaters, angeschnallt, und hier kann mir nichts passieren. Alles ist okay.

Dieses Mantra beruhigt meine flatternden Nerven. Das ist das erste Mal, dass mich eine Autofahrt nach dem Unfall aus der Bahn wirft. Allerdings ist das auch die erste bei Nacht.

»Wir sind da.« Das Licht brennt hell in der unteren Etage, Schatten bewegen sich hinter den Vorhängen. »Muss ich mir Sorgen machen?«

»Nein. Ich denke nicht.« Ich lächle zaghaft, als Dad nickt.

»Gut. Ruf daheim an, wenn ich dich abholen soll. Egal, wann. Verstanden, Norah?«

»Ich danke dir.«

Mit den Worten steige ich aus und gehe über den kleinen schmalen Kiesweg direkt zur Haustür. Kai wohnt in einem alten, wunderschön restaurierten Bauernhaus. Laute Musik dringt nach draußen und ich ahne, dass das friedliche Beisammensein irgendwie zu etwas anderem mutiert ist. Spätestens als sich die Tür öffnet und Kai mich freudig, aber eindeutig alkoholisiert begrüßt, wird mir das klar.

»Norah!«, ruft er begeistert, wobei er meinen Namen unnötig in die Länge zieht. »Komm rein in mein *Casa*. Du weißt schon: *Mi casa, ju casa.*«

Ich sage ihm nicht, dass es nicht sein Haus ist, und erst recht nicht, dass er das Verb in dem Satz vergessen hat und grundsätzlich kein Talent für Sprachen besitzt. *Ich mag Kai nicht*, wird mir in diesem Moment schlagartig bewusst.

»Ist Jonas da?« Drinnen riecht die stickige Luft nach Wodka und Chips und diesen seltsamen Vanille-Duftsteckern. Eine ekelhafte Kombination.

Er schließt die Tür hinter mir und sofort schäle ich mich aus der Jacke, weil es hier viel zu warm ist, und hänge sie über meinen Arm.

»Jonas, deine heiße Freundin ist da!«, schreit er in Richtung

Wohnzimmer und ich muss es mir wirklich verkneifen, nicht mit den Augen zu rollen.

Ich lasse Kai links liegen und gehe Jonas entgegen. In der Tür zum Wohnzimmer bleibe ich stehen. Ein paar Leute aus dem Abi-Jahrgang sind da, außerdem Fiona, Ella, Tim und der Junge, zu dem ich wollte. Ungefähr fünfzehn Leute. Eine überschaubare Party. Den leeren Flaschen nach zu urteilen, hat sie allerdings früh angefangen und schnell an Fahrt aufgenommen.

Die anderen begrüßen mich, rufen meinen Namen über die Musik oder winken mir zu. Ella hingegen tanzt weiter eng umschlungen mit Tim, der mich kurz grüßt, indem er die Hand hebt. Sie macht jedoch nicht den Anschein, als würde es sie interessieren, dass ich da bin. Oder erneut zwei Tage die Schule versäumt habe. Es ist ihr egal. Und sie ist meine beste Freundin? Wirklich?

»Babe, so schön, dass du hier bist.« Jonas' Hände wandern an meine Hüfte. »Du siehst sogar in diesen langweiligen Klamotten gut aus. Wahnsinn.« Er versucht, mich zu küssen, doch ich weiche ihm aus. Auch er riecht nach Alkohol.

Nach dem, was wir die letzten Wochen durchgemacht haben, was uns passiert ist, müsste man meinen, sie alle hätten vorerst genug von dem Zeug. Ich dachte, sie hätten etwas dazugelernt oder wären vorsichtiger geworden. Anscheinend habe ich mich geirrt.

»Können wir uns kurz unterhalten? Allein.«

Die anderen beobachten uns und ich hasse das. Es ist wie ein ständiges darauf Lauern, dass jemand etwas tut, worüber man reden könnte. Wie Geier, die darauf warten, dass man elendig verreckt, damit sie einen irgendwann fressen können. Es ist seltsam, wie klar mir das in diesem Moment wird.

Kai tanzt grölend in das Zimmer und alle jubeln.

»Klar. Lass uns rausgehen.«

Und das tun wir. Wir weichen in den Flur aus und lehnen die Tür zum Wohnzimmer an, damit wir nicht schreien müssen, um uns zu verstehen.

Jonas stellt sich neben mich, berührt mit seinen Händen meine Arme, fährt mit den Fingerspitzen über meine Haut und will mich an sich drücken.

»Was war das vorgestern?«, frage ich, bevor mich der Mut und der Wille, das zu tun, verlassen. »Das mit Sam.«

»Ernsthaft? Darüber willst du sprechen?« Er wirkt genervt und verzieht das Gesicht.

»Wieso hast du ihn geschubst?«

»Er ist in mich reingelaufen.« Er grinst, zieht mich ganz zu sich und küsst meine Wange, danach meine Kieferpartie und es ist mir so unangenehm, dass ich am liebsten schreien würde.

»Das stimmt nicht.« Ich schiebe ihn energisch von mir weg.

»Komm schon. Was ist los mit dir? Was soll auf einmal das Gezicke?«

Diese Frage überfordert mich so sehr, dass ich nicht sofort eine Erwiderung finde. Denkt er, das wäre alles nur ein großer Witz?

»Jonas. Wir … wir haben Mist gebaut.«

»Der Unfall …«, beginnt er und sofort unterbreche ich ihn.

»Ich meine nicht den beschissenen Unfall!«

»Wenn es um den kleinen Streber geht, verstehe ich das Problem nicht. Vielleicht solltest du nach Hause fahren und dich noch etwas hinlegen. Du scheinst verwirrt zu sein oder so.«

»Rede nicht so mit mir«, zische ich. Wesentlich leiser und nachgiebiger, als ich es vorhatte. »Du hast Sam geschubst. Und nicht zum ersten Mal. Du machst dich über ihn lustig …«

Und ich weiß nicht, wie lange schon. Ich habe keinen Schimmer, was sonst noch war, aber es war bestimmt genug und es war garantiert schlimm.

Doch das spreche ich nicht aus.

Jonas lacht trocken auf. »Seit wann interessiert dich der Typ wieder? Niemand zwingt dich, bei uns zu sein. Du warst es, die unbedingt mit uns befreundet sein wollte, Norah. War wohl ein Fehler, dich bei uns aufzunehmen.«

»Scheiße.«

Alle Stifte sind ihr aus der Hand gefallen und verteilen sich in dieser Sekunde über den alten versifften Boden der Bücherei. Sie bekommt nicht mit, wie einer unter das Regal mit den englischen Wörterbüchern kullert. Also bücke ich mich danach und reiche ihn ihr.

»Danke.« Sie packt ihn zu den anderen und setzt sich wieder an den Tisch. Vor ihr liegen ein paar Notizen.

»Die Hexenverbrennungen sind ein spannendes Thema. Viel Erfolg dabei.« Ich will gehen, aber sie hält mich zurück.

»Warte. Du kennst dich damit aus?«

Isabella Fuchs. Das weibliche Pendant zu Jonas Went redet tatsäch-

lich mit mir. Ich kann es kaum glauben. Sie ist jeden Tag das Gesprächsthema der Schule, jeder wäre gern Teil ihrer Clique und mit ihr befreundet.

Ich darf jetzt nicht ausflippen.

»Ein wenig. Wieso?«

»Ich muss bis morgen dieses Referat fertig haben, sonst bin ich geliefert. Und ich schwör dir, ich habe keine Ahnung davon.« *Wir lächeln uns an.* »Ich bin übrigens Ella.«

»Norah. Und ich weiß, wer du bist.«

Daraufhin setze ich mich zu ihr und mache ihr Referat.

Später kommt Sam kurz in die Bücherei und entdeckt mich. Vermutlich kann er es so wenig wie ich glauben, dass ich hier mit Isabella sitze. Er begrüßt mich und wedelt dabei wild mit der Hand, wohingegen ich nur zaghaft winke. Dann lächelt er – und ich spüre Ellas bohrenden Blick auf mir und wende mich von Sam ab, als würde ich ihn nicht kennen. Als wäre er mir peinlich. Und nachdem er wieder weg ist, beugt Ella sich neugierig zu mir.

»War das dein fester Freund?«

»Sam?« *Überrascht schaue ich sie an.* »Nein, wir sind nicht zusammen. Wir sind nur Freunde.«

»Wirklich?«

»Wieso fragst du?«

»Nur so. Er hat dich so merkwürdig angesehen.«

»Manchmal ist er komisch.«

Keine Ahnung, warum ich das sage. Keine Ahnung, warum ich das große Bedürfnis verspüre, Ella zu gefallen.

Jonas hat recht. Damit hat alles angefangen und niemand hat mich zu irgendetwas gezwungen. Trotzdem war der Drang da. Der Sog, zu einer beliebten Gruppe zu gehören. Das Verlangen, gesehen zu werden. Ich war sehr anfällig dafür, ohne es zu merken. Wollte mit dem Strom schwimmen, ohne mir den Kopf darüber zu zerbrechen, dass die Richtung dieses Stroms womöglich nicht die richtige für mich ist und mich vom sicheren Hafen abtreibt. Ich habe mich verbogen und zugelassen, dass ich zu jemandem werde, der ich nicht bin. Wer hätte gedacht, dass der Schutz einer Gruppe zu einem Druck und Zwang werden kann? Ich wusste nicht, dass ich mich selbst einsperrte und dabei vergaß, dass mich Gitterstäbe umringen.

Da waren diese beliebten Jugendlichen, die keine Sorgen zu kennen schienen und immer glücklich waren. Ihr Leben war spannend, aufregend und ich wollte das auch haben. Das Neue, das Abenteuer, das Beliebtsein. Die Gruppe. Die Sozialisation.

Ich wollte gemocht werden. Ich war so blind und naiv.

Wenn ich daran denke, wie meine Familie reagiert hat nach dem Unfall, wie Lu in meinen Armen weinte, wie Sam mich manchmal angeschaut hat … Verzweifelt schüttle ich den Kopf.

Ich habe mich wirklich verändert. Mich beschleicht das Gefühl, dass ich vorher nicht nur meinen Körper nicht gut behandelt habe, sondern auch mein Herz. Statt eines Tempels habe ich eine Mülldeponie daraus gemacht. Ich habe mich verformt und gekrümmt, bis ich nicht mehr ich selbst war. Ich war wie ein schwarzes Loch, das sich selbst frisst – und alle anderen guten Dinge um sich herum mitreißt. Weil ich die einzige Person war, die mich interessierte. Der Planet, um den ich kreiste, war ich. Nicht meine Familie. Nicht Sam. Nur ich.

»Ich denke, wir sollten das mit uns beenden«, höre ich mich sagen und für einen Moment entgleiten Jonas die Gesichtszüge.

»Du machst Schluss – *mit mir?*«

»Ja. Genieß den Abend.«

Ich gehe aus dem Haus, die Tür fällt hinter mir ins Schloss und augenblicklich atme ich gierig die frische Luft ein.

Das alles loszuwerden fühlt sich befreiend an. Ich hatte irgendwie gehofft, Jonas würde anders reagieren. Würde vielleicht zugeben, dass er Sam nicht fair behandelt hat, doch das hat er nicht. Es gibt keinen Grund für mich, bei ihm zu bleiben. Und ich werde das nicht schön- oder kleinreden.

Schnell ziehe ich die Jacke über, entferne mich vom Haus und hole mein Handy hervor.

Dass Dad mich sofort wieder abholen muss, bereitet mir ein schlechtes Gewissen. Ich könnte laufen, aber nur querfeldein, und es ist bereits ziemlich dunkel.

»Norah, verflucht! Lass mich nicht so einfach stehen.«

Ich drücke auf »Anrufen«, als Jonas zu mir rauskommt und mich erschreckt. Mit dem Handy am Ohr drehe ich mich zu ihm.

»Hör auf, herumzuschreien. Es ist schon spät.«

»Das ist mir scheißegal! Okay? Wenn hier einer Schluss macht, bin ich das. Ich bin nicht einfach … irgendjemand!«

»Du bist vor allem schwer angetrunken.«

Jemand hebt ab. »Hallo?«

Ich halte den Atem an. Sam. Ich habe mich verklickt. Verdammt.

»Norah? Alles in Ordnung?«

Im Hintergrund tobt Jonas weiter, aber ich ignoriere ihn.

»Tut mir leid, ich wollte zu Hause anrufen, damit jemand mich abholt, und bin wohl in der Zeile verrutscht.« Da ich seit dem Unfall nur fünf Kontakte im Smartphone gespeichert habe, ist das nicht mal unwahrscheinlich.

»Wo bist du?«

Seine Stimme zu hören tut so gut, dass ich am liebsten ins Handy klettern würde.

»Bei Kai. Entschuldige die Störung, ich …«

»Gib mir zehn Minuten.«

»Sam!«

Aber er hat schon aufgelegt.

Hinter mir lacht Jonas. »Echt jetzt? Du rufst diesen Lutscher an?«

»Red nicht so.«

Er bleibt direkt vor mir stehen. »Wie rede ich denn, Prinzessin?«

Ich werde wütend. Ich werde langsam wirklich richtig wütend, und anstatt dieses Gefühl zu unterdrücken und alles, was ich seit Wochen mit mir herumschleppe, lasse ich es raus.

»Als wärst du das größte Arschgesicht der Welt!«, schreie ich ihn an und für eine winzige Sekunde ist er überrascht von meinem Ausbruch.

»Du kleines, mieses Miststück.«

Ich zucke zusammen.

»Du solltest wieder reingehen, zu den anderen.«

»Denk ja nicht, dass du zu mir zurückkriechen kannst, wenn du das morgen früh bereust.«

»Darüber mach dir mal keine Gedanken«, murmle ich und schlinge die Arme um meinen Oberkörper.

»Das war der ganze Scheiß nicht wert.« Oh, er ist sogar ziemlich betrunken, nicht nur ein bisschen. »Du bist ein prüdes Stück.«

Ich fühle mich schlechter, fast erbärmlich mit jedem Wort, das er ausspuckt, und jedem Zentimeter, den er näher kommt.

»Der Sex war richtig scheiße. Du warst richtig scheiße. Reine Zeitverschwendung.« Sein spöttisches Lachen hallt in meinen Ohren wider.

Es fängt an wehzutun. In mir drin. Meine Beine beben, mein gesamter Körper macht mit und ich versuche, mich zusammenzureißen und irgendwie zusammenzuhalten, nicht zu zerbrechen, während Jonas mich mit abwertenden Äußerungen bombardiert, gleich Kugeln, die aus einer Waffe abgefeuert werden, und ich keine Kraft finde, mich zu wehren. Ich spüre die Blicke der anderen auf mir, erkenne, wie sie uns durch das Fenster beobachten.

Bei jeder weiteren Beleidigung zucke ich zusammen, bei jeder Bewegung ebenso.

Als Sams Roller um die Ecke biegt, renne ich ihm entgegen, flehe ihn in Gedanken an, schneller zu bremsen. Sam hält an, steht auf und holt den zweiten Helm aus dem Sitzfach. Ich stülpe ihn rasch über und er nickt knapp, bevor wir uns beide auf den Roller setzen. Jonas kommt auf uns zu, wütet und lacht, aber ich schmiege mich an Sam und schließe die Augen. Schließe die Welt weg.

Das Dröhnen des Motors dringt an meine Ohren, doch ich höre es nur gedämpft durch den Helm, meinen lauten Atem und mein pochendes Herz. Das Visier ist vollkommen beschlagen, weil ich keine zehn Sekunden nachdem wir Kais Straße hinter uns gelassen haben, angefangen habe zu weinen.

Als wir bei mir zu Hause vorfahren, erkenne ich nur vereinzelte Umrisse.

Sam ist längst abgestiegen und der Roller abgestellt, aber ich verharre noch still an Ort und Stelle. Meine Finger sind eiskalt, die Spitzen spüre ich kaum noch, mein Gesicht ist bestimmt verquollen von der ganzen Heulerei und ich verstehe nicht, wie Sam hier sein kann. Wie er von Anfang an, seit dem Moment im Krankenhaus, bei mir sein kann, ohne mich zu hassen. Wie er das kann, obwohl ich mich feige von ihm abgewandt habe.

Irgendwann schaffe ich es, den Helm abzunehmen und mich in Bewegung zu setzen. Sam folgt mir stumm, und als ich mich auf der Stufe vor der Haustür niederlasse, tut er es mir gleich.

Schulter an Schulter starren wir vor uns hin.

»Jonas ist ein Idiot«, murmelt er irgendwann und ich schniefe.

»Allerdings.«

»Also … seid ihr nicht mehr zusammen?«

Ich schiele zu ihm herüber, mustere sein Gesicht. »Nein«, erwidere ich leise und sanft. »Das sind wir nicht.«

Sam lächelt. Nur ein wenig, aber ich kann es erkennen.

»Erzähl es mir«, wispere ich erstickt. »Bitte erzähl mir alles.«

26

Sam

Tom Odell – Heal

»Du hast Ella bei irgendeinem Projekt oder so geholfen. Und von da an habt ihr euch immer mal wieder unterhalten und was zusammen gemacht.«

Ich dachte, es wäre schwerer, einen Anfang zu finden, doch eigentlich ist es ganz einfach. Viel zu einfach.

»Ich habe erst nicht bemerkt, dass sich etwas ändert. Aber dann hast du immer wieder betont, du hättest keine Zeit für mich, warst zunehmend unruhiger oder abwesend mit deinen Gedanken. Deinen Eltern ist die Veränderung auch aufgefallen, aber sie konnten kaum noch vernünftig mit dir reden. Alles, was sie taten, war für dich falsch und schlecht. Irgendwann hast du dich nicht mehr bei mir gemeldet, bist mir in der Schule aus dem Weg gegangen, hast schickere Sachen getragen und dich anders verhalten. Ich hab es nicht verstanden, bis Jonas und seine Truppe mich in der Schule abgefangen haben und mir einbläuten, ich solle aufhören, dich anzurufen und zu nerven. Du hast gar nicht mehr mit mir geredet. Innerhalb von wenigen Wochen bist du irgendwie aus meinem Leben geglitten und ich habe es erst gemerkt, als es zu spät war.«

Norah hört aufmerksam zu, sie unterbricht mich nicht. Deshalb mache ich weiter.

»Das tat weh«, gebe ich zu und muss schwer schlucken. »Doch nichts konnte mich auf das, was danach kam, vorbereiten.«

Mein Blick senkt sich, ich beuge mich vor und stütze mich auf den Oberschenkeln ab. Es ist leichter, wenn ich Norah nicht ansehe.

»Jonas hat danach einen Narren an mir gefressen. Ihr seid vielleicht erst vor Kurzem zusammengekommen, aber er hat sich für dich interessiert, seit du ein Teil seiner Clique wurdest. Es hat schleichend begonnen. Jeden Tag hat er mich mit einem neuen bescheuerten Namen begrüßt, irgendwann hat er mir ein Bein gestellt, mich geschubst oder mir undefinierbares klebriges oder stinkendes Zeug in den Rucksack gekippt. Sie haben Scherzanrufe gemacht, mir ekelhafte Nachrichten geschrieben – natürlich immer anonym, damit niemand wusste, dass sie es waren – und haben mir nachbearbeitete Bilder geschickt, auf denen man sich über mich lustig macht. *Facebook*, Instagram, E-Mails, nichts war mehr sicher. Ich habe mich von den sozialen Medien abgemeldet und meine Nummer ändern müssen. Sie haben sie trotzdem immer wieder herausgefunden. Bis ich sie keinem mehr verraten habe und keine Freunde mehr hatte. Niemanden mehr.

Ganz am Anfang hatte ich noch die Hoffnung, dass meine beste Freundin, die ich, seit wir klein waren, kenne, irgendetwas sagen würde. Mir hilft. Weil, sind wir mal ehrlich, ich allein gegen Jonas,

Tim und die anderen?« Ich schnaube und fahre mir durchs Haar. »Ich hatte keine Chance. Erst recht nicht am Anfang dieses Albtraums, als Vierzehn- und Fünfzehnjähriger.«

»Sam, ich ...«

»Nein. Bitte. Lass mich ausreden. Ich kann vielleicht nicht weitermachen, wenn du mich jetzt unterbrichst.«

Ich nehme ihr Nicken wahr.

»Ein paar Monate später haben sie mich das erste Mal verprügelt. Vor der Schule. Sie haben mich so geschlagen und getreten, dass meinem Gesicht nichts passiert ist und man auf den ersten Blick nichts erkennen konnte. Niemand hat etwas gesehen oder wollte es beobachtet haben ... Ein Gespräch mit dem Vertrauenslehrer oder unserer Klassenlehrerin habe ich nicht geführt, ich hatte zu viel Angst. Davor, dass sie mir nicht glauben, dass sie es kleinreden oder es schlimmer wird. Lehrer sind nicht allmächtig. Ich wollte nicht, dass meine Eltern es erfahren und sich Sorgen machen. Ich habe nichts erzählt, weil ich mich schwach gefühlt habe und ich alles sein wollte, nur kein Feigling – auch wenn ich heute weiß, dass das Blödsinn ist. Das Problem war nicht ich.

Diese Attacke und das Getuschel von Jonas und seinen Freunden, ihr Lachen hinter meinem Rücken, als ich mit Schmerzen an ihnen vorbeiging und versuchte, den Tag irgendwie zu überstehen, war auf gewisse Art der Tropfen, der das Fass zum Überlaufen brachte. Ich hatte keine Kraft mehr.« Mir bricht der Schweiß aus. »Ich hatte keinen einzigen Freund. Niemand wollte etwas mit mir zu tun haben, aus Angst, der Nächste zu sein oder als *uncool* abgestempelt zu werden. Oft warst du nicht dabei. Manchmal hat mich das getröstet. Trotzdem stand ich jeden Morgen auf, übergab mich oder weinte, weil ich zurück in diese Hölle musste. Ich schlief schlecht, hatte häufig Kopf- oder Magenschmerzen. Mein Handy und das Internet konnte ich vergessen – keine Apps, kein Social Media, keine Nachrichten, kein Hass. Zumindest nicht online. Offline ging es weiter – und bei Gott, ich hätte alles getan, damit es aufhört. Mich zu wehren war die eine Sache, die ich nicht geschafft habe. Und das Schlimmste war, dass ich mich für diese Schwäche so sehr geschämt habe.«

Langsam schiebe ich die Jacke und den Pullover über mein Handgelenk, lege das Tattoo frei und schaue Norah offen an. »Ich hab es nicht mehr ausgehalten, Nor.«

Ihr Blick zeigt ihre anfängliche Verwirrung, er huscht zwischen meinem Gesicht und dem Tattoo hin und her, ich erkenne, wie sie leise murmelnd meine Worte wiederholt und wie sich zwischen ihren Augenbrauen eine zarte Falte bildet.

Bis ihre Augen sich weiten und sie mich schockiert ansieht.

»Es war kurz vor den Sommerferien. Niemand hat es gemerkt oder sich gewundert. Ich war einfach krank.« Ich zucke mit den Schultern. »Als ich aus dem Krankenhaus entlassen wurde und mit der Therapie anfing, die ich im November beendet habe, war keine Schule. Ich konnte mich fangen, mich erholen, habe viele Stunden mit meiner Gitarre verbracht, mit meinem Großvater oder meinen Eltern. Ich habe begonnen, mehr zu lesen. Ich war nicht allein und hatte dennoch genug Zeit für mich, bevor das neue Schuljahr losging. Drei oder vier Tage vorher habe ich das Tattoo stechen lassen.«

Norah schlägt sich die Hände vor den Mund. Doch ich kann nicht aufhören. Nicht jetzt. Ich muss das zu Ende bringen.

»Heute ist mir klar, dass sie das machen, um sich emporzuheben. Niemand mobbt jemanden, wenn sein Leben in Ordnung ist. *Die* sind die Verkorksten. Nicht wir. Nicht wir …«

Ich wurde in die Einsamkeit getrieben, in die Isolation, und ich habe es zugelassen. Weder zu Hause noch in der Schule oder unterwegs war ich sicher, weil sie jeden Weg, den sie finden konnten, für sich genutzt haben. Einfach so. Weil ich ihnen nicht groß genug war, nicht muskulös oder sportlich genug, weil ich Norah mochte. Weil ich sie noch immer mag. Eigentlich haben sie keine Gründe gebraucht. Nicht wirklich.

»Aber ich bin *die*«, sagt sie mit brüchiger Stimme. »Ich hab dir das mit angetan, Sam. Ich weiß nicht … ich meine …« Ein Schluchzen schüttelt sie und meine Brust zieht sich bei dem Geräusch zusammen. »Ich hätte dich beinahe verloren. Und das nur, weil ich zu viel Angst hatte.« Sie streicht über das Tattoo, über die Narbe, die kaum einer kennt, und die Geschichte, die niemanden sonst interessiert. »Ich bin hierfür verantwortlich und ich glaube nicht, dass ich das je wiedergutmachen kann.«

Meine Hand legt sich auf ihre, stoppt ihre Bewegung. Ihre Finger sind so zierlich und so kalt.

»Das dachte ich auch. Sehr lange. Aber ich hab es mir damit genauso einfach gemacht wie Jonas, Ella und Tim, wie der ganze Rest. Wie du, Nor. Das hier war meine Entscheidung.«

»Das macht es nicht besser. Das macht es nicht ungeschehen.

Nichts von dem, was wir gesagt und getan haben, ist dadurch weniger schlimm. Und das weißt du.«

»Du bist trotzdem nicht alleine schuld. Die Umstände waren es. Alles, was zusammenkam, führte zu dieser Narbe. Das ist mir jetzt klar. Und alleine ist alles etwas schwerer. Mobbing macht mürbe. Ich war einfach müde. Niemand sollte gemobbt werden, weil er … anders ist. Zu ruhig oder zu laut, zu bunt oder zu einfach. Weil er Musik sehr mag oder sich nicht die neuesten Nikes leisten kann. Niemand sollte wegen irgendetwas gemobbt werden! Ich kannte das nicht. Das, was sie mir angetan und wie sie mich genannt haben. Ich konnte nicht verstehen, warum ich das verdient habe oder womit. Das kann ich bis heute nicht.«

»Das hast du nicht. Das tust du nicht. Wenn ich nur erklären könnte, wie leid es mir tut.« Am liebsten würde ich ihre Tränen wegwischen. »Sam, wieso hasst du mich nicht?«

»Schließ die Augen.«

»Wieso? Was hat das damit zu tun?«

»Bitte, Nor.«

»Aber dann sehe ich nichts mehr.«

»Bist du sicher?«

»Natürlich. Es ist dunkel. Und das ist keine Antwort auf meine Frage.«

»Das stimmt nicht. Konzentrier dich, Norah. Wenn das Sehen nach außen nicht wichtig ist, was bleibt dann? Was siehst du, wenn du deine Augen schließt?«

Und dann tut sie es. Sie kommt meiner Bitte nach.

»Sag mir, was bleibt, Nor.«

»Wenn ich meine Augen schließe … sehe ich mich. Nur mich.« Norah stockt. »Ich erinnere mich, dass ich mir einmal gewünscht habe, etwas zu sehen, das ich mag, das ich schön finde oder mich glücklich macht. Nie hätte ich gedacht, dass ich das sein könnte. Nur ich. Die echte Norah.«

»Ich hab dich schon immer so gesehen«, flüstere ich, und als sie ihre Augen öffnet, als wir fast Nasenspitze an Nasenspitze sitzen, tue ich das, was ich schon immer tun wollte – am liebsten an der Seite ihres Hauses unter dem Schmetterlingsbaum, den Norah und ich als Kinder zusammen gepflanzt haben.

Ich küsse sie.

27

Norah

Freya Ridings – You Mean the World to Me

Sam küsst mich.

Das ist der einzige Gedanke, den ich in dieser Sekunde fassen kann. Dabei toben die verschiedensten Gefühle gleich einem Sturm in mir, nach dem, was ich eben gehört habe. Was ich erfahren habe.

Sam und ich waren keine Freunde mehr und es war meine Schuld. Ich bin zu jemandem geworden, der nicht *ich* war, und habe damit jedem, der mir etwas bedeutet, wehgetan. Einschließlich mir selbst. Sam sollte mich hassen. Es wäre mehr als berechtigt. Und ich würde es wirklich verstehen.

Stattdessen liegen seine Lippen weich auf meinen. Es ist ein zarter Kuss. Ein bittender und umarmender. Und wäre ich vernünftig, ein bisschen weniger egoistisch, würde ich von ihm abrücken. Weil mir das hier nicht zusteht.

Aber das kann ich nicht.

Meine Hände legen sich wie von selbst auf seine Brust und ich erwidere den Kuss, der sich wie Nachhausekommen anfühlt. Der bis in meinen Bauch hineinzieht, ein Kribbeln auslöst und mich glücklich macht. Bei Jonas hat es sich anders angefühlt als jetzt mit Sam, beinahe gezwungen und gestellt. Ich habe mir etwas vorgemacht …

Sams Lippen bewegen sich auf meinen, ich kann förmlich spüren, wie er mutiger wird – und ich mit ihm. Wie unser Atem aufeinanderprallt und seine Hände mein Gesicht vorsichtig umfassen, als könne ich zerbrechen.

Als wäre ich wertvoll.

In der Sekunde, in der Sam den Kuss beendet, lehnt er seine Stirn an meine und wir verharren eine halbe Ewigkeit still beieinander.

»Bitte sag mir, dass ich das noch einmal machen darf«, wispert er und ich kann nicht anders, ich lache. Ich lache und weine, denn ich habe Sam nicht verdient. Weil ich zu spät erkannt habe, was mir guttut und was mir wichtig ist. *Wer* das ist. Weil ich Teil von etwas Grausamem war.

»Ja.« Ich nicke dabei, rutsche näher an Sam und er legt einen Arm um meinen Rücken, hält mich dicht an sich gedrückt, während er mich ein zweites Mal küsst.

Er küsst mich, als würde er mich kennenlernen und sich mir vorstellen. Und ich küsse ihn zurück und bitte in jeder Sekunde um Verzeihung, weil ich zu feige war, um zu ihm zu stehen.

Den Fehler werde ich nie wieder begehen.

»Bist du dir sicher, Nor?«

»Die Frage kommt ein wenig spät, findest du nicht?«

»Ich meine es ernst.« Er lehnt sich etwas zurück, um mir in die Augen sehen zu können.

»Ich auch, Sam.« Ich habe sehr lange nichts so ernst gemeint wie das hier.

»Gut. Weil … es schwirig werden wird.«

»Das dachte ich mir.«

»Du kannst noch zurück, das weißt du.«

Ich schnaube. »Rede keinen Unsinn. Wohin zurück? Zu Jonas? Zu Freunden, die keine waren? Zu einem Leben, das ich nicht mochte? Weder die Reiswaffeln noch die Röcke. Ich habe irgendwann sogar selbst geglaubt, was ich mir eingeredet habe. Dass ich meine eigene Schwester nicht mag und die Katze. Dich.« Ich atme tief durch. »Nein. Ich mag dich, Sam. Und ich will nicht, dass du wieder aus meinem Leben verschwindest. Ich möchte ein Teil von deinem sein. Bitte.«

»Sie werden uns das Leben zur Hölle machen.«

»Es tut mir leid … es tut mir so leid.« Ich wiederhole die Worte, in der Hoffnung, mit jedem weiteren Mal würden sie an Stärke und Gewicht gewinnen, um irgendwann meinen Schmerz und mein Bedauern so auszudrücken, wie es nötig wäre, um all das, was ich getan und nicht getan habe, aufzuwiegen.

»Ich wusste, dass das passiert. Dass es irgendwann wieder anfangen wird und ich dachte, ich würde das nicht schaffen. Aber … mit dir schaffe ich es.«

Alles in mir schmerzt vor Scham und Glück und Liebe.

»Dieses Mal habe ich keine Angst, Sam.«

28

Sam

Andra Day – Rise Up

Das kommt mir vor wie ein Traum. Ein ziemlich guter sogar.

Ich sitze mit Norah vor ihrem Zuhause, halte sie in den Armen und habe sie gerade geküsst. Ich habe mir meinen ersten richtigen Kuss immer mal wieder vorgestellt, am häufigsten mit ihr, aber ich hatte keine hohen Erwartungen. Niemand will einen langweiligen, schlaksigen Jungen wie mich küssen. Dass ich mich die letzten Jahre verkrochen habe wie eine Schnecke in ihrem Haus, hat es vermutlich nicht besser oder leichter gemacht, diesen Zustand zu ändern. Von dem Mobbing und den Attacken meiner Mitschüler ganz zu schweigen. Und jetzt, nachdem ich dachte, Norah würde mein Leben wieder kaputtmachen und mein Herz genauso, ist alles anders.

Sie hat keine Angst mehr. Ich hoffe, sie wird sie nicht wieder bekommen, und falls doch, hoffe ich, sie wird ihr standhalten und sich ihr entgegenstellen können. Norah wird stärker sein müssen, als ihr vielleicht in dieser Sekunde klar ist. Hier sitzt sie mit mir, ist geschützt, aber in der Schule wird das nicht so sein. Für mich wird es wieder von Neuem beginnen – da bin ich mir sicher. Nur wird es dieses Mal nicht dasselbe sein: Ich bin nicht allein. Ich kämpfe nicht allein.

Meine Finger zittern ein wenig, während ich Norah eine verirrte Strähne hinters Ohr streiche. Mein Herz pocht wild und laut in mir, hämmert gegen meine Rippen und ihr Lächeln sorgt dafür, dass es nicht aufhören kann.

Norah rutscht noch näher an mich heran, falls das überhaupt möglich ist, und in der Kälte der Nacht ist mir unendlich warm.

»Am Montag wird alles sehr schwer sein, nicht wahr?«, wispert sie und ich nicke. »Sam, ich werde mich nicht mit dir verstecken.«

Ich runzle die Stirn. Hat sie ihre Meinung doch geändert?

»Sieh mich nicht so an. Ich meine damit, dass ich nicht versuchen werde, den anderen aus dem Weg zu gehen. Sie sind wie wir, Schüler an dieser Schule. Mehr nicht. Ich werde nicht den Kopf senken, wenn sie uns begegnen – und du auch nicht.« Mit jedem Wort wird ihre Stimme leiser und gleichzeitig ernster.

Dann liegen ihre Lippen erneut auf meinen und ich keuche überrascht auf. Norah hat wundervolle Lippen, weich und warm. Mehr noch als sie liebe ich das Mädchen, zu dem sie gehören. Mit ihren Fehlern. Weil wir alle Fehler machen. Weil wir alle Entscheidungen treffen und es keine Anleitung für das Leben gibt. Und weil ich glauben möchte, dass sogar jemand wie Jonas irgendwann erkennt, dass Mobbing nicht das ersetzen kann, was ihm vielleicht fehlt.

Norah fröstelt, ich kann es genau spüren.

»Du solltest reingehen. Es ist spät.«

»Wenn ich das tue, bist du weg«, murmelt sie und ich lächle. So breit, dass es mir in den Wangen wehtut.

»Du kannst mir schreiben – oder ich rufe an, sobald ich daheim bin.«

»Das klingt gut. Zeigst du mir morgen noch ein paar Lieblingslieder?«

Ich lache leise und nicke.

Norah ist zurück. Das ist so verrückt.

Zusammen stehen wir auf und umarmen uns, sagen uns Gute Nacht, bevor Nor die Tür aufschließt und im Haus verschwindet.

In den letzten Wochen ist so viel passiert. Ich werde wohl noch eine Weile brauchen, um das zu verdauen und begreifen zu können. Aber jetzt sollte ich wirklich heim, sonst dreht Mom mir den Hals um.

Die Fahrt nach Hause dauert nicht lange, der Roller ist schnell an seinem Platz geparkt und ich versuche so leise wie möglich ins Haus und danach in mein Zimmer zu schleichen. Nur blöd, dass meine Mutter längst im Flur auf mich wartet.

»Hey«, bringe ich kleinlaut hervor, während sie mich mit vor der Brust verschränkten Armen mustert. Anschließend nickt sie mit dem Kopf nach hinten, ich soll ihr in die Küche folgen. Sie wird mit mir reden und dabei niemanden wecken wollen. Also ziehe ich schnell die Schuhe aus und gehe ihr nach. Das Licht ist bereits an und ich schließe die Tür hinter mir, während Mom uns je ein Glas Wasser einschenkt und mir eines reicht. Als sie sich an die Küchenzeile lehnt, lässt sie mich nicht aus den Augen.

Ihr Seufzen klingt laut in der Stille.

»Dein Vater schläft, er hatte einen harten Tag. Dein Opa liegt auch im Bett und er hat dafür gesorgt, dass meiner genauso hart war … Und jetzt du. Wo warst du so spät?«

Bevor ich ihr antworte, trinke ich einen Schluck. Meine Gedanken wandern zu Norah, ich spüre immer noch das Gefühl ihrer Lippen auf meinen. Nervös weiche ich Moms Musterung aus und räuspere mich leise.

»Du warst bei Norah, nicht wahr?«, murmelt sie und ich schaue sie verwundert an. »Du bist rot wie eine Tomate, Sam. Du hattest schon immer eine Schwäche für sie.« Ihr Lächeln und ihr mitfühlender Ausdruck lassen mich nicken und ebenso lächeln. Ich denke, meine Mutter hat es verdient, dass ich es ihr erkläre.

»Ja. Ich war kurz bei ihr. Mom, ich … ich weiß, du machst dir Sorgen, dabei ist alles in Ordnung.«

»Ich werde mir immer Sorgen um dich machen. Genauso wie um Norah.«

»Die letzten Jahre waren nicht einfach«, gebe ich zu. »Und es wäre nicht fair, dir zu verschweigen, dass Norah einen Teil dazu beigetragen hat. Aber sie hat sich geändert.« Ich atme schwer. »Jeder begeht mal einen Fehler, oder?« Ich stelle das Glas weg und verzweifle beinahe selbst an meiner Frage.

»Sam«, beginnt sie sichtlich bedrückt, »du wolltest dir das Leben nehmen.«

»Das war nicht ihre Schuld. Es gab ein paar Menschen, die mir das Leben in der Schule erschwert haben, und es war eine lange Zeit sehr schlimm, dennoch … Es war meine Entscheidung.« Die letzten Worte bringe ich inbrünstiger raus, als ich es vorhatte.

Mom schürzt die Lippen und nickt schließlich. »Ich kann akzeptieren, dass du mir und deinem Vater nicht alles erzählen möchtest, dass du es nur in der Therapie aufgearbeitet hast, aber es fällt mir unendlich schwer. Ich liebe dich. Zu hören, dass Norah dich mit verletzt hat, obwohl ich schon ahnte, dass sie eine Rolle spielte, lässt es nicht einfacher werden. Trotzdem versuche ich, wie du, ihr zu verzeihen. Das Leben ist kompliziert, genau wie die Menschen. Es ist deine Entscheidung, du bist alt genug und wir vertrauen dir. Ich bitte dich nur, pass auf dich auf. Und komm zu uns, wenn du Hilfe brauchst. Wir sind da. Wir werden immer für dich da sein.« Mom lächelt und nimmt mich in den Arm. »Ich bin so stolz auf dich, Sam.«

»Danke«, flüstere ich und drücke sie fest an mich.

Sie löscht das Licht, wir gehen zusammen nach oben, und als ich in meinem Zimmer bin, atme ich tief durch. Ich dachte immer, Mom nichts zu erzählen würde es leichter machen für sie. Ich habe mich geirrt. Sie weiß trotzdem genug und leichter wurde es für sie dadurch kein bisschen.

Ich hoffe, ich kann das schaffen, worum sie mich bittet, und auf mich aufpassen. Ich hoffe, ich habe recht, was Norah, und unrecht, was unsere Zukunft angeht. Nichts wünsche ich mir weniger, als dass sie dasselbe durchleben muss wie ich. Und um ehrlich zu sein, bin ich ebenso wenig erpicht darauf, das Ganze wiederholen zu müssen. Aber solange es Menschen gibt wie Jonas, die sich, aus welchen Gründen auch immer, gut oder besser fühlen, indem sie andere niedermachen und ihnen ein mieses Gefühl geben, wird es passieren. So lange wird es sich wiederholen.

Meine Finger ertasten das Handy in meiner Hosentasche und ich ziehe es hervor. Eine neue Nachricht. Von Norah.

> Du warst das Erste, an das ich mich nach dem Unfall richtig erinnern konnte. Du und unsere Melodie.
> Vielleicht, weil es das Einzige ist, das echt war. Es war, als hätte sich etwas in mir an dir festgehalten.
> Danke, dass du mich nicht aufgegeben hast.

Mein Herz tanzt in meiner Brust. Vor Freude und Glück, ein wenig vor Demut. Am meisten schlägt es heute jedoch aus Zuversicht.

Wir werden das zusammen durchstehen.

29

Norah

P!nk – Wild Hearts Can't Be Broken

Sam ist gleich da. Ich habe verschlafen, weil ich gestern zu lange wach lag. Verdammt. Ich binde mir einen schlichten Zopf, schlüpfe in lockere, verwaschene Jeans, meine Sportschuhe und einen bequemen schwarzen Pulli, bevor ich samt Schultasche nach unten haste.

Dad füllt den Kaffee gerade in seinen To-go-Becher, während Lu mit halb geschlossenen Augen ein Marmeladenbrötchen isst. Mom sitzt bei ihr.

»Ich muss jetzt los, Sam holt mich heute ab«, sage ich freudig in die Runde und auf einmal rührt sich niemand mehr.

»Sam nimmt dich mit zur Schule?«

»Genau, du musst mich also nicht bringen, Mom, und dir auch keine Gedanken machen.«

Sie grinst und nickt mir zu. »Ich freue mich für euch.«

Dads Gesichtsausdruck lässt mich losprusten.

»Hat Norah etwas gewonnen? Wieso freust du dich? Was verpasse ich hier?«

Wie gesagt, meine Eltern haben ihre Stärken und Gaben auf verschiedenen Gebieten.

Mom geht zu Dad, der gerade seinen Becher verschließt, und tätschelt seine Wange. »Nichts, mein Schatz.«

»Ich wünsche euch einen schönen Tag.«

Ich gehe zu Lu und drücke ihr einen Kuss auf und verziehe lachend das Gesicht, als ich plötzlich etwas Himbeermarmelade an den Lippen schmecke. Lu lacht mit. Dann winke ich meinen Eltern, schnappe mir meine Jacke und marschiere glücklich aus dem Haus. Sam wartet schon auf mich.

Ihn da an seinem Roller stehen zu sehen, wie er mir einen Helm hinhält und mich schüchtern anlächelt, ist ein tolles Gefühl.

»Guten Morgen«, begrüßt er mich und ich grüße unbeholfen zurück, weil ich unsicher bin, wie wir uns nach unserem Gespräch und Kuss Hallo sagen sollen. Wir haben uns zwar kurz am Wochenende gesehen, aber da fühlte sich alles leichter an. Sam geht es wohl ähnlich, denn er wirkt angespannt und seine Wangen sind leicht gerötet, als er seinen Helm überzieht und ich es ihm gleichtue. Wir haben Zeit. Wir können aneinander wachsen und miteinander lernen.

»Bereit?«, fragt er, als ich es endlich geschafft habe, mich richtig hinzusetzen und an ihm festzuhalten. Ich hebe den Daumen und sofort gibt Sam Gas und fährt mit mir Richtung neuer Anfang.

»Ich bin nervös«, gestehe ich Sam leise, nachdem wir von seinem Roller gestiegen sind und nun auf dem Parkplatz vor der Schule stehen. Das Gefühl hat sich eben erst in mir breitgemacht.

Es ist früh, noch ein wenig neblig, aber nicht so kalt wie die Tage davor. Heute soll ein schöner, sonniger Tag werden.

Es ist Montag.

Vor drei Tagen habe ich mit Jonas Schluss gemacht.

Vor drei Tagen hat Sam mich geküsst.

Vor drei Tagen habe ich eine zweite Chance erhalten – nicht am Tag des Unfalls oder des Aufwachens im Krankenhaus – und ich werde sie nicht verschenken.

»Bereust du es schon?« Sam lächelt, während er mich das fragt, doch ich höre die Unsicherheit in seiner Stimme. Er wirkt übernächtigt, als hätte er keine Stunde Schlaf bekommen. Vermutlich ist er so angespannt wie ich.

Meine Hand greift nach seiner, meine Finger verflechten sich mit seinen und das gibt mir Kraft.

»Kein bisschen«, antworte ich ehrlich und lächle zurück.

Hand in Hand gehen wir über das Schulgelände. Die ersten Blicke landen bereits auf uns, auf mir, und verharren dort länger als sonst. Sie mustern uns, entdecken, dass wir uns berühren, dass wir zusammen sind, und jetzt beginnt Phase eins: das Getuschel. Die Stille Post. Das Geläster, das Getratsche, die Verwunderung, die Interpretation und Analyse, auf die eine Bewertung folgt.

Es ist mir egal.

Trotzdem ist es unangenehm.

Ich fange an zu schwitzen, bemerke, wie Sam den Kopf senkt, und ich drücke seine Hand fester.

»Tu das nicht, Sam. Bitte«, flehe ich flüsternd und sofort korrigiert er seine Haltung. Ich sehe ihm an, wie viel Kraft ihn das kostet. Er ist blass und schweigsam. Ganz anders als am Freitag, ganz anders als am Wochenende, als wir stundenlang telefoniert haben oder als ich am Samstag ihm und seiner Familie einen von Moms grandiosen selbst gemachten Früchtekuchen vorbeigebracht habe. Ich habe nichts über Sam und mich erzählt, als ich sie um den Kuchen gebeten habe, aber ich bin mir sicher, sie hat da bereits geahnt, dass Sam und ich uns wiedergefunden haben. Richtig.

Wir haben keinen Unterricht zusammen. Dieses Schuljahr können wir daran nichts mehr ändern, vielleicht nach den Sommerferien, aber das nützt uns jetzt wenig. Während der Stunden werden wir allein sein.

Plötzlich klatscht jemand.

Jonas. Mein Magen rumort, meine Kehle schnürt sich zu.

»Da haben sich zwei Idioten gefunden, was?«

Er schlendert auf uns zu, mit herablassendem Blick. Er hat Ella, Tim, Kai und Fiona im Schlepptau. Tim sieht mich nicht an, Ellas Ausdruck ist hochnäsig und angewidert, Kai ist vermutlich nur wegen der Show hier und Fiona ebenso. Ich habe sie nie so klar gesehen wie in diesem Moment. Sie tun mir leid. Sie alle.

»Hier geht es nicht rein«, ertönt es von Jonas. Er baut sich vor uns auf, zwischen dem Häuschen, bei dem sie sich immer treffen, und dem Eingang, der direkt zum Oberstufentrakt führt.

»Ich bin so enttäuscht von dir, Nor«, jammert Ella und jetzt kann ich nicht anders, ich lache auf.

»Das bin ich auch. Ich kann nicht fassen, dass ich mal so sein wollte wie ihr. Ich hab viele Fehler gemacht, aber das war mit Sicherheit die beschissenste Entscheidung meines Lebens«, zische ich und weiche nicht zurück. Ich halte Sams Hand fest in meiner.

»Du bist so eine undankbare Zicke«, blafft Ella mich an und Kais Grinsen verursacht mir Übelkeit. *Undankbar?* Ich habe ihr, seit wir uns angefreundet haben, bei jedem Projekt geholfen, bei jedem Aufsatz, habe manchmal sogar ihre Hausaufgaben gemacht, ich ... Gott, ich war so blind.

Bevor ich etwas erwidern kann, redet Jonas weiter.

»Verpiss dich, Norah. Du hast hier nichts mehr zu suchen. Und nimm den Schlappschwanz an deiner Hand gleich mit.« Er tritt einen Schritt auf Sam zu, doch ich schiebe mich vor ihn. Sie lachen. Sie alle lachen uns aus.

»Der Wicht muss von einem Mädchen beschützt werden.« Kai kriegt sich gar nicht mehr ein.

»Lass uns den anderen Eingang benutzen«, höre ich Sam sagen. »Das ist es nicht wert.«

»Nein.«

»Hör auf deinen *Freund*, Norah.« Jonas' Blick fällt auf Sam. »Oder was auch immer er ist.«

»Danke, aber dieser Eingang gefällt mir gut.« Ich will mich an Jonas vorbeidrängen, doch stehe sofort vor Ella und den anderen. Sams Hand zieht an meiner.

»Du bist wertlos ohne mich«, flüstert Jonas in mein Ohr und seine Nähe lässt mich erschaudern. Tränen steigen mir in die Augen. Vor Wut. Vor Machtlosigkeit. Und das Letzte, was ich will, ist, dass er mich weinen sieht.

Also drehe ich mich um, gebe nach und gehe mit Sam an meiner Seite einmal um das Schulgebäude zum anderen Eingang. Nur um drinnen wieder den ganzen Weg zurückzulaufen, zu meinem Spind und dem Klassenraum.

Ich spüre ihre Blicke, auch wenn sie nicht da sind, ich höre ihr Geflüster, auch wenn sie nichts sagen. Als wären sie Geister, Phantome. Als wären sie bereits in meinem Kopf. Jonas, Ella, Kai, Fiona, Tim – alle, die zusehen, alle, die applaudieren und lachen. Die Aktiven und Passiven. Diejenigen, die Angst haben, und jene, denen es egal ist.

Ich verstehe jetzt, wovon ich ein Teil war. Und ich hasse es.

Dienstag.

Es hat angefangen wie gestern, nur dass es heute regnet. Bei jeder Gelegenheit wurden wir niedergestarrt, ausgelacht, man hat auf uns gezeigt. Manchmal drangen beleidigende Worte zu uns.

Ich glaube nicht, dass es so schnell besser wird. Nicht heute, nicht morgen. *Wir brauchen Geduld*, sagt Sam. Er weiß, dass ich darin nicht gut bin. Geduld – ich bin sicher, er meint, wir müssen durchhalten.

Sam sitzt gerade ein paar Gänge weiter in Mathe, ich in Deutsch. Die erste Stunde ist schlimmer als die anderen – und die ersten zehn Minuten jeder einzelnen Stunde am schlimmsten, weil man sich immer wieder neu an all die Negativität, die einem entgegenschlägt, gewöhnen muss. Es ignorieren muss.

»Holt euer Buch raus, schlagt Seite 112 auf und bearbeitet Aufgabe 2b.«

Ich greife in meine Tasche, ziehe das Buch heraus und ein Zettel flattert auf den Boden. Meine Finger umfassen das raue Papier und ich falte es auf.

Niemand will dich, niemand braucht dich, Schlampe.

Mir wird schwindelig, ich bekomme Schweißausbrüche. Kein Name darunter. Ella sitzt einen Tisch weiter, aber es kann jeder gewesen sein. Jeder. Das ist das Unheimliche daran.

Ich hatte vergessen, dass Wörter wehtun können. Im Moment bin ich nicht sicher, ob ich es je wirklich wusste. Ich bin wütend, weil es erst der zweite Tag ist und ich schon jetzt kaum mehr atmen kann. Ich bin wütend, weil Sam das mehr als zwei Jahre allein durchstehen musste. Und ich bin wütend, weil ich es meinen Eltern nicht erzählt habe. Ich habe verstanden, warum Sam es nicht konnte, aber bei mir kam die Scham aus einem anderen Grund. Wenn ich es ihnen sage, muss ich auch erklären, was für ein Mensch ich war. Das kann ich nicht. Das kann ich meinen Eltern nicht antun. Noch nicht …

Mittwoch.

Wir haben heute Morgen direkt den anderen Eingang genommen, doch ich hielt wie immer Sams Hand.

Ich lasse ihn nicht mehr los.

»Es wird alles gut werden«, versichere ich Sam in der großen Pause und er lächelt mich an. So schön, wie mich niemand je angelächelt hat.

»Ich weiß.«

Dabei habe ich ihm nicht gesagt, dass man mir gestern Dutzende Nachrichten geschickt hat, in denen man sich über mich lustig machte und Witze umgeändert wurden – mit meinem Namen darin. Die Anonymität des Internets und die Distanz, die durch Textnachrichten geschaffen wird, machen Mobbing einfacher. Schneller. Allumfassender.

Es schmerzt. Es erschüttert. Es laugt aus.

Ich werde trotzdem nicht nachgeben.

Dieser Strom ist nicht mehr der meine, ich schwimme gegen ihn. Mit meiner ganzen Kraft.

»Essen wir heute in der Mensa?«, frage ich Sam.

Er zögert, aber er sagt zu. »Ich hol dich nach der sechsten Stunde ab.«

Und das tut er. Sam wartet vor dem Klassenraum auf mich und ich hake mich bei ihm unter, während wir in Richtung Mensa schlendern.

»Du möchtest da nicht rein, richtig?«, frage ich ihn vorsichtig. Wir sind gleich am Eingang bei der Essensausgabe.

»Ich war sehr lange nicht da drin«, gibt er zu. »Es ist ... schwierig.«

»Wir müssen das nicht tun. Du musst das nicht tun. Auch nicht das mit mir.« Ich beiße mir auf die Lippe. Das ist mir so rausgerutscht.

»Nor, was soll das? Schau mich bitte an.«

Und das tue ich. Ich erkenne nur Zuneigung und Wärme und Verständnis in seinem Blick und bin zutiefst erleichtert.

»Lass uns reingehen und uns etwas Warmes zu essen holen, okay? Die Mensa ist schließlich für alle da.«

»Das klang nicht besonders überzeugend, das üben wir noch. Ja, Sam. Die Mensa ist für uns alle da.«

Wir treten ein, nervös, mit schweißnassen Händen und laut pochenden Herzen. Ich glaube, paranoid zu sein und ständig angestarrt zu werden. Bei jedem Wort, das nah neben mir gesprochen wird, erwarte ich eins gegen mich. Es ist ... beschämend, wie schnell die Angst da ist. Wie hartnäckig sie bleibt.

Niemand ist auf so etwas wie Mobbing vorbereitet – auch nicht, wenn er anderer Überzeugung ist. Es ist ein Spiel für sie. Eines, das sie selbst nicht verstehen. Sie sehen nur, dass ihnen applaudiert wird, es ist ein kurzer Moment, in denen es ihnen gut geht – sie erkennen nicht, dass es auf Kosten anderer geschieht. Vielleicht wollen sie es nicht sehen, weil es zu schmerzhaft wäre. Weil sie diesen Schmerz selbst kennen. Und die, die nichts sagen, oder die, die mit applaudieren ... was ist mit ihnen? Es gibt so viele Parteien, Möglichkeiten, Ängste, dass einem davon nur schwindelig werden kann.

Es ist kompliziert. Dabei sollte es ganz einfach sein.

Freundlich zu sein sollte einfach sein. Gut zu sein sollte genau das sein: gut.

Donnerstag.

Die zweite Pause ist vorbei. Nur noch eine Stunde, dann haben wir es geschafft. Allerdings muss Sam jetzt in den Musikunterricht und ich zu Geschichte.

Die letzten drei Tage waren so aufreibend, dass ich mir keine Gedanken gemacht habe, wie ich mich in der Schule richtig von Sam verabschieden soll. Wir haben uns immer nur kurz umarmt oder zugewunken. Aber jetzt, wie er so vor mir steht, frage ich mich, was das mit uns eigentlich genau ist. Wir sind doch zusammen, oder? Wenn wir nicht hier sind, verabschieden wir uns auch anders.

Ist Sam sich unsicher? Bin ich es?

Nein, ich nicht. Ich will es nicht sein.

Auch nicht, wenn Jonas und der Rest uns beide vom Ende des Gangs aus beobachten und auf uns zeigen.

Ich beuge mich vor und küsse Sam. Nur leicht, nur zart, trotzdem tue ich es und es fühlt sich richtig an. Daran können auch das Gelächter und die ekelhaften Würgegeräusche, die zu uns tönen, nichts ändern.

Sam ist überrascht, seine Wangen werden rot. Doch seine Augen leuchten auf vor Glück. »Bis später, Nor. Ich freue mich.«

Irgendwie versuche ich, das gute Gefühl und die Wärme, die Sams Nähe mir bringen, festzuhalten, während ich mich in Richtung meines Spinds bewege. Weg von Sam, hin zu Ella, Tim und Jonas.

Vor meinem Spind stehend, atme ich tief durch und ignoriere ihre spitzen Bemerkungen. Wir haben gleich Geschichte, ich brauche mein Buch. Die Tür klappert, die Unruhe und das Gewimmel der Leute, die an mir vorbeigehen, dringen zu mir. Habe ich nicht abgeschlossen?

Ich keuche, als ich sehe, was passiert ist. Was sie getan haben. Überall ist Honig. Er wurde an die Wände geschmiert, läuft daran hinab und über meine Bücher. Alles ist ruiniert. Im Augenwinkel nehme ich schwarze Flecken wahr, drehe den Kopf und starre auf all die Worte, die man mit Edding an die Innenseite der Tür gekritzelt hat.

Hure.

Heuchlerin.

Verräterin.

Schlampe.

Loser.

Du bist nichts wert.

Verschwinde.

Kreuz und quer. Daneben wurden Bilder von nackten Frauen gepinnt oder von Misthaufen, Mülldeponien, obdachlosen Menschen – auf jedes wurde mein Gesicht geklebt.

Tränen schießen mir in die Augen, ohne dass ich es verhindern kann. Meine Bücher kann ich vergessen.

Meine Selbstbeherrschung ebenso. Ich knalle den Spind zu, laufe weg, mit ihrem Gelächter als Antrieb. Meine Beine fühlen sich an wie Pudding, meine Kehle brennt und ich kann kaum etwas erkennen, während ich durch den Gang Richtung Musiktrakt renne.

Ich hole Sam ein, er ist noch nicht im Raum, und als er mich bemerkt, kommt er mir entgegen. Sam breitet die Arme aus und ich springe hinein, halte mich an ihm fest, um nicht in die Knie zu gehen. Ich weine, ich schluchze.

»Nor, was ist passiert?«, dringt seine Stimme an mein Ohr, während er mir beruhigend über den Rücken streicht. Aber ich kann nicht antworten, ich kriege kaum Luft.

»Bist du verletzt? Bitte rede mit mir.« Er klingt verzweifelt, doch ich schüttle nur den Kopf.

Ich brauche einen Moment.

Irgendwann schaffe ich es, die ersten Worte herauszubringen.

»Ich dachte, ich würde länger durchhalten. Ich dachte, ich wäre stärker.«

»Ich weiß«, flüstert Sam nur und ich bin mir sicher, das tut er. Er versteht ganz genau, was ich meine.

Dass es hart werden würde und schlimm, wusste ich, aber dass es mich so sehr treffen würde, nicht.

»Sie haben Honig in meinem Spind verteilt. Alles darin ist ruiniert und klebt – jedes Buch, jede Notiz, jeder Stift. Schimpfwörter stehen auch überall. Ich will dir gar nicht sagen, welche.« Langsam löse ich mich von Sam, schniefe einmal. Ich glaube, ich habe keine Kraft mehr zu weinen.

»Soll ich dich heimbringen?« Sam schaut mich ernst an und ich erkenne die Wut in seinem Blick. Nicht auf mich, sondern auf die anderen.

»Nein. Es wird schon gehen. Es reicht, dass sie mich weinen gesehen haben.«

»Nor, wir ...«

»Nein!« Ich greife nach seinen Händen. »Ich werde umkehren und dann werde ich ihnen die Meinung sagen. Vorher werde ich den Direktor aufsuchen und ihm alles erzählen. Ich werde mir das nicht gefallen lassen. Ich werde sie nicht gewinnen lassen.«

»Ich wünschte, ich könnte dir versprechen, dass es dann aufhören würde, doch so funktioniert das nicht.«

»Es wird nicht besser, wenn wir schweigen, Sam.«

»Aber vielleicht wird es weniger schlimm.«

Ich nehme sein Gesicht in meine Hände und lächle zaghaft. So verheult wie ich bin, muss ich grauenhaft aussehen. Es ist mir gleichgültig. »Wir müssen es versuchen, Sam. Es wird Lehrer geben, die uns zuhören. Wir sind nicht weniger wert als sie. Wir sind nicht ihre Fußabtreter.«

»Nein. Nur wird uns keiner glauben. Es gibt keine Zeugen. Ihr Wort steht gegen unseres«, wispert er und beinahe hätte ich laut geschluchzt. Weil er recht hat.

»Das stimmt nicht. Ihr habt einen Zeugen.«

Überrascht hebt Sam den Kopf, ich drehe mich ruckartig um und wen wir da sehen ...

»Tim?«, murmle ich. Er steht zwei Meter von uns entfernt, mit den Händen in den Taschen und traurigem Blick.

»Es tut mir leid. Weißt du, seit dem Unfall ... Es hat sich einiges verändert. Ich will nicht mehr so sein. Ich will nicht mehr so tun, als wäre das, was wir gemacht haben, okay.« Er schüttelt den Kopf. »Keine Ahnung, wie das alles passieren konnte.«

»Was ist mit Jonas, Ella und den anderen?«

»Die sind mir egal. Und Ella.« Seufzend fährt er durch sein Haar. »Sie liebt mich nicht. Ich bin nur ein Accessoire für sie, nicht mehr, und ich bin mir nicht sicher, ob ich sie je wirklich mochte. Oder ob ich nichts weiter wollte, als dazuzugehören.«

Ich atme bebend ein und aus, lasse Tims Worte sacken.

»Es tut mir ehrlich leid. Das mit dir, Nor.« Tims Blick findet Sams. »Und das mit dir, Sam.«

Sam und ich schauen uns einen Moment an, dann gehe ich auf Tim zu und halte ihm meine Hand hin. Lächelnd. Weil es schwer ist, eigene Fehler zuzugeben und sich zu entschuldigen. Schwer und mutig.

Er nimmt sie.

»Ich danke dir.«

»Dann lasst uns zur Schulleitung gehen«, sagt Sam und tritt zu uns, legt einen Arm um meine Schulter und eine Hand auf die von Tim und mir.

Zusammen können wir es schaffen. Zusammen können wir etwas verändern. Etwas sichtbar machen, das gesehen werden sollte.

Wir setzen uns in Bewegung und ich spüre Hoffnung in mir. Hoffnung und Liebe, als Sam mir einen Kuss auf die Wange haucht und wir Hand in Hand durch die Schule laufen.

Mein Name ist Norah.
Von allen Dingen meines Lebens ist dies nicht länger das Einzige, dessen ich mir sicher bin.

Ich kenne nicht nur meinen Namen, sondern auch meinen Wert. In den letzten Wochen habe ich mich verloren, gefunden und wieder verloren. Vielleicht ist das ein Prozess, der zum Leben dazugehört. Genauso wie die Fehler, die man macht.

Ich weiß jetzt: Man selbst zu sein, erfordert Stärke. Zu lieben erfordert Mut. Und dazu zu stehen, Größe.

Es wird nicht immer einfach sein, trotzdem werde ich nie wieder Ja sagen, wenn ich Nein meine. Ich werde nicht weniger Angst haben, aber mehr Unerschrockenheit – damit ich für die Menschen und Dinge, die mir am Herzen liegen, einstehen kann. Auch für mich selbst. Ich schaffe das.

Ab jetzt wird mein ganzes Leben eine Ausprobierliste sein und ich werde jeden Tag aufs Neue lernen, was ich mag und was nicht. Was für mich richtig ist.

Ich freue mich darauf, mich kennenzulernen.

Danksagung

Wir waren entweder Mitläufer, Zuschauer, »Wegseher«, Opfer, Täter oder Verteidiger. Ich glaube, jeder von uns kennt Mobbing und Gruppenzwang. Beides existiert und wir sollten uns nach Kräften bemühen, uns zu bessern oder zu helfen. Wir brauchen Aufklärung, Unterstützung, Verständnis. Ganz besonders die Jugendlichen, die häufig damit zu kämpfen haben und es ohne Hilfe kaum schaffen können, aus diesem Teufelskreis auszubrechen – weder die eine noch die andere Seite.

Diese Geschichte bedeutet mir viel. Sie schwirrt schon lange in meinem Kopf herum und ich bin sehr froh, sie erzählt zu haben. Auf meine Art. Ich hoffe, ihr habt euch mit mir in Sam verliebt, könnt Jonas verzeihen und Norah verstehen.

Ich hoffe, ihr nehmt daraus etwas mit, egal wie wenig es auch sein mag.

Natürlich habe ich mich nicht allein durch die Geschichte gearbeitet, ich hatte mal wieder großartige Unterstützung.

Allen voran von den besten Freunden und Kollegen, denen auch dieses Buch gewidmet ist. Ihr nehmt mich, wie ich bin, zeigt mir das beste *Ich*, das ich vermag zu sein. Ich hoffe, ich kann das auch für euch tun. Danke, liebster PJ-Squad.

Danke an dich, Klaus. Ohne dich würde nichts funktionieren. Es war Agentenliebe auf den ersten Blick bei dir und Michaela.

Ohne meine großartigen Testleser hätte nichts funktioniert. Danke, Adriana, Alina, Ariana, Lea, Lisa, Lucia und Marie.

Danke, liebste Sarah. Du hast den Text besser gemacht, runder, schöner. Du gibst alles und kämpfst an meiner Seite. Danke an das ganze Loewe-Team, für euren Einsatz und eure Leidenschaft. Besonders an Steve, Carina, Caro und Jasmin.

Alex, langsam gehen mir die Worte aus, weil du schon so viele unglaubliche Cover für mich gemacht hast. Ich hoffe, meine Sprachlosigkeit drückt meine Dankbarkeit aus.

Mama, Papa, Saskia, ihr seid so viel mehr für mich, als ich je werde ausdrücken können. Ohne euch wäre ich nicht, wer ich bin. Ich liebe euch. Genauso wie meinen Mann, der mein sicherer Hafen ist in stürmischen Zeiten. Auch wenn er bei der Hochzeit sehr unnachgiebig war, was die Sache mit dem Nachnamen angeht. Diesen kleinen Sieg gönne ich ihm.

Last, but not least: DANKE AN EUCH ALLE. Ihr Leser/innen, Buchhändler/innen, Blogger/innen. Dass ihr meine Bücher kauft, lest und rezensiert, sie mit etwas Glück empfehlt und mir so wundervolle Nachrichten schickt, ist das Beste für mich. Ihr seid ein Teil von allem, seid meine Motivation, und das schon eine ganze Weile. Danke, dass euch noch nicht die Puste ausgeht.

Ihr findet mich auf Instagram (avareed.books) und über meine Homepage (www.avareed.de). Ich freue mich schon jetzt auf eure Fotos, Nachrichten und Beiträge.

Passt auf euch auf.
Eure Ava